MW00721095

Ciel de cendres

Maud Tabachnik

Ciel de cendres

ROMAN

Albin Michel

1

Je viens juste d'avoir vingt-trois ans, et aujourd'hui Adrï me confie mon premier contrat. Depuis trois ans je travaille pour lui comme homme à tout faire.

Je suis entré dans sa bande grâce à son oncle Milo, un ami de mon père, avec lequel il a servi tout jeune dans les Jeunes Gardes de l'armée nationale ukrainienne de l'ataman Petlioura.

Je suis né en 1960, un accident, a dit ma mère qui à l'époque avait quarante-deux ans et déjà deux filles. Mais mon père considérait la naissance d'un fils comme une bénédiction, si je peùx employer ce mot dans un foyer sans Dieu.

Très tôt, il m'a pris sous sa protection. Pendant que ma mère éduquait ses filles, il m'apprenait ce qui, pour lui, était nécessaire à un vrai patriote ukrainien.

Dès que j'ai eu l'âge de comprendre il m'a raconté l'histoire tragique de notre pays, une succession de luttes pour notre indépendance et notre identité, et son propre engagement dans ces luttes.

Plus tard, nous eûmes de vives discussions sur cet engagement qui, au fil des événements, prit des aspects que j'estimais contradictoires. Mais pour mon père ses différents combats n'avaient eu d'autre but que de servir au mieux les intérêts de son pays.

À seize ans, à l'âge où lui-même s'était engagé avec Simon Petlioura dans la guerre contre les Polonais et les bolcheviques, il me fit entrer à l'École des cadets de la police. Mais l'année suivante j'ai eu un grave problème avec un supérieur.

Je haïssais ce caporal qui passait son temps à nous tenir de longs discours sur notre grande sœur soviétique mais ne perdait pas une occasion de nous mettre la main aux fesses. Un jour d'inspection des uniformes, sous prétexte de vérifier ma vareuse, il me caressa les tétons. Hors de moi, je lui balance une gifle qui l'envoie sur le cul. Mon père, grâce à sa position et bien qu'il ait quitté le service actif, m'évite l'internement dans un centre disciplinaire. Néanmoins, il vit douloureusement mon renvoi du prytanée.

Pour me soustraire à l'ambiance lénifiante de ma mère et de mes sœurs, pourtant actives dans le Parti, il m'emmena une dizaine de jours en vacances dans un petit port près de Berdiansk, sur la mer d'Azov.

Un de ses anciens collègues de la police y construisait une sorte d'auberge où, pour un prix modique et moyennant une participation aux travaux entrepris afin d'agrandir sa maison, nous étions logés et nourris.

C'est moi qui maniais la truelle et les parpaings, mon père étant trop âgé pour ce genre de travaux, pendant que son ami, Boris, se chargeait de la charpente, et que mon père assis sur un ancien fût de charrue, une chopine de vin blanc à portée de la main, nous racontait complaisamment sa vie édifiante de patriote et les souffrances endurées par le peuple ukrainien.

Perché sur son échelle et alors que je m'évertuais à « tirer » sans plaisir la chape de béton sur laquelle on poserait plus tard le plancher, Boris s'amusait à le contrer. Il devait prendre sa revanche sur les années où il fut le secrétaire docile de mon père.

Ainsi, quand celui-ci entreprit de raconter avec une fureur intacte l'assassinat de Petlioura en 1926 à Paris par le juif Schwarzbard, il y mit un bémol en rappelant que Petlioura avait été en son temps un foutu assassin. Remarque qui entraîna entre eux deux une polémique qui faillit entraîner illico notre départ.

– Tu te souviens de ce qui s'est passé, réattaqua Boris le lendemain au déjeuner alors que nous dégustions un ragoût de bœuf au paprika, spécialité de notre hôte, après ce qu'ils ont appelé *l'effort d'industrialisation volontariste* censé transformer notre pays, essentiellement agricole, en pays industriel ?

– Qui ? demandai-je Et que s'est-il passé ?

– Qui ? Les communistes de l'époque ! Tiens, demande à ton père ce qui s'est passé !

– Quoi, quoi ? réagit mon père. De quoi tu parles ?

– De quoi je parle ? Tu te souviens pas quand, entre 1932 et 1933, les cadres du Parti, pour briser les résistances paysannes hostiles à la collectivisation forcée, organisèrent une famine qui tua des millions de paysans ?

J'étais, je dois le dire, totalement stupéfait du tour que prenait la conversation. Jamais je n'avais jusqu'ici entendu ce genre de critiques sur le Parti. Mon père entrait en fureur quand on lui rapportait les propos scandaleux des Occidentaux sur l'URSS et les Républiques soviétiques. Alors, qu'un de ses anciens subordonnés parle de la sorte de nos alliés, de ceux qui avaient sauvé notre pays de la misère et plus tard des nazis, le laissa un moment sans voix. Il me regarda et jeta sur Boris un coup d'œil indigné comme s'il avait sorti devant moi une grossièreté inimaginable.

– De la propagande ! cria mon père en tapant du poing sur la table. De la pure propagande dans le genre de celle de Goebbels aux nazis ! Les chiffres ont été gonflés pour diaboliser le Parti au moment où il se battait pour abolir le droit de propriété des grands propriétaires fonciers. Tu ne vas pas me dire que tu crois à cette fable de la famine organisée ! Toi, un homme du Parti !

J'étais trop jeune pour mettre en doute les récits de mon père, et la contestation ne faisait pas partie de notre éducation. Boris m'apparaissait comme un dangereux contre-révolutionnaire et je ne comprenais pas pourquoi nous étions venus ici. Certainement que mon père pensait la même chose car nous repartîmes le soir même.

Quand je lui demandai, à la fin de sa vie, pourquoi il était devenu et resté communiste, vu ce que nous savions sur eux, il me répondit que parfois pour survivre on est obligé de s'allier avec le diable. Et quel diable, avais-je pensé, qui obligeait les gens, pour survivre, à manger jusqu'aux cornes des vaches et même à s'entre-dévorer selon ce qui se murmurait.

J'étais donc revenu de cette escapade sur la mer d'Azov avec des cals aux mains, un dégoût du travail manuel et des doutes sur la loyauté de certains de nos compatriotes.

Rentré à Kharkov, je restai un moment à ne rien faire. J'avais dix-huit ans et je m'étais fait renvoyer d'une école de prestige pour un motif que je ne pouvais pas mentionner.

On habitait une grande maison avec un bassin en pierre qui avait appartenu à un riche paysan et que l'État avait réquisitionnée pour loger ses cadres. Une employée de la Préfecture aidait ma mère à la tenir et on avait une jolie berline de fonction sortie des usines soviétiques.

J'étais seul et je m'ennuyais. Les copains m'évitaient, bien trop frileux pour me soutenir après ce qui s'était passé chez les Cadets. Mon père, lassé de mon oisiveté, me fit entrer à la comptabilité des usines Peskov qui fabriquaient des pièces pour les machines agricoles. Tout était sinistre, du travail répétitif à la sirène qui meuglait trois fois par jour pour la rentrée, le déjeuner et le débauchage.

Mon bureau, que je partageais avec trois employés, donnait sur une cour cheminée où l'on ne voyait jamais le ciel. Mes collègues et moi n'en fichions pas une rame parce que la comptabilité n'intéressait pas beaucoup le directeur qui envoyait des rapports truqués à Moscou.

Du coup, je passais le plus clair de mon temps dans les bistrots avec des copains de rencontre.

On était fin 1980, la « grande sœur » venait d'envahir l'Afghanistan et commençait à piocher dans les rangs des jeunes Komsomols des partis frères. Je n'en étais pas, mais vu l'évolution de la guerre et l'importance des pertes je compris vite que je n'allais pas tarder à recevoir ma feuille de route.

Pour une fois, mon père n'entama pas le couplet exaltant le socialisme libérant le monde de l'impérialisme, quitte à y laisser la vie de ses fils. Il craignait manifestement pour la mienne, ce dont je lui fus reconnaissant, et il s'arrangea pour qu'on m'oublie.

N'empêche qu'à me voir traîner dès la sortie de l'usine et rentrer au milieu de la nuit, il piqua sa crise et me cria sur ce ton qui m'avait toujours fichu la frousse et que j'attribuais à sa fonction :

– C'est quoi ton ambition, vivre comme un parasite et un ivrogne ?

Mon père a été pendant plus de vingt-cinq ans commissaire de district chargé de la Sécurité intérieure, un organisme équivalant chez nous au NKVD. Il s'occupait entre autres de ceux qu'on appellerait plus tard des dissidents, et qui pour mon père et ses amis n'étaient que de la racaille.

Son bureau était situé dans le bâtiment le plus important de Kharziv, non seulement par sa taille, mais aussi parce qu'y siégeait le tribunal chargé des crimes d'État. Le dernier étage, avec sa terrasse couverte soutenue par de lourds piliers, était occupé par les salles de réception et la résidence du gouverneur de la province, Yuriy Sergueyev, pour qui mon père avait le plus grand respect. Les sous-sols, auxquels on accédait par des portes à l'arrière du bâtiment, étaient réservés aux interrogatoires.

– J'ai pas envie de rester toute ma vie dans cette usine. Je voudrais apprendre à me débrouiller seul, lui répondis-je.

Il me regarda longuement, et ce regard me fit rentrer la tête dans les épaules. Il avait une façon de vous toiser qui vous faisait vous sentir tout petit ou même coupable.

– Te débrouiller, hein ? Pour devenir quoi ? Un capitaliste ?

– Non, papa, pour apprendre la vie. Je ne vous ai quittés que pour entrer à cette école de police... Et ensuite...

– ...Où tu as su te faire remarquer pour tes qualités ! me coupa-t-il sèchement.

Je baissai la tête sans répondre. Mon père savait parfaitement pourquoi j'avais été renvoyé, mais il refusait d'admettre que dans une école aussi prestigieuse que celle des Cadets d'Ukraine, existaient des éléments aussi abjects. Pour lui, le socialisme était comme une eau de pureté qui lavait les individus de tous leurs vices.

– Je voudrais aider mon pays, mais pas dans une structure officielle, répondis-je.

Il écarquilla les yeux qu'il avait très clairs, et qui étaient sans doute responsables de leur permanente expression glaciale. Il était né à Chuquet, une bourgade de l'est du pays traversée par le Donets, près de la frontière russe. Les gens de là-bas sont clairs de peau et de haute stature. Ce qu'était mon père et ce que je suis aussi.

– Je connais bien Adrï, le neveu de Milo, murmurai-je.

Mon père se rembrunit. Adrï avait constitué, avec un ancien membre important des Jeunesses communistes, une brigade qui travaillait pour son propre compte mais aidait aussi le gouvernement de la province à traquer les ennemis du régime. Il n'avait pas bonne réputation. La plupart de ses faits d'armes étaient, on le savait, des actes de banditisme plutôt que de patriotisme. Mais l'Okbom, le comité de district, et le président Shcherbytsky, mis en place une dizaine d'années auparavant et réputé pour son allégeance inconditionnelle à Moscou, se servaient des hommes d'Adrï pour les basses besognes.

Et mon père ne pouvait pas, en tant qu'ami de Milo et ancien cadre important de la police, refuser que je désire en faire partie.

En réalité, j'espérais, en y entrant jeune, gravir les échelons et m'y faire une bonne place. Milo m'aimait bien et Adrï respectait beaucoup son oncle qui, comme mon père, était un grand patriote.

13

Ils ne s'étaient quasi pas quittés depuis qu'adolescents ils étaient entrés au service de Petlioura. Ils s'étaient ensuite engagés dans les rangs de la police politique, puis avaient fait la guerre côte à côte contre les nazis.

À la libération du pays par l'Union soviétique, ils avaient réintégré leur ancien corps où mon père était devenu commissaire politique, puis chef de la police intérieure, et son ami Milo, chef des brigades d'intervention.

– Je peux te faire entrer dans mon ancienne brigade, me rétorqua-t-il. Bien que tu aies déjà quitté l'école, je sais ce que tu vaux, et malgré ce qui s'est passé à l'École des cadets ta réputation est intacte.

Je sursautai. Question réputation, ce n'était pas la mienne qui était en cause, mais mon père était ainsi. La réalité, il en faisait ce qu'il en voulait.

– Je te remercie, père, mais je pense que mon tempérament s'accommode mieux d'une structure plus souple que celle de la police officielle.

Il planta ses yeux de glace dans les miens.

– Tu veux dire que tu ne supportes pas la discipline ?

– Je veux dire que je pense être plus utile là où on me laissera davantage d'initiative.

Il était coincé et le savait. Il en parla à Milo, qui en parla à Adrï, et j'entrai dans la bande où, pendant presque trois ans, je dus faire la preuve de mes qualités.

Et aujourd'hui, Adrï m'a demandé d'exécuter mon premier contrat.

J'entre dans le bureau d'Adrï après avoir frappé, et me plante devant lui.

– Salut Vlad ! me salue-t-il, utilisant l'abréviation de mon prénom.

– Bonjour, Adrï.

Adrï est de Lysstchiska, un patelin situé dans la partie forestière de la province. Il en a gardé l'aspect rustre du bûcheron, mais dégage beaucoup de sympathie. Il est chaleureux quand il veut obtenir quelque chose et je l'ai vu dans les soirées séduire aussi bien les hommes que les femmes, pour des raisons différentes.

Il est ambitieux et aimerait qu'on oublie ses origines populaires. Il tente de se forger un personnage d'homme d'affaires en s'habillant avec recherche et en distribuant des cigares de prix dont il est grand amateur.

Posé sur son bureau, un magnifique caisson en cèdre divisé à l'intérieur en nombreuses cases ornées de décors baroques éclatant de couleurs et chargées d'or, que les Cubains appellent les *vistas,* renferme une quantité de cigares de toutes tailles et toutes origines. Il ne manque jamais de l'ouvrir devant ses visiteurs de marque.

15

Son grand plaisir est d'entreprendre un interlocuteur et de lui parler en long et en large de sa passion, en se gargarisant d'expressions appropriées. La *cape*, la *sous-cape*, le *ligero*, le *volado*. Les rouleurs de cigares, qui sont généralement des rouleuses dont l'art se transmet de mère en fille, se nomment des *torcedos*, et ont souvent droit à une anecdote croustillante qu'il affirme avoir vécue.

Si son visiteur fait mine d'être intéressé, il passe ensuite à la fabrication, en commençant par la fermentation des feuilles qui ne doit pas excéder quarante-deux degrés sous peine de provoquer la « mort » du tabac, et qui est sondée toutes les six heures à l'aide d'un thermomètre. Il prononce les mots espagnols à l'ukrainienne, en faisant encore plus rouler les *r*. Il tient ses connaissances et son goût d'un voyage qu'il a fait à Cuba avec une délégation de cadres communistes et où il affirme s'être entretenu avec Castro lui-même.

Moi, je ne fume que des cigarettes américaines, celles que nous vendons en contrebande. Une fois, j'ai eu un vrai paquet de Marlboro et j'ai vu la différence. Les nôtres, c'est de la paille à côté. Mais je n'ai pas les moyens de m'offrir les autres.

– Alors, comment tu vas ? me demande-t-il en allumant un cigare avec un briquet qui a une flamme de torchère. Module Corona Gorda, quatorze centimètres trois, précise-t-il en l'agitant vers moi.

– Sacré engin, dis-je.

Il éclate de rire.

– T'aimerais bien en avoir un de cette taille, hein !

Il se renverse dans son fauteuil et tire une énorme bouffée qu'il rejette vers moi.

– Ça sent bon, hein ?

Il offre très rarement un cigare à un inférieur. En tout cas, jamais à moi. Mais il ouvre de nouveau la boîte, pianote sur les modules alignés et en sort un, plus court que le sien et plus clair de cape.

– Tiens, goûte-moi ça.

Surpris, je saisis le cigare et le hume à sa façon.

Il m'observe les yeux plissés comme si je passais un examen et me tend son briquet.

– Merci, dis-je en allumant et en tirant une bouffée.

– Petit Corona, spécifie-t-il. Mareva. terreux et épicé. Légèrement corsé.

– Merci, délicieux, dis-je en retenant une toux.

– Je veux ! Tu sais ce que ça vaut au marché noir ?

Je secoue la tête, mais il ne me donne pas le prix.

On fume un moment, moi debout, lui renversé dans son fauteuil. Enfin il se redresse, fouille dans un tiroir de son bureau, en sort une grande enveloppe kraft qu'il fait glisser vers moi.

– Ouvre, m'ordonne-t-il.

Je décolle le rabat et en sors une photo de vingt sur vingt, en noir et blanc. C'est celle d'une femme, belle, la quarantaine, un visage à l'expression hautaine qui me dit quelque chose sans que je parvienne à l'identifier.

Je relève les yeux vers mon patron qui me regarde fixement. Je ne sais pas pourquoi je n'aime pas ce que je lis dans son regard.

– Tu reconnais ?

– Je l'ai déjà vue… Je ne sais pas où, dis-je en haussant les épaules.

– Laisse tomber.

Il referme sèchement le tiroir, tire une goulée de son cigare.

On reste un moment à fumer en silence.

– Et toi, tu t'en tires des chouettes comme ça ? Bâti comme t'es, tu dois les faire mouiller, ricane-t-il.

Je hoche la tête en esquissant un sourire gêné. Je crois que je dois à l'éducation sévère de mon père ma pudeur sur ce chapitre.

– T'as du pognon maintenant, insiste-t-il. C'est autant le nerf de l'amour que celui de la guerre. D'ailleurs, l'un et l'autre sont kif-kif !

Bien sûr, depuis que je suis avec eux j'ai eu l'occasion de connaître des filles. Il y a toujours l'un ou l'autre des copains qui lâche la sienne qui est bonne à consoler. Je suis pas très fort pour leur faire la cour. Si elles veulent, c'est bien, sinon, tant pis. J'ai ma carrière à bâtir, l'amour attendra. D'ailleurs je ne suis pas encore tombé amoureux.

Adrï me fixe d'un œil amusé.

– T'es plus puceau quand même !

Je proteste en riant. Non, je ne suis plus puceau. Mais je me suis à peine aperçu du passage.

Il ricane, puis reprend un air sérieux. Il me désigne l'enveloppe du menton.

– Dans l'enveloppe, t'as autre chose, sors-le.

Je m'exécute et tire une feuille de papier que je n'avais pas remarquée. Un itinéraire, un numéro de route. Un horaire. Je jette à Adrï un regard interrogatif.

– Tu piges pas ? – Je secoue négativement la tête. – Tu rentres dans la cour des grands. C'est ton premier contrat.

– Premier contrat ?

– Elle doit disparaître.

Je regarde de nouveau la photo et soudain je reconnais la femme. Elle s'appelle Spaska Sokoloff, et elle est la maîtresse de Frantchouk Oleksyovitch, le directeur de cabinet du gouverneur Sergueyev.

– Disparaître ?

Il acquiesce avec un sourire de côté.

Moi, je n'ai pas envie de sourire.

– Et de quelle manière ?

– Deux balles dans la tête. Style exécution par la mafia.

Je sens une épine de glace me descendre dans le ventre. Pourquoi me confie-t-il ses projets ?

– Ouais, c'est toi qui vas le faire, dit-il comme s'il lisait dans mes pensées. Tu vas pas rester coursier toute ta vie !

– Je ne suis pas que coursier, me défendé-je.

– Non, c'est vrai, tu t'occupes aussi des récalcitrants. Mais t'as des qualités. Faut les exploiter.

Je ne sais pas quoi dire. Tuer, c'est pas facile. Et tuer une femme encore moins. Et en plus, la maîtresse d'un type réputé pour être lui-même un tueur.

Je voudrais demander pourquoi je dois le faire, mais ce ne sont pas des questions que l'on pose à un type comme Adrï.

– Tu auras cinq cents dollars américains pour ta peine.

– Et comment et quand ça doit se passer ? demandé-je, les tripes nouées et de la bile plein la bouche.

Adrï tète son cigare qui s'est éteint et me fixe de ses yeux sombres.

– Là, y a un hic. Demain soir.

– Quoi !

– Ouais, je sais. Mais la dame débarque de l'avion demain à cinq heures, prendra à l'aéroport une voiture qu'elle conduira elle-même, et rejoindra son cher et tendre à l'hôtel Ostland. Elle empruntera la route 25, comme c'est indiqué dans le papier. Cette route comme tu le sais traverse une grande portion de forêt et est plus directe. C'est là que ça devra se passer.

– Mais, protesté-je, un coup comme ça se prépare ! Je ne vais pas me pointer là-bas sans rien connaître ! Je n'ai jamais fait ça !

19

– Tu as la nuit et toute la journée de demain pour les repérages. T'auras une Lada gonflée et un Glock. Tu connais tout ça. T'as pas besoin de t'en faire. Tu tireras à travers la vitre, tu peux pas la louper. En tout cas, faut pas la louper, ajoute-t-il avec un sourire qui me hérisse la peau.

Je suis pétrifié. J'ai déjà vu Oleksyovitch avec elle. Un soir à l'Opéra où je servais de garde du corps à Adrï. Il la tenait par les épaules comme un trésor en sucre. Il est marié, mais personne n'a jamais vu sa femme.

– C'est trop court, essayé-je. Je le sens pas ce coup-là.

– Arrête de parler comme au cinoche ! C'est toi qu'es trop court ! aboie-t-il. C'est une chance que je te donne ! J'ai pas besoin de bonniches ! J'ai besoin d'hommes à qui je puisse me fier ! Ou tu passes, ou ça casse ! Pose-le.

Il désigne le cigare que je tiens entre mes doigts et qui, à force d'être trituré comme un chapelet, est à moitié déchiré. Je le lâche dans l'énorme cendrier de cristal.

– Alors ?

Je soupire. Si profond qu'Adrï éclate de rire.

– Bordel, Vladimir, si tu réussis ce coup, je fais ta fortune !

J'ai pas le choix. Je secoue la tête. J'essaye de maîtriser le tremblement de mes mains. J'imaginais quoi en entrant dans la bande ?

– Je vais le faire, Adrï, tu sais bien que je vais le faire. Et je réussirai.

– Bien sûr que tu vas le faire et le réussir. En sortant d'ici va voir Petrovitch, il est prévenu, il a tout ce qu'il te faut. Me déçois pas, petit

J'y suis. Il est seize heures trente et j'ai arrêté la Lada sur le bord de la route. Je l'ai pratiquement pas quittée cette route depuis hier.

Le seul point positif c'est qu'il n'y a presque pas de circulation parce qu'elle est réservée aux notables et que peu de voyageurs s'y risquent.

Elle traverse une forêt sur plus de six kilomètres et je me suis positionné sur une longue ligne droite de façon à pouvoir tout surveiller. En trois quarts d'heure, il est passé deux voitures et un camion réfrigéré.

Moi aussi je suis réfrigéré et c'est pas à cause de la température. Je pense à mon père. Il croit sans doute que je fais du commerce pour mon pays, et moi je vais devenir un assassin.

J'ai joué avec ce mot, je l'ai mâché, sucé, répété jusqu'à la nausée. Assassin. Cinq cents dollars américains. Une jolie femme.

Et mon père, il a jamais tué ? Plus souvent qu'à son tour, sûrement. Avec de bonnes raisons. D'État. Les meilleures. Peut-être que moi aussi je vais tuer pour servir l'État. En quoi elle gêne cette femme ? Non, c'est Oleksyovitch qui gêne.

Je m'occupe pas de politique, il n'y a que la mienne qui m'intéresse. Adrï me l'a souvent reproché en me répétant que tout est lié.

– Tu comprends pas, tête de pioche, que quand ça va pour le pays, ça va pour nous !

Je n'ai jamais vraiment saisi le rapport. Notre bizness n'a rien à voir. Nous, on commerce avec l'autre côté. Avec ce qu'on appelle les prises en douane. Adrï est en cheville avec des douaniers italiens, français, suisses, autrichiens, qui nous refilent ce qu'ils confisquent aux sociétés qui vendent les imitations des grandes marques fabriquées le plus souvent en Asie, mais aussi les produits de luxe que des trafiquants tentent de passer hors douane.

On achète tout. Montres suisses, caméras et appareils photo japonais, télés, radios ; sacs italiens, champagne et vins français, foie gras, qu'on fourgue à notre clientèle friquée qui ne pose jamais de questions, nous cause jamais de problèmes. Par les mêmes filières en sens inverse on vend des tonnes de cigarettes fabriquées un peu partout dans les Républiques populaires, des tapis, de fausses icônes, du caviar, enfin tout ce qui plaît de l'autre côté du Mur. Adrï arrose autant à l'Est qu'à l'Ouest, et tout le monde y trouve son compte.

Mais c'est vrai que, depuis les années soixante-dix où un fort mouvement de contestation s'est manifesté dans notre pays (mon père en parlait sévèrement chez nous quand il recevait ses collègues), le KGB a réagi par une politique de répression qui a commencé par trois procès d'opposants à Kharziv, et j'avais beau être tout môme, je savais que les gens, même ceux qui risquaient le moins comme mon père ou ses collègues au gouvernement, étaient inquiets.

Il faisait de fréquents voyages à Moscou à l'époque, et est allé plusieurs fois en RDA d'où il revenait très soucieux. Il passait beaucoup de temps à son bureau, et une fois en descendant dans la cave pour chercher du charbon je l'ai trouvé devant un brasero en train de brûler des tas de papiers.

C'est mon père qui a été chargé d'interroger les dissidents et de les présenter au tribunal. Il m'expliquait ce qui se passait et j'étais fier de lui que je considérais comme un héros de l'Union soviétique. Après, il y a eu une vague d'arrestations qui a calmé un temps le jeu, et tous ont mieux respiré.

Des types comme Pliouchtch ou Dziouba se sont retrouvés au Goulag ou en hôpital psychiatrique. Une fois, je me suis étonné que ces gens qui conspiraient contre nous soient envoyés chez les fous au lieu d'être en prison.

Mon père m'a regardé bien fixement et m'a répondu en se penchant vers moi :

– Mon fils, de toi à moi, ne penses-tu pas que ces hommes qui mettent en danger notre pays, contestent notre régime qui est le plus égalitaire du monde, sont payés par la CIA, ne crois-tu pas que ce sont des déments ?

Il était près de la retraite, mais ça ne l'empêchait pas d'être très actif et de garder de très bons rapports avec le gouverneur Sergueyev qui l'invitait souvent dans sa résidence quand il recevait des personnages importants du Parti.

Et puis ça a remis ça en 75 quand, sous la pression des États-Unis, les pays européens, le Canada et l'URSS se sont réunis à Helsinki pour élaborer une Charte des droits de l'homme.

Du coup, un Groupe de soutien à l'application des accords d'Helsinki a aussitôt été créé chez nous par un écrivain raté, nommé Roudenko, qui a réuni sous sa bannière tout ce que le pays comptait d'aigris et de laissés-pour-compte du régime, tels que Loukanienko, un des plus acharnés avec le général Grigorenko à remettre tout en question et à tout exiger.

À cette époque, mon père avait quitté le service actif, mais conservait des amitiés et de l'influence. Par respect pour ses anciennes fonctions, on le laissa participer à l'arrestation de Loukanienko, de Grigorenko, et de quelques seconds couteaux. Le premier venait d'effectuer quinze ans de camp, mais s'en reprit dix à l'issue du procès, plus cinq de déportation. Il ne plaisantait pas, mon père, avec la loyauté due au Parti.

Et voilà que maintenant ça va mal à cause de la guerre en Afghanistan qui a retourné tout le monde contre nous, m'a expliqué Adrï.

Alors là, moi, je réfléchis. Brejnev, vieillissant et malade, s'arc-boute au pouvoir qu'il sent lui échapper. Il ne veut plus montrer aucune indulgence pour des comportements de gangster, comme ceux d'Oleksyovitch, dont tout le monde sait qu'il entretient des liens avec la mafia et est complètement corrompu. Ça encore ce serait rien, parce que tous le sont, mais faut être discret, ce que n'est pas Oleksyovitch ; et Shcherbytsky, notre Président, ne tient sûrement pas à déplaire à Brejnev qui l'a depuis un moment aussi dans le collimateur.

L'assassinat de Spaska Sokoloff sera pour Oleksyovitch et les autres l'avertissement d'avoir à changer de comportement. En tout cas, c'est comme ça que je le vois.

Je regarde l'heure. Cinq heures trente. Je me gèle et allume le moteur pour avoir du chauffage. Il faut que je fasse attention parce que je suis censé être en panne. Je surveille la route, mais depuis que la nuit est tombée la circulation est devenue quasi inexistante. Si la police s'arrête, je leur montrerai mon sauf-conduit, mais j'espère ne pas avoir à le présenter. Inutile qu'on fasse le rapprochement entre moi et ce qui va se passer. Je suis sûrement protégé, mais on ne sait jamais.

À six heures un quart, je me dis que c'est foutu et, soulagé, m'apprête à lever le camp, quand, dans le rétroviseur, je vois briller deux phares.

C'est peut-être elle. Je me précipite dehors et soulève le capot.

La voiture se rapproche. Elle ne roule pas vite vu l'état de la chaussée, mais le double faisceau des phares m'empêche d'identifier la marque. Néanmoins je me plante au milieu de la route en agitant les bras. La voiture ralentit et s'arrête à côté de moi.

Il fait complètement nuit et la route est entièrement déserte. Si c'est elle, ce n'est pas une froussarde. Souriant, je me penche vers la vitre passager. Je suis jeune, bien habillé et j'inspire confiance.

Elle descend la vitre et je la reconnais. Elle allume le plafonnier, se penche vers la portière.

– Que vous arrive-t-il ? me demande-t-elle avec un fort accent de Kiev.

– J'ai cassé la courroie du ventilateur, et ce serait formidable si vous pouviez me laisser dans un garage à Kharkov.

Je donne le nom de ma ville à la façon des gens de Kiev. Chez nous, on dit Kharziv.

Elle semble hésiter. Elle a sûrement peur de se mettre en retard pour le rendez-vous avec son chéri.

Pendant qu'elle réfléchit, je sors mon Glock et, dans un mouvement que je ne contrôle pas, le passe au-dessus de la vitre à moitié baissée et appuie deux fois sur la détente comme on m'a appris à le faire.

La détonation fait un bruit effrayant et j'ai l'impression qu'on l'entend à des kilomètres. La calotte de son crâne se soulève dans une gerbe de sang qui inonde en un instant le pare-brise, le tableau de bord et les banquettes.

Je suis pétrifié. Je n'aurais jamais cru qu'il y avait autant de sang dans une tête.

J'ignore combien de temps je reste sans bouger, la main qui tient le pistolet pendant à l'intérieur de la voiture, mais je me ressaisis en voyant briller derrière moi un faisceau de phares.

Je rejoins précipitamment la Lada et démarre comme un fou.

C'est mon premier meurtre et je l'ai commis pour des gens que je ne connais pas.

2

Je m'appelle Charles Siegel et je suis né à Paris dans le quatrième arrondissement.

Je suis le premier Siegel né en France. Mes parents y arrivèrent enfants. Mon futur père, prénommé Albert, avait cinq ans, et ma future mère, Louba, six.

Mon grand-père, Aaron Siegel, et sa femme, Berthe, fuyaient les pogromes de Simon Petlioura, à Kharkov. Mon grand-père maternel, Moshé Vitovitch, et ma grand-mère Simone, ceux de Kiev perpétrés par le même Simon Petlioura et sa clique d'assassins.

Dans les années vingt, si Petlioura avec son armée nationale ukrainienne combattait les bolcheviques et les Polonais pour délivrer sa patrie, il massacrait par antisémitisme des dizaines de milliers de juifs dans la foulée.

À Hodorkov, le village où habitait la famille de mon grand-père Aaron, il en fit égorger sept cents, et huit cents autres grièvement blessés furent laissés pour morts.

Un an après leur arrivée en France, un jeune juif du nom de Schwartzbard, dont toute la famille avait disparu dans un pogrome, abattit de six coups de revolver l'ataman venu se réfugier à Paris.

Mes parents se rencontrèrent en avril 1938 et se fiancèrent en janvier 1939, pendant une permission de mon père qui faisait son service militaire. En septembre de la même année, la guerre fut déclarée et mon père envoyé au front où il fut fait prisonnier pendant la glorieuse débâcle de 40.

En 41, les Siegel et les Vitovitch passèrent en zone libre. Ma mère et ses parents se retrouvèrent dans un village à côté de Grenoble ; Aaron et Berthe Siegel près du Bordeaux de Papon. Tous les quatre furent arrêtés par la Milice française et livrés aux Allemands. Seule ma mère réussit à s'échapper en restant un mois entier cachée dans une forêt.

En 45, mon père, revenu de son stalag et ne retrouvant plus personne, se rendit comme tous les survivants à l'hôtel Lutétia. Il y récupéra ma mère venue elle aussi à la recherche des siens. Ils se marièrent en 46, ne furent pas très heureux et n'eurent qu'un seul enfant, moi.

La paix revenue, ils ouvrirent une librairie rue des Hospitalières-Saint-Gervais. Qui était intéressé par une librairie, en 1947, dans le quartier juif de Paris dévasté par les Allemands ? Les habitants juifs étaient morts et les autres avaient d'autres soucis.

– On manquait de tout, me raconta plus tard ma mère, quand adolescent je me plaignais d'une chose ou d'une autre. Tu ne peux pas te rendre compte de ce que c'était.

Bref, ils firent faillite, et mon père apprit la comptabilité au cours Pigier, tandis que ma mère se lançait dans la sténo-dactylographie. Ils travaillèrent chez les autres durant dix ans et se remirent à leur compte en ouvrant une chemiserie rue de Rivoli.

Ce quartier populaire était mon fief. Les arrière-cours des immeubles pour la plupart en mauvais état constituaient autant de territoires à conquérir pour les garçons réunis en bande. Il y avait celle de la rue Mahler, celle de la rue des Rosiers et celle des Hospitalières-Saint-Gervais. Mais tous, on était contre ceux de la Bastille.

Mon père, qui habitait avec ses parents rue Aubriot où ils tenaient une épicerie, se battit tout jeune contre les ligues de droite de Charles Maurras et les Croix-de-Feu du colonel de La Rocque qui débarquaient dans le quartier pour casser du juif. Mais si les bagarres étaient rudes elles étaient sans rapport avec celles qu'avaient vécues mes grands-parents en Ukraine, où l'ambition des Ukrainiens était de tuer du juif.

Moi, j'étais devenu un vrai titi parisien pour qui les délits les plus graves consistaient à tirer les sonnettes des portes cochères pour faire râler les concierges, et fumer dans les cabinets. Après la communale de la rue des Hospitalières-Saint-Gervais, je fus admis au lycée Charlemagne.

Avant la guerre, le lycée Charlemagne passait pour une annexe de Varsovie tant il y avait d'enfants juifs. Après 45, il n'y avait plus d'enfants juifs, mais des petits Français dont les parents avaient bien vécu la guerre et qui, parfois, devaient rendre les appartements et les boutiques que les lois aryennes leur avaient attribués.

Bref, l'ambiance était tendue entre la poignée de « raccourcis du zizi », comme on nous appelait, et les héritiers du Maréchal.

Dans ce lycée, je ne fis pas seulement mes humanités, j'y appris aussi à me bagarrer comme un voyou, usant de tous les coups tordus que m'enseignait un bon copain, le fils du boucher de la rue des Écouffes, qui, j'ignore pourquoi, m'avait pris en amitié.

J'y restai jusqu'en troisième, l'année du brevet que j'enlevai haut la main, pendant que mon père vendait ses chemises et ma mère des chaussures dans une boutique qu'elle venait d'ouvrir rue de la Chaussée-d'Antin.

On ne se voyait pas beaucoup. Mes parents travaillaient comme des forçats tous les jours de la semaine, consacrant le dimanche après-midi à leur comptabilité et le lundi aux réassortiments. Je connaissais mieux la bonne.

Ce qui ne m'empêchait pas de constater qu'ils s'engueulaient beaucoup. Quand l'humeur était légère, ils m'appelaient Docteur Siegel, Maître Siegel, Monsieur le Professeur Siegel. Quand parfois ils évoquaient leur passé, rarement, ou leur pays d'origine, ma mère faisait mine de cracher par terre et mon père d'avoir un haut-le-cœur.

Mes parents étaient de gauche comme tous les juifs à l'époque, et buvaient du petit-lait quand ils entendaient ce que les Soviétiques faisaient aux Ukrainiens et aux Polonais, aux Hongrois ou aux Roumains, sans parler de ceux de Berlin, bref, à tous ces peuples d'Europe chez qui les juifs avaient laissé leurs plumes.

– Mais, objectais-je du haut de mes treize ans, les Ukrainiens se sont battus contre les Allemands.

– Avec une main attachée dans le dos, répliquait ma mère qui avait le sens de la formule. Et le ghetto de Lvov, supprimé de la surface de la terre par les Waffen SS avec l'aide des nationalistes de l'OuPA ou de l'OuN de Bandera, qu'est-ce que t'en fais ? Et Babi Yar, à Kiev, où aidés des mêmes nationalistes les Allemands ont enterré à moitié vivants, trente-quatre mille des nôtres ! Et les massacres de Piriatine, et les camps de Janowska et Buna-Monovitz ? Le camp d'extermination de Yanivsky où ils tuèrent deux cent mille déportés ! et combien il en restait de juifs sur les cinq millions d'avant-guerre qui vivaient là-bas, hein ? Tu sais ce qu'ils faisaient les Ukrainiens aux juifs dans les camps de concentration dont ils avaient la garde ?

Elle se rappelait tout ma mère, et dans ces cas-là je battais en retraite. Que pouvais-je répliquer ? J'étais de cette génération d'enfants qui ignoraient ce qu'était la douceur d'une grand-mère ou d'un grand-père, et savaient pourquoi.

Mes parents ne s'intéressaient pas beaucoup à la politique, mais la sortie de De Gaulle sur le « peuple sûr de lui et dominateur « au moment de la guerre des Six Jours, et l'injonction qu'il fit à Golda Meir de ne pas répliquer au blocus d'Akaba et à la mobilisation des armées arabes les mirent dans tous leurs états.

Ils essayèrent, profitant de l'enthousiasme général de leurs compatriotes vis-à-vis d'Israël, de m'inculquer un idéal patriotique, et m'envoyèrent durant les vacances qui suivirent dans un kibboutz socialiste. J'y récoltai des cals aux mains, un dégoût du travail de la terre et mon premier chagrin d'amour. Une jeune lieutenante des transmissions de Tsahal. Belle comme le jour et douce comme un hérisson, qui gardait le village avec sa brigade.

Le kibboutz était situé sous le mont du Golan et, pendant des années, avait reçu les obus syriens. Les enfants se réfugiaient pendant les bombardements dans des bunkers aménagés pour la survie. Tout était à leur taille et ils semblaient s'y sentir comme des poissons dans l'eau, mais nous on était impressionnés.

On nous emmenait en autobus en fin de semaine nous baigner dans le lac de Tibériade. La guerre venait juste de se terminer mais il y avait encore pas mal d'Arabes qui traînaient et tiraient sur les habitants. On était accompagnés par des soldats, dont parfois ma lieutenante armée d'un fusil-mitrailleur. Voir cette jeune fille à peine plus âgée que moi se trimballer une pareille arme me rendait fou d'amour et de fierté.

L'année après le brevet, j'intégrai Henri-IV et vécus la « révolution » de 1968, grâce aux récits épiques des grands des prépas.

À Henri- IV, je préparai le bac math élém. Ça c'était pour le futur Docteur Siegel. Moi, j'aurais préféré philo ou science nat'. Mais math élém, c'était la voie royale. J'avais autant envie d'être médecin, avocat, architecte ou ingénieur que de traverser à la nage la Seine la nuit de Noël, comme le faisaient chaque année une douzaine de cinglés.

Je voulais être flic ou journaliste, cinéaste, écrivain. Ou marin.

À Henri- IV, ça se passa mieux qu'à Charlemagne. Les années de guerre s'éloignaient et les ressentiments des uns et des autres s'estompaient. Chacun s'affairait à gagner de l'argent. J'avais dix-sept ans et je venais de perdre mon pucelage.

Ça s'était produit chez moi, dans l'appartement que nous occupions quai de l'Hôtel-de-Ville, face à la Seine. Nous avions un balcon sur lequel donnaient les fenêtres du living-room et les chambres.

Je m'étais servi du prétexte de la très jolie vue pour entraîner chez moi ma conquête, qui, avec le recul, n'avait pas eu besoin de ça.

Ça s'est passé très vite, et mal. Je m'étais fait de cet épisode obligé de la vie d'un jeune homme un rêve extraordinaire. On en parlait tellement, on se donnait tellement de détails, on se vantait tellement, que ça ne pouvait être qu'exceptionnel.

Je ne ressentis presque rien, une brève secousse que je connaissais pour me l'être déjà procurée, et une brûlure qui par chance ne dura pas.

Comme pour des vacances ratées qu'on a tellement fantasmées avant et qu'au retour on raconte quand même avec lyrisme et enthousiasme, je relatai à mes copains ce moment glorieux. J'eus la chance que la fille, vexée peut-être elle aussi, garde un air réservé censé en dire long sur mes performances.

Le bac en poche, je participai à la traditionnelle marche bordélique sur le boulevard Saint-Michel où je me fis embarquer par les flics. Je ne me souviens plus pourquoi. Prévenus mais affolés, mes parents vinrent me chercher au poste où ma mère me serra contre elle en pleurant comme si je venais d'échapper aux hordes mongoles.

– Bon, alors, tu veux t'inscrire à quelle prépa ? me demandèrent mes parents après mon triomphe bachelier.

Pour gagner du temps, je leur dis que je leur répondrais en revenant de vacances.

– Tu veux aller où ? Pas en Angleterre, quand même !

Il faut dire que par trois fois, pour améliorer mon anglais, ils m'avaient envoyé passer mes vacances de l'autre côté du Channel. Mais à cette époque, la langue de Churchill n'avait pas la même importance qu'elle eut ensuite. Bref, je revins chaque fois sans connaître une broque d'anglais de plus, mais rapportai lors de mon dernier séjour une blennorragie maousse que mon père me fit soigner avec des airs de conspirateur. Ma mère n'en sut jamais rien.

Bon, alors, c'est quoi tes projets ? recommença mon père quand je revins après des vacances avec un copain en Suède, où nous étions allés vérifier la liberté d'expression des Suédoises.

– Je veux être journaliste.

Mon père me fixa comme si je lui avais répondu vouloir devenir danseuse nue. On était pourtant en pleine gloire de Joseph Kessel.

– Mais c'est un métier de crève-la-faim ! Et tu crois qu'on rentre comme ça dans un journal ?

Je lui rappelai alors son copain de stalag qui était devenu rédacteur en chef de *France-Soir*.

Il l'aimait beaucoup. C'était avec lui le seul juif à s'être sorti vivant de l'aventure du stalag. Les autres, à une occasion ou une autre, avaient été repérés par les fritz et envoyés dans les camps de la mort.

Il ne pouvait pas dire que son copain crevait la faim. Il mit huit jours à se décider sous l'œil sévère de ma mère, qui pour une fois était de son côté.

J'y rentrai pour mes dix-huit ans, et pendant presque deux ans dus me contenter de servir le café à des journalistes prétentieux, et de distribuer en cavalant des plis super urgents qui finissaient deux fois sur trois dans la corbeille à papier.

Mais j'étais porté par le souvenir d'Albert Londres.

– Ça te dirait de voyager à l'étranger, Siegel ? me demanda un jour, mi-sérieux, mi-goguenard, le chef de la politique étrangère qu'on appelle le Gros Rénal.

– Autant demander à un aveugle s'il veut y voir, répliquai-je avec un aplomb qui m'avait déjà causé quelques déboires.

– Tu t'y connais en appareils photo ?

Premier piège.

– Heu… Comme ça, mais je peux apprendre.

– On n'est pas une école, ici !

Ça, c'était tout lui. Il y a des types qui doivent faire tout petits le vœu d'être détestés. Avec le temps, ils deviennent très bons.

– J'ai pas dit ici.

– Écoute, mon gars, tu sais ce que je pense des morveux dans ton genre qui piaffent parce qu'ils pensent qu'on n'exploite pas leurs extraordinaires qualités ? Mais moi je suis bon zig. Alors voilà ce que je te propose. Comme t'es juif, pour une fois ça va te servir. Tu vas aller dans ton pays me prendre la température, vu qu'ils ont quelques soucis en ce moment avec leurs copains arabes. Rassure-toi, t'y vas pas tout seul. Tu accompagnes Lambert. Tu seras sa nounou, son interprète…

– Je ne parle pas l'hébreu, le coupai-je avec la même hargne que si j'étais en train de lui ouvrir la gorge.

– Comment ça ? fit-il mine de s'étonner. T'es bien juif ?

– C'est pas pour ça que je parle une langue étrangère, grinçai-je en appuyant fortement sur le dernier mot. Je suis français.

– Excuse, je croyais que tous les juifs apprenaient l'hébreu.

Il avait pris un air tellement con que j'imaginais qu'il en faisait un exemple pour les générations futures.

– ... Pour le cas où ça recommencerait et que vous soyez obligés de vous réfugier là-bas...

Je me souviens de n'avoir rien répondu et d'avoir regardé au-dessus de sa tête. Sur le mur était accrochée une photo le représentant dans la foule avec le roi du Maroc, et sur laquelle il avait tracé un cercle le désignant, et une autre où on l'apercevait derrière Pompidou, également cerclé. Je baissai les yeux vers lui.

Je mesure un mètre quatre-vingt-deux et fais régulièrement du karaté, pour, comme je l'ai expliqué à ma mère qui s'en alarmait, maîtriser au mieux mon agressivité. Le tout me donne une certaine assurance physique.

– Bon, alors..., dis-je.

Il était peut-être con mais pas au point de ne pas être malin.

– Voilà ce que je te propose. Tu parles anglais, quand même, non ? (J'acquiesçai.) Alors va voir Lambert et démerde-toi avec lui. Il te dira quoi faire. Tu connais des gens là-bas ? (Je secouai négativement la tête.) Ah, merde, tu y es quand même déjà allé, non ?

(Je hochai affirmativement.) Bon. Alors, tu pars vendredi. Tu peux filer, j'ai plus besoin de toi.

Dans un autre contexte, j'aurais quitté son bureau sur un petit nuage. Mais on était le 20 septembre 1973 et depuis des semaines des bruits de bottes résonnaient dans tout le Moyen-Orient.

Ici, depuis 67, la politique avait changé. On n'aimait plus Israël, on aimait ses ennemis. De Gaulle était passé par là. Pompidou avait bloqué à Cherbourg des vedettes militaires qu'Israël avait achetées et dont la marine israélienne s'était emparée nuitamment avec la complicité d'officiers français de l'Amirauté. Ce qui avait failli déclencher un grave accident diplomatique entre les deux pays. À mon sens, Lambert voulait se couvrir là-bas en emmenant un juif avec lui.

Je rentrai chez moi en feignant l'enthousiasme, principalement à usage interne. Je craignais la réaction de ma mère à l'idée que son fils, pour son premier reportage, aille précisément là où on risquait une guerre.

Je savais qu'elle serait partagée entre la fierté de me voir journaliste en Israël et la trouille que je m'y fasse tuer. Le partage dura toute la nuit. De ma chambre, j'entendis mes parents en parler de dix heures du soir à quatre heures du matin.

Le vendredi à huit heures, j'étais avec Lambert à Orly.

Je ne sais pas où est Lambert, et je m'en fous. La dernière fois que je l'ai aperçu il cavalait comme un dératé pour se mettre à l'abri.

Moi j'y suis, à l'abri. Dans le trou qu'a laissé un oiseau en se posant.

Recroquevillé la tête dans le ventre, je SAIS que tous les obus qui ravagent l'air sont pour moi.

Partout, devant, derrière, sur les côtés, des montagnes de cinquante tonnes d'acier ferraillent sur leurs abominables chenilles, crachent de mortels traits lumineux qui trouent la nuit en hurlant.

Je me traite de tous les noms, je me fous des baffes. Pourquoi je suis là au milieu de cette bataille effroyable où le fer, le feu, le bruit, la mort, ont remplacé les hommes ?

La terre tremble comme sur un niveau cinquante de cette saloperie d'échelle de Richter. Elle me secoue, me fait bouffer du sable, chialer, pisser sur moi.

Le visage incrusté dans la boue, j'entends passer au-dessus de mon trou, indifférentes à ma vie comme si je n'étais qu'une merde, les chenilles monstrueuses. D'ailleurs, j'en suis une. Elles peuvent m'écraser, m'éclater, m'aplatir, sans le plus petit hoquet et sans dévier leur putain de route d'un iota.

Le désert ? Quel désert ? Des milliers de chars, de blindés, d'avions. Des millions d'obus, de fusées, de mitraille. Égyptiens, Israéliens ? Qu'est-ce que j'en ai à foutre que ma mort soit arabe ou juive ? Cette nuit qui n'a plus d'ombre, qui est plus éclatante que n'importe quel soleil, sera, je le sais, ma dernière sur terre.

Déjà je suis sourd. Les bruits qui me terrifiaient au début de cette bataille de fous, je ne les entends plus. Dans mes oreilles, des bourdonnements, des siffle-ments, des hurlements. Ma tête est un poste à galène, un enfer de parasites et de crachotements.

Le boucan effroyable me fait penser à des piles d'assiettes et de couverts métalliques qui tomberaient du haut du ciel. Ce bruit épouvantable me fait remon-ter l'estomac dans la gorge, m'exorbite les yeux, me fait hurler.

Et soudain, pire que tout, un grondement infernal remplit l'espace. Arrivant de nulle part ou de partout, comment savoir, les escadrilles de Phantom de la chasse israélienne passent turbines hurlantes au-des-sus de nos têtes. Je me hisse au bord du trou et je vois des soldats à moitié sortis de leurs tourelles qui les saluent en braillant leur joie.

Je me tourne, et juste à cet instant se déroulent à trente centimètres de moi les abominables chenilles d'acier d'un char.

Je hurle à m'en faire craquer la gorge, mais que sont des cris d'homme dans cet enfer ? Et soudain ces mêmes chenilles sautent en l'air, et je comprends que le char a été touché, et je hurle plus fort, de joie cette fois.

Pourtant je sais que c'est un Centurion, un des nôtres, et que son équipage de mômes aux visages quasi imberbes que j'ai croisés si souvent depuis que je suis arrivé, ces petits soldats qui auraient pu être mes frères, qui SONT mes frères, que j'ai mitraillés sous tous les angles avec mon appareil photo entièrement automatique pour que le Gros Rénal ferme sa gueule de chacal, sont en train de griller.

Ces enfants nés du sable et de la guerre, avec qui, il y a moins de trois heures, quelque part dans ce désert du Sinaï qu'ils devaient reprendre pour que leurs mères, leurs sœurs, leurs femmes, leurs enfants continuent de vivre, j'ai partagé des fruits, du pain, des rires et des cigarettes.

Et c'est peut-être Arié qui brûle dans sa tourelle, ce géant blond qui m'a proposé de venir, après cette chierie, avec mes parents rencontrer sa femme et sa fille. Ou Yoav, le musicien, qui sur son harmonica m'a joué *La Vie en rose.* Peut-être. Je ne sais pas. Je ne veux pas savoir.

La chenille renversée continue de se dérouler dans le vide comme un tapis roulant qui n'entraînerait que des cadavres.

Devant moi, mais je ne sais pas où est devant, Suez et son canal. Plus loin encore, des rangées de missiles. Un de ceux peut-être qui viennent de pulvériser le char. Et autour de moi des cris qui percent la nuit, des odeurs de chairs qui brûlent et qui sentent la poudre, la peur, la mort.

Une Jeep m'a ramené dans une base militaire du Sinaï où des dizaines de journalistes festoient, rient, plaisantent au milieu des soldats qui vont et viennent, hébétés, le visage noirci de poudre et de saletés incrustées.

Des brancards passent qu'on enfourne dans des véhicules bâchés. Certains portent des sacs hermétiques qui ne s'ouvriront que pour aller au cimetière. D'autres brinquebalent des poches de sang, d'oxygène, de sérum, accrochées à des perches que tiennent en courant les brancardiers qui réconfortent en même temps les blessés qui hurlent.

– Tiens, mais c'est Siegel ! D'où tu viens, Ducon, t'es tout sale ! On te croyait mort !

Ça, c'est la voix distinguée de Pelletier, le correspondant de l'AFP. Depuis que je le connais, j'ai perdu tout respect pour l'agence. Pelletier, c'est l'archétype que personne n'oserait mettre dans un roman.

Il a dû acheter en kit à la Samaritaine son allure de baroudeur. Tout y est. La barbe, l'alcool, les récits de ses exploits sexuels sur les cinq continents, qu'à mon avis il a visités à la salle Pleyel ; les fringues, kaki et crades, le cigare vissé au coin de la bouche, le Nikon en bandoulière sur l'épaule. Tout, quoi.

– Où est ton pote ? recommence-t-il en crachotant des bouts de tabac. Il y est resté ? Vous étiez où, bande de taches ! Pas chez les tankistes, tout de même ! Vous avez loupé la soirée du siècle, ajoute-t-il en rigolant et en se tournant vers les autres, pour la plupart affalés de fatigue. Une troupe de mousmés, de sacrées gisquettes qu'ils ont amenées pour leurs héros ! Putain, elles étaient bonnes !

– T'as vu ça en rêve, marmonne un autre auprès de qui il ne doit pas être non plus en odeur de sainteté.

– Parole ! Ah, ils les soignent leurs soldats, les juifs ! En face, t'as les autres qui se débinent en laissant leurs pompes dans le sable pour courir plus vite, et ici, t'as un arrivage de fruits frais tous les jours. J'sais bien qui va la gagner cette putain de guerre !

Je m'éloigne, je crois que je préfère encore ce que je viens de vivre à cet enfoiré. Pour me faire peur, je m'imagine bloqué avec lui dans le trou où j'étais cette nuit. Mais pas de danger. Pelletier, c'est le journaliste de l'arrière. Celui qui ouvre son micro pour interroger au mess ceux qui reviennent de l'enfer. Pas de crainte qu'on le retrouve au milieu des chars.

Je cherche Lambert et l'on m'apprend qu'il est retourné à Tel-Aviv. Je pose mon sac et me laisse tomber assis dans le sable. Je n'ai même pas la force d'aller jusqu'à la douche installée à vingt mètres.

J'ai vingt-deux ans, et cette nuit j'ai caressé la mort.

Je reviens à Paris le 1ᵉʳ novembre. Je quitte un pays qui compte ses morts pour un autre qui rend hommage aux siens.

Le temps était aussi gris à Jérusalem qu'à Paris. Mais dans les têtes, il faisait plus sombre. Comme a dit Napoléon : « Entre la victoire et la défaite il y a un cheveu. »

Je lis les journaux dans l'avion, et ceux de France n'ont pas saisi l'enjeu de la bataille. Les Arabes perdent une guerre, rien ne change pour eux. Israël perd une guerre, et perd la vie.

Il a fallu que je me rende sur place pour le comprendre.

Mes parents viennent me chercher à Orly avec un couple de leurs amis. Des goys, comme on dit. Ils sont fous de joie de la fin de la guerre, de la victoire d'Israël et surtout de mon retour. Les images télé les ont terrorisés.

On va déjeuner à l'hôtel Hilton, avenue de Suffren, après être passé à la maison déposer mon sac. J'ai l'impression d'être parti depuis un siècle.

Mon père, qui ne nous a jamais beaucoup parlé de ses années de prisonnier de guerre, sinon pour nous

43

dire combien il avait eu de la chance de n'être que « prisonnier de guerre », veut que je lui raconte. Je refuse.

Ma mère a parfois laissé échapper des bouts d'histoire qu'elle tenait de ses parents. Ils ont eu le temps de les lui raconter pendant qu'ils étaient cachés dans cette ferme près de Grenoble où ma mère était chargée de mener les vaches aux pâturages.

Je ne veux plus vivre chez mes parents. Il y a un avant et un après la guerre du Kippour. Est-ce que couvrir un conflit dans un autre pays m'aurait fait la même chose ? Je l'ignore. Mais il m'est impossible maintenant de rester chez eux comme un ado attardé.

En Israël, j'ai eu peur, pour moi, pour eux.

Je ne suis pas croyant, j'ai été élevé dans un foyer laïque où parfois on jeûnait le jour de Kippour, parfois pas, comme ça tombait. Et je suis entré la première fois dans une synagogue pour le mariage d'un copain.

Ni ma mère ni mon père ne se souviennent des fêtes célébrées chez leurs parents avant la guerre. Mon père a oublié les questions que posent les enfants le jour de Pâque, et ma mère ne sait pas cuisiner les recettes du pays.

J'ai été élevé au rosbif-coquillettes et au jambon-purée. Ma culture c'est le cinéma américain et les films de la Nouvelle Vague. Je connais mieux Jean-Paul Sartre qu'Isaac Singer, et Marcel Pagnol me parle plus que Sholem Aleikhem.

Et pourtant, quand j'ai vu les soldats de Tsahal, cette armée de civils, se battre comme des loups, j'ai « entendu », venues du fond de ma mémoire, les chansons du shtetl ; j'ai « vu » les rues de Kiev où vivaient mes grands-parents Siegel et la place du marché où ils tenaient une boutique de vêtements.

Ce n'est pas du nationalisme ; ce n'est pas la fameuse double allégeance que l'on ne reproche qu'à nous. Ni aux Italiens, ni aux Portugais, ni aux Polonais, ni aux autres.

C'est juste les chromosomes de la mémoire.

Lambert a fait du bon travail et moi aussi. Alors pourquoi Rénal fait-il la gueule ? Le copain de papa est content. Lambert et moi touchons une prime et sur ma fiche de paye figure le mot journaliste. Entrée gratuite dans les musées et trente pour cent d'abattement sur les impôts.

Je trouve un appartement rue Mahler, à deux pas de chez mes parents. Ils payent tout. La caution, les travaux, l'aménagement. Je laisse faire, je leur dois bien ça.

Le journal est en difficulté depuis que le grand patron mythique est mort. Ça sent la charrette. Sûr qu'on va larguer les derniers et je me fais du souci.

J'ai quitté un pays avec une inflation à treize pour cent mais une euphorie généralisée. Les années qui viennent de s'écouler ont permis aux Français de se constituer une sacrée pelote. Et puis, badaboum ! La guerre du Kippour est passée par là et l'Occident se prend de plein fouet ce que les canards appellent le choc pétrolier. À Genève se tient la Conférence de la paix. À Vienne, celle de l'OPEP.

On ignore encore que les années qui s'annoncent vont être aussi grises que les mines des Français. Les lendemains de guerre ne sont pas toujours synonymes de belle vie. Encore la faute des juifs.

Un dimanche après-midi, alors que mon père est en déplacement en province pour voir des fournisseurs, je coince ma mère après déjeuner.

– Dis, maman, grand-père et grand-mère t'ont raconté ce qu'était leur vie en Ukraine ?

– J'ai connu l'Ukraine.

– Tu avais six ans quand tu es venue ici.

– Oui, mais je me rappelle.

– Quoi ?

– La vie à Kiev.

– Comment c'était ?

Elle soupire, se tourne vers la grande fenêtre du salon qui donne sur la Seine. Un bateau-mouche passe à ce moment en saluant une péniche d'un coup de sirène. On est en février, mais la journée est ensoleillée. Le quai en dessous est embouteillé. Giscard est président depuis huit mois. Il a remplacé Pompidou, mort avant la fin de son mandat et qui a laissé derrière lui une odeur de soufre que les Français oublieront vite, comme le reste.

– Le pays était en pleine effervescence. Et quand un pays de l'Est est en pleine effervescence, ça veut dire qu'il s'en prend principalement aux juifs.

– Tu peux m'expliquer pourquoi ?

– Pourquoi on s'en prend aux juifs ?

– Oui.

Elle hausse les épaules. Elle n'a pas d'explication.

– Petlioura a massacré les juifs au nom de l'indépendance de l'Ukraine. Denikine, pour restaurer l'Empire. Les Cosaques, parce qu'ils étaient cosaques ; les paysans parce que l'Église orthodoxe et leurs prêtres leur disaient que leur misère était la faute des juifs... Et les communistes parce qu'ils se méfiaient de tout le monde. Après, sont arrivés les Allemands.

– Tu as connu les massacres ?

– On en entendait parler et on voyait sans arrêt des juifs aller et venir au gré des pogromes. On savait que ça arriverait un jour chez nous.

46

– Pourquoi n'avez-vous pas tenté de résister ?

– Les sionistes sont venus et ont essayé d'organiser des groupes d'autodéfense dans certains villages, mais les juifs traditionalistes qui dirigeaient les comités ont refusé et les ont chassés.

– C'est pour ça que vous êtes venus en France ?

– Les grands massacres ont commencé avant ma naissance, vers 1918, à cause des Russes qui voulaient s'emparer de l'Ukraine et des nationalistes de Petlioura qui ne voulaient pas. Je ne te dis rien des siècles précédents.

– Qu'est-ce que les juifs avaient à voir là-dedans ?

Elle hausse encore les épaules, allume une cigarette, se lève, va à la fenêtre.

Peut-être que je lui fais du mal à raviver tout ça, mais n'est-ce pas le devoir des parents de transmettre ?

– À Vignitza, les petliouristes sont arrivés un matin, à cheval. Vignitza, c'était une petite ville, un gros bourg. La moitié de la population était juive.

Ma mère parle, le front presque collé à la vitre. Elle tire de longues bouffées de sa cigarette. Je la trouve élégante dans sa robe chemisier beige. Elle a gardé sa silhouette de jeune fille au prix de quelques efforts. Elle n'a pas un seul cheveu blanc et aime s'habiller.

– … Ils ont traversé la ville, côté juif, en sabrant tout sur leur passage. Puis ils ont fait demi-tour et sont entrés dans les maisons encore debout habitées par les juifs. Ils ont sorti tout le monde. Papa, le mien, m'a dit que sa cousine Rachel a proposé cent mille roubles aux assassins pour qu'ils laissent en vie ses deux filles, Guitel et Esther, et ses fils Micha et Isaac. Ils ont refusé en disant qu'ils ne faisaient pas ça pour de l'argent. De toute façon, quand tout le monde était mort, ils n'avaient qu'à se servir.

47

– Qu'est devenue la cousine ?

– Ils l'ont violée, battue, laissée pour morte, et elle est devenue folle.

La voix de ma mère se fait de plus en plus sourde et je dois tendre l'oreille pour l'entendre. Ses épaules sont affaissées et elle appuie son front sur la vitre comme si elle voulait la briser. Elle doit voir de sacrées images sur cette vitre.

Quand j'étais enfant et que j'entendais mes parents parler ensemble, je savais quand ma mère racontait à mon père des souvenirs parce que mon père lui coupait la parole en lui disant de ne pas ressasser tout ça, qu'il fallait toujours regarder devant soi, sinon on ne s'en sort pas.

J'étais partagé entre la curiosité et la peur de savoir.

Je pensais comme mon père que tout ça était du passé et que maintenant nous ne risquions plus rien. J'étais frustré de ne pas avoir été une victime. J'étais sûr que j'aurais été un héros.

– Il y a eu d'autres massacres ?

– Deux cent mille juifs ont été tués au début des années vingt, me répond-elle au bout d'un moment.

Elle vient vers la table, commence à débarrasser. L'employée de maison ne travaille pas le dimanche.

– Maintenant, tu n'as plus peur ?

Elle me regarde et a un joli sourire.

– Maintenant il y a Israël, dit-elle.

3

Yvan Illitch Vonogradov entra à la scierie Renko, NY/114 B, à l'âge de quatorze ans. C'était ça ou passer sa vie à ramasser des betteraves dans le kolkhoze Étoile rouge, dépendant de l'oblast de Gomel, où vivait sa famille,

Le père d'Yvan connut le siège de Sébastopol. Peut-être l'une des raisons pour lesquelles il devint alcoolique et « dérangé ». Comme c'était un géant de presque deux mètres, il terrorisait tout le monde quand il rentrait saoul, c'est-à-dire six jours sur sept, le septième étant consacré à dessaouler. La mère d'Yvan, une paysanne diabétique, volait du sucre au kolkhoze pour ne pas mourir, ce qui irritait profondément les intendants qui lui infligèrent pendant quarante ans de dures sanctions. Ses deux frères aînés se firent arrêter tant de fois pour vols suivis de brutalités qu'on les sortit de prison pour les incorporer à l'armée. Les responsables du kolkhoze décidèrent alors, par mesure de précaution, d'envoyer le troisième garçon, Yvan, à la scierie d'État distante du kolkhoze de plus de deux cent cinquante verstes.

Le jeune homme, de nature contemplative et rêveuse, que les malintentionnés disaient à la limite

de la débilité légère, fut dès son arrivée chargé du net-
toyage, du graissage et de l'entretien des machines ;
de la cuisine, du lavage, et en tout état de cause des
corvées dont personne ne voulait. Il livrait les repas
aux bûcherons sur le terrain et les servait au gré de
leurs exigences.

Ce qui ne l'empêchait pas de se faire rosser régulièrement, et même violer le jour de la fête du Travail
par trois ouvriers embauchés en extra.

L'amour qu'il portait aux arbres lui permit de tenir.
Son jour de repos, il le passait seul en forêt. Il réper-
toria chacune de leur essence sans savoir leur nom, en
observant la forme et la couleur de leurs feuilles,
l'aspect de leur tronc. Il leur parlait, les étreignait, les
regardait avec des yeux remplis de respect et d'amour.

Parfois il s'asseyait près d'eux, comme on le fait
auprès d'amis, et passait des heures à suivre, fasciné,
la vie des insectes cavalant dans l'herbe, admirait la
complexité des nids d'oiseau, suivait la course du
soleil et des nuages.

Un jour, le patron, Sladislav Renko, petit-fils de
celui qui avait créé la scierie en 1908, réquisitionnée
en 1923 par le ministère de l'Agriculture soviétique,
lui colla une énorme tronçonneuse dans les mains et
lui ordonna d'apprendre le métier de bûcheron sous
la férule d'un des anciens.

Ce qu'Yvan redoutait depuis le début.

– Tu crois, quoi ! tonna Renko, petit homme cha-
fouin que sa taille médiocre comparée à celle de ses
ouvriers rendait mauvais. Que je te paye et te nourris
pour tes beaux yeux !

– Mais je travaille, protesta Yvan. Si vous voulez, je
peux m'occuper d'encore plus de choses.

– J'ai besoin d'ouvriers, pas de bonniches, brailla
Renko sous les rires des hommes.

Yvan dut suivre son mentor au plus profond de la forêt, apprendre à abattre les arbres et à les débiter ; à transformer les merveilleux géants en placage, troncs, planches. Quand il les regardait partir à bord des énormes camions, il croyait voir s'en aller les corps de proches, des cadavres d'amis.

Avant la première cognée qu'il leur infligeait, Yvan leur demandait pardon de ce qu'il allait leur faire. Leur promettant que sa taille serait si nette, si franche, si forte, que jamais ils ne souffriraient, et qu'ils mourraient des mains d'un ami pour le plus grand bien de la glorieuse République soviétique.

Un des bûcherons surprit un jour la prière d'Yvan et en avertit les autres qui voulurent se divertir de lui. Ils n'avaient pas remarqué que les années avaient passé, que le garçon mesurait à présent les presque deux mètres paternels, et balançait les troncs comme de vulgaires bâtons.

À peine les brimades et les moqueries commencèrent-elles qu'Yvan empoigna le plus proche de ses bourreaux, lui fracassa la mâchoire et lui démit l'épaule.

À partir de ce jour, le grand Yvan connut une période de calme et continua à parler à ses arbres.

Et aujourd'hui, âgé de trente-quatre ans, il quitte la scierie, un maigre pécule en poche et devant son destin un grand vide

4

Le meurtre de Spaska Sokoloff fit grand bruit au point de résonner jusqu'au Kremlin.

Oleksyovitch brailla comme un putois. Comme il possédait des dossiers sur pas mal de dirigeants de chez nous, on lui accorda une enquête approfondie.

Avait-il quelque chose contre mon père ? Toujours est-il que celui-ci, bien qu'il fût à la retraite, s'activa tant et si bien qu'Adrï sentit se rapprocher le vent du boulet, comme beaucoup d'autres.

J'étais trop naïf à l'époque pour comprendre que dans ce genre de régime, plus opaque qu'un mur en béton, chacun tenait l'autre par la barbichette. Que le mensonge et le crime étaient une politique, et la corruption un mode de gouvernement.

– Il faut que tu prennes des vacances, m'annonça Adrï, une semaine après le début de l'enquête.

Son bureau était recouvert des quotidiens qui continuaient de parler en première page de « l'odieux assassinat ».

Moi, j'avais à peine osé les lire. Je ne dormais plus depuis l'attentat. Je disais « attentat » pour ne pas prononcer le mot « assassinat ».

– Où ?

– Où tu veux. C'est moi qui te les offre.

Là, il n'avait pas besoin de me faire un dessin. Connaissant sa ladrerie, s'il m'offrait des vacances c'était pas par plaisir. Ça me ficha encore plus la trouille.

Il fuyait mon regard, faisait semblant de feuilleter ses foutus journaux, farfouillait dans ses tiroirs comme s'il avait perdu un trésor.

– Qu'est-ce que tu veux dire ? balbutiai-je.

– Hein ?

Il releva la tête vers moi en prenant un air étonné.

– À quel sujet ?

– Au sujet de ces vacances.

– Ben... vaut mieux que tu prennes l'air.

– À cause de ce qui vient de se passer ?

Il hocha la tête.

– Ouais, on risque rien, mais c'est toujours comme ça qu'on fait.

– Quand on a tué quelqu'un ?

Il s'alluma un cigare, mit un siècle à en faire rougeoyer le bout, secoua l'allumette, aspira une bouffée aussi longue qu'un bras, souffla comme une baleine, enfin planta ses yeux dans les miens.

– Écoute, petit, tu viens de perdre ta virginité sur ce coup. Mais t'es devenu un homme. Alors, faut agir en homme. Mes amis et moi on est là pour toi. Tu as juste à te la couler douce quelques semaines en compagnie d'une donzelle sur mesure. Quand ce sera le moment de revenir, je te ferai signe. En attendant, te frappe pas.

Plus il cherchait à me rassurer, plus je tremblais de peur. J'étais sûr qu'ils allaient me sacrifier. Qui étaient « ils », je l'ignorais. À ce moment, le téléphone sonna. Il le regarda d'un air mauvais et se décida à décrocher en jurant.

– Ouais ! aboya-t-il. Mais il changea aussitôt d'attitude et de ton. Bonjour, camarade commissaire principal, mes respects, dit-il en se redressant dans son fauteuil. Il écouta avec attention, sa main posée sur le bureau, se crispant et se décrispant. Vladimir ? Heu... Oui, il est... Dans la maison... Bien sûr, camarade commissaire principal. Je lui dis de vous rappeler immédiatement. Certainement... C'est un grand malheur. Je ne la connaissais pas personnellement, mais j'ai eu la chance de la croiser dans quelques occasions... Je suis de votre avis, il ne faut pas que notre chère ville devienne un repaire de criminels ! Il vous rappelle tout de suite. Préférez-vous qu'il passe vous voir ? Mais nous sommes à votre disposition, camarade commissaire principal, et plus encore votre fils...Il se força à rire. Au revoir, camarade commissaire principal, mes respects, camarade commissaire principal.

Il raccrocha et me regarda avec un sourire crispé.

– Ton père veut te voir.

– Mon père, mais pourquoi ?

– T'as entendu. L'histoire Sokoloff.

Je sentis mes jambes se dérober sous moi. Que savait mon père ?

– C'est lui qui s'en occupe, ajouta Adrï, prenant un faux air détaché. Il rempile, le vieux ! C'est peut-être une chance. Fais exactement ce qu'il te demande.

– Mais qu'est-ce qu'il demande ?

Je tremblais littéralement sur place. Il haussa les épaules.

– Écoute, tu imagines bien que... Cet incident... Enfin, ce qui s'est passé, vient d'en haut. Tu vois ce que je veux dire ? C'est pas des sous-fifres, c'est commandé par l'intérêt national, tu t'en doutes... Alors, toi, tout ce que tu as à faire c'est fermer ta gueule à double tour, obéir à ton cher papa qui te veut du bien, et faire exactement ce qu'il te demandera.

– Il va me demander si je suis au courant de quelque chose !

Il tira encore plus fort sur son cigare, et j'eus la délicieuse vision du module enflammé s'enfonçant dans sa gorge.

– Certainement pas. Et toi, tu vas arrêter de chier dans ta culotte. Si jamais il t'interrogeait sur nos dernières activités, tu dirais que t'es au courant de rien, que tu t'occupes de la paperasse, point à la ligne.

– Mais s'il veut en savoir plus !

– Sur quoi, notre comptabilité ? Tu rigoles ? Il va pas te torturer, non ! Ce que veut ton père, c'est te mettre à l'abri. Même s'il ne sait foutre rien sur rien. Mon oncle Milo et lui sont des super-prudents, c'est pour ça qu'ils sont toujours vivants, vu ? Ça bouge davantage qu'on le pensait, à cause de ce fumier d'Oleksyovitch, qu'il faudra bien calmer un jour. Il était amoureux, ce con ! Mais c'est trop tôt. Alors, petit, fais pas attendre ton cher papa.

J'étais cloué au parquet, terrorisé à l'idée de parler à mon père.

– Je pense à un truc, reprit-il, d'un air pensif. D'après ce que m'a dit tonton Milo, ton père a été déçu quand tu t'es fait renvoyer de l'École des cadets... (Il leva la main pour interrompre mon geste de protestation), il aurait aimé que tu rentres à la Sécurité. Je me trompe ?

– J'en sais rien, dis-je la voix enrouée. Et si je me suis fait renvoyer...

– Je sais, je sais, coupa-t-il en ricanant, t'as tout d'une rosière... Mais peut-être que tu peux rattraper le coup.

– Quoi !

– Écoute petit, j'ai du boulot, je dois passer plusieurs coups de fil. Va voir ton père, écoute ce qu'il a à te dire, et toi tu la fermes. C'est pas difficile, hein ? T'as pris du galon, mais faut pas le perdre. Les gens avec qui on travaille, c'est pas des tendres, si tu vois ce que je veux dire. Entre leur tranquillité et ta vie, y a pas photo, vu ? Je sais que t'es un gars intelligent et ambitieux. J'ai besoin d'un lieutenant en qui j'aie confiance. Vas-y, maintenant.

Il arborait presque un sourire bienveillant, mais je ne m'y trompais pas. Même lui, mon copain Adrï, entre sa tranquillité et ma vie, il n'hésiterait pas un quart de poil de seconde.

Mon futur était entre mes mains. Et entre celles de quelques autres.

Un planton, squelettique et blafard, m'introduit dans le bureau que mon père a conservé. En URSS, les chefs de la police, les responsables des services de sécurité peuvent garder une certaine activité après leur retraite. La gérontocratie est au communisme ce que l'électricité est au prolétariat.

Immense, le bureau. Gigantesque la table. Des bibliothèques couvrent deux murs sur quatre, une baie vitrée, le troisième, et des cartes d'état-major le dernier.

Il me regarde avancer avec l'air d'un matou affamé lorgnant une souris.

– Papa...

Il ne répond pas, se lève lentement, fait le tour de la table et me désigne un fauteuil.

Je m'assois sans le quitter des yeux.

– Tu... voulais me voir ?

Il se cale une fesse sur le bord du bureau, et allume une cigarette à bout doré.

– Oui. Tu vois, je trouve qu'on ne parle pas assez, toi et moi. De ta vie, de ton avenir, de l'avenir de notre pays.

– Ah bon ?

– J'ai toujours œuvré pour que triomphe le socialisme ; tes sœurs ont épousé des hommes importants dans le Parti ; chaque homme, chaque femme de chez nous travaille pour qu'un jour disparaisse l'injustice dans le monde. On aide de notre argent, de notre technologie, de notre sang, les peuples opprimés à se libérer de l'esclavage. Depuis que nous avons délivré l'Afghanistan, les enfants de Kaboul vont à l'école, y compris les filles. Mais les Américains aident les ennemis de l'Afghanistan parce qu'ils ont peur pour leur pétrole. Leur cher pétrole qui fait rouler leurs grosses voitures et chauffe leurs piscines. Du coup, le monde nous accuse d'être des envahisseurs et non des sauveurs...

Je le regarde sans comprendre, et ça doit se voir, parce qu'il ajoute après un temps :

– ...C'est pour ça qu'il ne faut pas donner aux nombreux ennemis du socialisme des raisons de se méfier de nous...

J'avale ma salive en insistant.

– Comment ça va, ton travail ? me demande-t-il à brûle-pourpoint après un silence « bruyant ».

– Ben... Pourquoi tu me demandes ça, on s'est vus ce matin.

– Hier, on s'est vus hier.

– Ah, peut-être...

Il fume sans me quitter des yeux.

– Tu fais quoi exactement chez le neveu de Milo ?

Il a du mal à prononcer le nom d'Adrï. Et moi j'ai du mal à le suivre.

– Un peu de tout. Intendance, paperasse. Bordereaux de transit, autorisations de douanes. Tu sais, il exporte des produits à l'étranger... En importe...

Il se lève, se rassoit dans son fauteuil de l'autre côté de la table.

– Il te paye bien ?

– Je trouve.

– Moi aussi. T'es toujours bien habillé, tu sors dans les beaux endroits, tu fréquentes du beau linge… un majordome chez les Soviets, quoi…

Je hoche la tête.

– Il est content de moi.

– Probablement.

Je connais mon père. Pas son genre de tourner autour du pot. Plutôt le style rentre-dedans. Un soir, alors que je passais dans le couloir, j'ai entendu Milo raconter à son neveu comment mon père avait fait avouer à un dissident récalcitrant ses menées antisoviétiques. Je n'avais pas voulu en entendre davantage.

J'ai envie de fumer, mais je n'ose pas sortir mon paquet de clopes. Lui continue de le faire en me fixant.

– T'en veux une ?

– Oui, je veux bien.

Je me lève, cueille la cigarette par-dessus le bureau. Tabac turc, sucré. Je n'aime pas, mais je n'ai pas le choix.

– C'est quoi, tes projets ? reprend-il au bout d'un moment.

Je hausse les épaules.

– Travailler, mettre de l'argent de côté, trouver une maison…

– Le classique, quoi.

– Oui.

– Aider ton pays ?

– Si je peux, évidemment.

– T'as jamais pensé à prendre ta carte du Parti ?

Je manque hausser les épaules, mais je me retiens *in extremis.*

– J'en ai jamais eu besoin…

– C'est pas une question de besoin, mais de patriotisme.

Je reste muet.

– ...Sans compter, reprend-il, que pour certains postes, c'est nécessaire.

J'acquiesce, au hasard.

– T'as entendu parler du meurtre de cette femme... Spaska Sokoloff ? Sale truc. Elle avait des appuis... Tu la connaissais ? Belle femme, en plus.

Je ne sais pas quoi répondre.

– Tu la connaissais ou pas ?

– Je l'ai aperçue une ou deux fois dans des soirées...

– Quand tu joues les porte-flingues pour ton patron ?

Je ne réponds pas.

– Elle a été abattue comme un chien ! Sa voix enfle soudain. Par des salopards de voyous qui pensent que chez nous on peut jouer les Al Capone, et s'en tirer comme chez les Yankees ! Pas ici ! Ici, on n'assassine pas les gens quand ça arrange ! Tu sais quoi, dit-il d'une voix plus basse. On va les coincer. Et je te jure qu'on va faire un exemple ! Oleksyovitch me l'a personnellement demandé. Et je suis un ami proche d'Oleksyovitch. Alors je vais dégoter le salaud qui a fait ça et le faire bouffer par les rats !

Il me fait peur. Il m'a toujours fait peur. C'est un fou. Un psychopathe. Un type qui aime faire mal. Il se relève, refait le tour, s'approche, se penche sur moi.

– Je te demande pas si t'as des tuyaux par ton boulot. Je sais que t'en as pas. Il sourit, et c'est comme s'il allait mordre. Adrï, peut-être, mais je ne crois pas. Seulement, il faut que je trouve l'assassin pour le livrer à Oleksyovitch. Sinon... Sinon plus personne ne dormira tranquille. En plus, on n'a pas besoin de ça en ce moment. L'Amérique n'attend qu'une occasion pour nous écraser. L'Amérique et la Chine !

Je suis de plus en plus largué. Je n'ai jamais parlé avec mon père de politique internationale. Un, parce que je m'en fous. Deux, parce que ça ne fait pas partie de son champ d'activité habituel. La cigarette me brûle les doigts et je l'écrase dans le cendrier.

– Exactement comme tu viens d'écraser ta cigarette, dit-il avec un sourire sinistre.

Je regarde par la fenêtre en essayant de raccrocher ses propos. Et tout à coup, j'ai un putain de choc. Il sait. Comment il sait, je l'ignore, mais il sait. Le silence se prolonge.

– Tu te souviens, avant que tu travailles chez... ton patron. Je t'avais proposé un poste à la Sécurité. (Je continue de fixer le ciel.) Un de nos hommes avec qui j'ai eu l'habitude de travailler vient justement d'être envoyé comme instructeur en Arménie. Un type bien. Un peu capricieux, peut-être. Ben là, il est en poste dans une espèce de casemate en pleine montagne avec les terroristes arméniens comme voisins. Il touchait un salaire confortable plus des primes, suivant son travail. Appartement de fonction, avantages divers. Dommage qu'il soit tombé amoureux d'une Anglaise. Et le pire c'est qu'elle travaillait pour le MI6.

– C'est une proposition que tu me fais ? je demande avec une voix que j'essaye d'affermir tout en esquissant un vague sourire.

– Ah, tiens, maintenant que tu m'y fais penser... Pourquoi pas ? Ça ne t'empêchera pas de continuer avec Adrï, mais au moins ici, ce serait du sûr.

On s'observe. Duel de glace. Est-ce que mes yeux sont aussi vides que les siens ? J'avais lu une histoire policière qui se passait au XIXᵉ siècle à Londres, où l'on disait que les policiers, quand ils découvraient un meurtre, examinaient les yeux du cadavre, pensant que le visage du meurtrier s'était imprimé dans les yeux de la victime.

– Je ferai quoi ? demandé-je, incapable de soutenir plus longtemps la tension.

– Ben, avec ton activité… Tu dois être au courant de beaucoup de choses… Tu observes, tu m'en parles, on avise… Rien de bien compliqué. Et ici, t'es à l'abri.

Je manque lui demander de quoi. Mais c'est pas le moment de finasser.

– Ça serait pas mal…

– Tu vois, il faut parfois écouter son père.

L'air s'allège. Il reprend une cigarette, m'en offre une, je décline, sors les miennes.

– Bien sûr, tu seras pas obligé d'être en uniforme, tu pourras garder tes beaux costumes italiens. Ce sera même mieux.

Il est détendu. Son regard devient presque affectueux. Presque. Il vient de se sauver en me sauvant. Je ne devrai pas l'oublier. Sans risque pour lui, m'aurait-il sabré ? Je ne le saurai jamais.

Il se relève, vient vers moi, je me mets debout. Il m'entoure les épaules de son bras, me pousse vers la porte.

– Inutile de te dire que tout ça reste un secret entre nous. Personne, et j'insiste, pour le moment personne, ne doit être au courant. Tu as compris ?

J'acquiesce. J'ai compris.

– Tu émargeras à une caisse spéciale. Celle qui sert pour les… collaborateurs occasionnels. Tu n'auras à faire qu'à moi. Et à Milo. D'accord ?

Sa proposition sent la vase. Mais j'ai le choix ?

– D'accord

– Je suis content.

Il ouvre la porte. Le planton se dresse comme un ressort derrière sa table.

– Raccompagne mon fils. Et n'oublie pas, je suis toujours là pour lui.

Le squelette claque des talons et doit sûrement se cogner les genoux en même temps. Mon père rentre dans son bureau après un dernier et vague signe de tête.

Mon père a tenu sa promesse, et Adrï la sienne. Je suis devenu son bras droit et je suis toujours en vie.

L'assassinat de Spaska Sokoloff a été mis sur le compte de « voyous antisoviétiques » et, pour faire bonne mesure, Shcherbytsky a laissé planer une rumeur comme quoi ce seraient des agents de la CIA. Je ne sais pas où il était allé chercher cette fable, mais ça occupait la populace.

Deux types ont été arrêtés, des Géorgiens. Pourquoi des Géorgiens ? je ne sais pas. Le renseignement est venu de Moscou. Peut-être une revanche de Brejnev sur Staline.

Mon père a insisté pour que j'assiste à leur interrogatoire. Ça n'a pas traîné. Les deux types ont fourni tous les détails qu'on leur proposait. Ils ont signé leurs aveux avec ce qui leur restait de doigts, pendant que moi je dégueulais dans la pièce à côté. Je n'en ai plus entendu parler.

Adrï n'a jamais cherché à savoir ce qui s'était passé avec mon père. À mon sens, Milo l'a mis au courant. J'ignore ce qu'il a dit aux commanditaires de l'assassinat de Sokoloff, mais apparemment ils ont été rassurés.

J'ai rendu quelques services à mon père. Je suis allé une fois à Berlin d'où j'ai ramené un transfuge juif qui s'apprêtait à passer à l'Ouest. J'ai réussi en même temps à piéger son passeur avec l'aide d'un agent dormant de la police de Ceauşescu, et on a eu droit aux félicitations.

Une autre fois, j'ai fait infiltrer par un de nos gars le syndicat Solidarnosc qui, à Gdansk, causait pas mal de soucis. Cette activité m'amusait autant qu'elle me rapportait. Le Service n'était pas ingrat, et mon père était content.

Il m'arrive maintenant de remplacer Adrï dans ses voyages de prospection ou dans les soirées officielles.

Il m'aime bien, même si une quinzaine d'années nous séparent. Il dit que je le rassure. Je porte en permanence sous l'aisselle un Glock avec une balle engagée dans la chambre.

Notre bizness marche fort mais on fait de l'ombre aux autres bandes. Il y a à Kharziv deux autres gangs constitués en partie d'Ukrainiens et de Polonais. Nous, on est tous ukrainiens et on n'aime pas vraiment les Polonais.

Mais tant que chacun reste sur son terrain, on laisse couler. Personne n'a intérêt à déterrer la hache de guerre. On arrose copieusement les autorités, et avec nos relations, à Adrï et moi, elles nous fichent la paix.

Adrï va souvent à l'Ouest : à Paris, Londres, et même à Bruxelles où nous avons des contacts pour écouler notre marchandise. Depuis peu on s'occupe d'exporter des pièces d'art anciennes qui viennent de Bohême, des cristaux dont raffolent les gens de l'Ouest, mais les transports sont difficiles. On voudrait diversifier nos activités et la situation politique nous semble mûre pour le faire.

Après la mort de Brejnev et celle d'Andropov qui lui a succédé, et que l'on dit avoir été tué par la maîtresse d'un ministre envoyé en prison, ce qui est faux, arrive Tchernenko. Nous, on s'en fiche de ce défilé de morts vivants, parce que la guerre d'Afghanistan continue de plus belle, que les déserteurs sont de plus en plus nombreux, et que ceux qui ont la chance de revenir de ce cauchemar le font avec de l'héroïne plein leurs musettes.

Et l'héroïne, on voudrait bien en faire notre fonds de commerce, Adrï et moi. Chez nous, si le régime continue de coller à celui de Moscou, on sent de sérieux craquements dans la population. Le sentiment nationaliste ukrainien ne s'est jamais éteint, mais pour

Adrï et moi il existe d'autres priorités qui ne concernent pas la politique.

Adrï est soulagé de ne plus avoir à s'occuper des coups tordus télécommandés par le KGB ou par les autres services, comme le STB tchèque, qui lui non plus ne chôme pas depuis que les tchékistes de la Guépéou essaient de faire oublier le Printemps de Prague.

Un trio de soldats russes revenus d'Afghanistan cherche à nous contacter.

– Tu vas t'en occuper, me dit Adrï. Vois ce qu'ils veulent. Si c'est de la poudre, tu fais gaffe à ce qu'elle soit bonne.

– Et comment je fais ? Je ne suis pas vraiment un spécialiste.

– T'as du mal à avoir confiance en toi, hein ? riposte Adrï. Bon Dieu, t'as grandi, prends tes responsabilités !

– Et si je me goure ? Tu sais combien ça vaut cette saloperie ?

– Va les voir. Si c'est ça, je nous trouverai un chimiste. Moi, je dois aller à Genève voir un banquier suisse… Il me regarde en ricanant. Tu veux garder tes roubles en peau de fesse ?

Je hausse les sourcils d'incompréhension.

– T'as encore du lait dans les trous de nez, hein, se moque-t-il. Je vais transformer le papier-cul soviétique en billets verts à l'effigie de Washington, tu piges ?

– Et comment tu vas les sortir ?

– T'occupe pas de ça. Toi, va voir tes conscrits. Si c'est bon tu leur dis qu'on les paye en dollars américains, OK ?

Je donne rendez-vous aux gars au café Rada situé dans le centre et facile à surveiller par mes hommes. Je me méfie des Russes, surtout ceux qui reviennent de là-bas. Ce sont de vrais allumés.

Quand j'arrive, ils sont déjà installés avec une bouteille de vodka bien entamée devant eux.

– Salut, je ne suis pas en retard, dis-je en désignant la bouteille.

– Non, mais on avait soif, me répond l'un d'eux.

Il a le crâne rasé comme ses deux compagnons, une épaisse barre de sourcils touffus au-dessus d'yeux noirs et enfoncés, et des lèvres lippues. Rien qu'à le voir les Afghans devaient faire dans leurs culottes. Les deux autres sont du même acabit mais d'un genre différent. Des voyous moscovites qui espèrent sûrement rouler un Ukrainien.

Je commande un chocolat et je les vois se lancer un coup d'œil amusé. Tant mieux.

– Alors, qu'est-ce que vous voulez ? je leur demande une fois servi.

Le type aux sourcils broussailleux jette un coup d'œil autour de lui et se penche vers moi.

– C'est toi le patron de ta bande ?

– Son adjoint.

– Nous, on veut le patron.

– Alors faudra attendre, il n'est pas ici en ce moment.

Ils se regardent et semblent hésiter.

– Tu peux prendre des décisions ? me demande celui qui est à côté de moi et qui a une haleine qui pue l'ail.

– Ça dépend pour quoi.

Il regarde encore une fois ses copains avant de lâcher :

– De la poudre.

– Quel genre ?

– Opium.

Merde. Si c'est de l'opium faut pouvoir le raffiner pour en faire de l'héro. Qui peut s'en charger ici ? Je regrette qu'Adrï ne soit pas là. Mais il ne faut pas que ces branques se doutent de quelque chose.

– Combien vous en avez ?

– Combien vous en voulez ?

J'allume un des cigares d'Adrï auxquels maintenant j'ai droit. Je vois que les péquenots sont impressionnés.

– Ça dépend de ce que vous en voulez.

– Le prix du marché, coupe Gros-Sourcils.

Le troisième ne l'a pas encore ouvert et pourtant je sens que c'est lui le plus important. Il est maigre et jaune et a dû rapporter une saloperie de chez les Afghans. Il a le regard terne et je n'aime pas beaucoup sa façon de me fixer sans rien dire depuis le début.

Je hoche la tête.

– On va pas continuer comme ça cent sept ans, je réponds d'un ton irrité. Combien vous en avez, et combien vous en voulez ?

– Cinq kilos, vingt mille dollars le kilo.

C'est le jaune maigre qui a parlé. Presque sans ouvrir la bouche comme les gens qui n'ont plus de dents ou qui sont très en colère.

Je déglutis. Cent mille dollars. C'est pour rien, mais on les a pas. Et est-ce qu'on va trouver la clientèle pour écouler tant de came ? Il y a la bande de Vinitsek, le Polack, qui est déjà en place chez nous. Je ne sens pas bien le coup. Cinq kilos, c'est trop. Je cherche à gagner du temps.

– Et où elle est cette dope ?

– Pas loin, répond la Jaunisse. Et le pognon, il est où ?

– Parce que tu crois que cette somme je la balade sur moi ? Faut d'abord la goûter ta saloperie.

– Quand tu veux. Mais je te préviens, on a un autre mec d'ici sur le coup et on a envie de rentrer chez nous. Alors faut faire fissa.

Merde et merde ! Et Adrï qui est au pays des chocolats !

– Faut que je réfléchisse.

– Un jour. On est à l'hôtel Berzinz. Ça, c'est le numéro de téléphone de la chambre. J'attends ton coup de fil aujourd'hui. Si c'est bon tu goûtes demain et on fait l'échange.

– Une seconde, bordel ! tu veux qu'on réunisse cent mille dollars en un jour ? Tu te crois où ? À Las Vegas ?

Jaunisse se verse un verre plein de vodka, imité par les deux autres. Ça doit être bon pour ce qu'il a.

– Tu goûtes demain, si ça te plaît tu apportes le pognon le lendemain et on fait l'échange. Si t'as pas téléphoné ce soir, on annule le coup.

Il s'enfile en même temps, cul sec, son verre de vodka, pendant que mon chocolat refroidit sur la table.

– Je vous tiens au courant, dis-je en me levant.

Ils me regardent partir sans un mot, mais je ne sais pas s'ils s'aperçoivent que deux autres types se lèvent et sortent derrière moi. J'aime bien assurer mes arrières.

La bonne surprise quand je rentre c'est que je trouve Adrï.

– En fin de compte, j'ai reporté, qu'il dit. Je voulais savoir ce qu'il en était de ces clowns.

Je lui raconte l'entrevue et il réfléchit.

– Tu vas les appeler. Je vais prévenir un gars qui s'y connaît. On verra la dope, demain.

– Et le pognon, tu le sors d'où ? Ils veulent procéder à l'échange après-demain.

Adrï a un sourire que je connais bien.

– Arrête, tu peux pas les enfler. Ces gars-là, ils ont des copains !

– Nous aussi. Et on est sur notre terrain.

– Et si ça marche, et qu'on en veut d'autre ?

— T'auras juste à ouvrir ton parapluie pour pas que ça tombe par terre, ricane Adrï. Des petits malins comme eux il en est revenu des wagons de là-bas, tous tcharbés et mauvais de s'être fait avoir. Tu sais ce que leur faisaient ces enculés d'Afghans quand ils les chopaient ?

— Justement, c'est pas des enfants de chœur. Et on ne sait pas combien on peut en écouler ici. Moi je proposerais qu'on en prenne un kilo ou deux pour tâter.

— Tâter, mes couilles ! Je vais pas laisser cinq kilos de bonne came nous passer sous le nez ! C'est le moment ou jamais. Si le chimiste me dit banco, j'achète !

— T'achètes ? Et je te répète : avec quoi ?

— J'ai toujours un peu de monnaie sur moi, ricane encore Adrï. Réunis les hommes pour demain et passe un coup de fil au Ruskof. Tu lui dis qu'on est intéressés mais qu'on veut les cinq kilos devant nous, demain. T'expliques qu'on n'a pas confiance. Nous, on aura les biftons.

— T'as tort, Adrï, c'est pas des bons.

— Allez, détends-toi, prends un cigare. Tiens goûte-moi celui-là. Ils viennent d'arriver. Montecristo Dubos, quinze centimètres et demi. Cepo 42. Je veux ton avis. J'suis pas sûr de les aimer, rien qu'à l'odeur.

— J'ai pas envie de fumer, je réponds sèchement.

Je suis sûr qu'Adrï nous met dans la merde sur ce coup. Mais il est têtu comme un Cosaque.

On a choisi de concert, les Russes et nous, une casse auto abandonnée à la sortie sud de la ville. Six heures du matin, il fait encore nuit, ça nous permettra de nous installer avant.

Parce qu'on n'a pas l'argent.

Adrï a envoyé vers quatre heures une voiture avec cinq bonshommes. Ils doivent couvrir l'endroit où va se jouer la transaction. Il les a équipés de talkies, et ils sont armés de pistolets-mitrailleurs tchèques.

Je suis certain que les Russes ont aussi prévu le coup, et j'enfile un gilet pare-balles que j'ai acheté à un Vopo berlinois.

Adrï ricane en me voyant m'habiller.

– Je sens que t'es détendu, camarade.

Je hausse les épaules sans répondre. Ce n'est pas moi qui ai décidé l'entourloupe. Je suis obligé de suivre, mais à ma façon. Je vérifie mon chargeur et glisse mon pistolet dans ma ceinture, derrière mon dos.

On a discuté avec Adrï du timing de l'opération et préparé nos gars. Le problème c'est que ce ne sont pas des flèches. On a perdu trois de nos meilleurs hommes quand ils sont passés à l'Ouest travailler pour des groupes mafieux français et allemands.

Adrï prend son Beretta qu'il met dans sa poche de veste. On voyagera avec deux de nos hommes qui trimballeront la mallette censée contenir les dollars.

On monte dans la Volvo d'Adrï et cap sur la casse. On traverse la ville endormie. Il est cinq heures. À partir des faubourgs, l'animation commence.

Des files d'ouvriers attendent les cars de ramassage qui les emmèneront dans les usines. Il y en a plusieurs dans ce secteur. Tracteurs, gaz, meubles, métallurgie. Des gars déjà imbibés sortent des bistrots. Ils parlent fort et chahutent. La vodka sera l'océan dans lequel se noiera l'URSS.

Des trams à l'ancienne brinquebalent, cliquettent. Des ouvriers sont accrochés aux marchepieds et interpellent leurs copains qui suivent les trottoirs et avancent aussi vite. Il fait ce temps mou et gris de fin d'hiver ukrainien, quand le printemps attend embusqué sous le plomb du ciel.

– On arrive, dit Adrï.

On a presque une heure d'avance, le temps de bien repérer les lieux, mais quand on débarque on voit une camionnette déjà stationnée. Pas confiants non plus les Ruskofs.

Bien sûr, Adrï n'a pas pu dégoter un chimiste en si peu de temps. C'est lui qui goûtera. Il compte sur sa mémoire parce qu'il y a un moment qu'il ne s'occupe plus de drogue. Il a embarqué aussi du matériel de chimie. Je ne sais pas s'il sait s'en servir mais ça fait sérieux.

On se gare derrière la camionnette. On essaye de repérer nos hommes, mais on ne les voit pas. Ou ils sont bien planqués ou ils se sont trompés d'endroit. De toute façon il est trop tard pour reculer car je vois sortir du hangar Gros-Sourcils, une kalach portée négligemment à la main. Avec un engin pareil, mon gilet va juste me tenir chaud.

Je vais vers lui, suivi à deux pas par Adrï et nos deux lascars chargés de la mallette métallique vide.

– Salut, je dis.

Il répond d'un hochement de tête, examine la troupe, fixe Adrï qui soutient son regard en souriant ; ce qui lui donne l'expression d'un requin affamé.

– Où sont les autres ? je demande.

– Ils arrivent.

En effet, avec deux de nos gars les mains en l'air. Je me sens pâlir et je vois qu'Adrï accuse le coup.

– C'est des amis à vous ? demande goguenard, Gros-Sourcils.

Adrï a repris son sang-froid. Il sourit en secouant la tête.

– Ils devaient mettre le chauffage avant qu'on arrive.

Il doit aussi se demander où sont passés les autres.

À ce moment, Jaunisse sort à son tour du hangar. Un coin de jour se lève à l'est, mais ça n'enjolive pas l'endroit pour autant. Autour de nous des carcasses rouillées, des grues cassées, des pneus empilés. On patauge dans la boue. Jaunisse se dirige droit sur Adrï.

– C'est toi le tôlier ?

– C'est moi.

– Je te rendrai tes gars à la fin de la transaction, correct ?

– Correct.

– C'est le pognon ? demande-t-il en désignant la mallette.

Adrï acquiesce.

– T'as la dope ?

– À l'intérieur.

– Accompagne-le, me dit Adrï, je voudrais pas qu'il se perde dans ce capharnaüm.

Jaunisse s'arrête net.

– Vous êtes tous comme ça, les Ukrainiens ?

– Comme quoi ?

– Méfiants et un tantinet foireux ?

– Méfiants seulement.

Jaunisse tord la bouche dans un semblant de sourire.

– Viens, chéri, me dit-il, mais tu m'embrasses avant.

Il y a un sacré ange aux ailes plombées qui passe.

– Pas besoin d'être désagréable, dit Adrï d'un ton aussi glacial que l'arme que je sens dans mon dos.

– Arrive, soupire Jaunisse.

Je le suis, pas bien loin. Deux cassettes en bois brut sont posées sur un baril métallique rouillé. Il prend un pied-de-biche et ouvre le couvercle de la première. Des sacs de plastique sont couchés les uns sur les autres. Je m'approche. À l'intérieur, une matière marron, pâteuse.

– Je vais chercher Adrï, dis-je, c'est lui qui vérifie.
– OK.

Je retourne à l'extérieur où Adrï et les autres sont toujours tenus en respect par le type à l'haleine aillée. Gros-Sourcils se contente de superviser.

– Si tu veux venir voir, dis-je à Adrï.

On se regarde. C'est maintenant que ça commence. Enfin, que ça devait commencer. Parce qu'on ignore où sont le reste de nos gars qui devaient lancer le carnaval.

– Je te suis.

On arrive devant les caisses et Adrï examine les paquets de celle qui est ouverte. Il prend son couteau et fend un sac. Il arrache une boulette de la matière noirâtre qu'il roule entre ses doigts avant de la renifler.

– Ça vient d'où ? demande-t-il à Jaunisse.

– De là d'où je viens.

Adrï semble réfléchir et pose sa mallette sur un tonneau en fer. Il en sort un petit réchaud et une pique.

– Je regarderai dans chaque caisse, précise-t-il.

– Si ça ne prend pas toute la journée, tu peux, répond Jaunisse.

– Vous êtes tellement pressés ? Les trains sont rares pour Moscou ?

L'autre se contente de le regarder de ses yeux ternes. Même en pleine lumière, je suis sûr que rien ne brille à l'intérieur. Ou ce gars a dû en baver un max, ou il est né comme ça.

Adrï allume son petit réchaud et pique un bout de la pâte qu'il présente à la flamme. Ça grésille et ça pue. Même moi, j'aurais su ce que c'était.

– La deuxième, désigne Adrï.

L'autre la force, et Adrï recommence la manœuvre en prenant un bout de pâte d'un sac en dessous. Ça grésille et ça pue.

Il me regarde à la dérobée et je sens mon sang s'accélérer. C'est l'heure de vérité. Adrï sort un autre sac et recommence l'opération. Je vois Jaunisse commencer à s'énerver.

– Bon, dit enfin Adrï. On peut les sortir ?
– Je veux d'abord voir ton pognon.
– C'est un de mes gars qui est dehors.
– Dis-leur de l'apporter ici.

Sale coup. Si nos gars sont encore en place, c'est à ce moment-là qu'ils devaient intervenir. Et ils ne pourront rien faire si on reste à l'intérieur du hangar.

– C'est dégueulasse ici, et on voit rien, objecte Adrï. Et je veux voir les autres sacs de came dehors.

Silence de Jaunisse. Ça carbure sec sous le crâne lisse.

– Titoff, appelle-t-il. Laisse Karl avec les autres et amène-toi.

On entend des pas lourds et Titoff apparaît. C'est celui qui pue de la gueule.

– Sors les caisses, dit Jaunisse.

Il les soulève et les porte à l'extérieur. Adrï allume un cigare après en avoir offert un à Jaunisse, qui décline.

– C'est là-dedans ? demande Jaunisse en désignant la mallette que tient notre homme.

– Ouais, répond Adrï, et je remarque que sa voix est un peu étranglée.

Il lève les yeux vers le toit du hangar et je le sens se détendre. Le reste de la troupe doit être là. Mais alors que Jaunisse se dirige vers notre homme à la mallette, Adrï lui crie :

– Attends.

L'autre se retourne, soudain sur ses gardes.

– Attends. T'en as vraiment cinq kilos ?
– T'as vu.

– J'ai vu des caisses, j'ai pas compté les sacs.

– Alors, compte.

– Combien de sacs dans chaque caisse ?

– Dix de deux cent cinquante grammes

– Tu permets ? demande Adrï en se rapprochant des cassettes.

C'est le signal. Je me jette à plat ventre, sors mon Glock et abats Gros-Sourcils. Adrï vise Jaunisse, et les autres, du toit, descendent le troisième.

C'est fini. Le tout a duré dix secondes. Ça pue la poudre. Jaunisse se tord par terre en se tenant le ventre.

Il se retourne au prix d'un sérieux effort et nous fixe, Adrï et moi. Nos gars dégringolent du toit en rigolant et en se foutant de leurs copains qui se sont fait avoir.

– Fils de pute, crache Jaunisse. Vous crèverez avant la fin de l'année.

– Mais toi tu vas crever avant la fin de la conversation, lâche Adrï, les dents serrées, en lui tirant une balle dans la tête.

Adrï est très superstitieux. Ce que l'autre a dit va sûrement le travailler. Moi, je n'aime pas ça non plus. Ce salopard a prononcé ces mots sans haine, mais avec certitude, comme s'il nous voyait déjà morts.

– Embarquez les caisses, aboie Adrï. Et les corps aussi. Vous les balancerez dans le Donets. Allez, merde, en route, grouillez, nom de Dieu !

Son triomphe a été sérieusement terni par la malédiction que lui a lancée le mourant. Adrï croit qu'un mec en train de mourir ne peut pas mentir.

J'espère qu'il se trompe.

5

La neige tombait depuis trois jours. Fine, serrée, obstinée ; pliant les branches jusqu'au sol, enfermant dans un linceul opaque le paysage et les êtres vivants.

Yvan, trempé de la tête aux pieds, avait renoncé à chasser les mèches de cheveux qui se collaient à son visage. Ses vêtements dégoulinaient et la buée qui s'échappait de ses lèvres était le seul signe de chaleur.

La route, creusée d'ornières de boue, avait perdu ses limites. Fossés et chaussée se confondaient. Parfois, il dépassait une ferme qui surgissait soudain de la brume. C'était les hurlements des chiens qui le prévenaient de cette présence humaine. Il savait d'instinct qu'elle n'était pas bonne pour lui et il continuait sa marche sans savoir où elle le conduirait.

Une fois, traversant un village composé seulement de quatre feux, il s'était fait tailler les cheveux par une femme à qui il avait acheté un saucisson qu'elle lui avait proposé contre deux roubles. Elle avait été relativement aimable jusqu'à ce que son mari revienne et le chasse.

La veille au soir, il s'était trouvé un abri inespéré, presque au sec. Un entrelacs de branches qui formaient une sorte de nid dans lequel il s'était glissé. Il s'était allongé dans ses vêtements trempés et ne s'était nourri une fois encore que de deux tranches de pain rassis et d'un hareng saur. Il rêvait d'une soupe chaude et épaisse.

Il avait grelotté toute la nuit et s'était réveillé les membres gourds. Rien n'avait changé depuis la veille. Impossible de faire sécher quoi que ce soit dans cette humidité. Il s'était secoué et avait encore avalé une tranche de pain de la miche qu'il avait achetée deux jours plus tôt dans un village.

Le pécule avec lequel il était parti était à peine entamé depuis presque un mois qu'il avait pris la route. Au début, il s'était nourri de baies sauvages et de châtaignes. Il avait aussi attrapé trois fois un lapin au collet et pêché des tanches dans un cours d'eau. Il avait l'habitude d'avoir toujours faim.

Quand il avait quitté la scierie, un matin, sans plus de raison qu'un autre matin, il était allé chercher sa maigre paie et n'avait pas répondu au contremaître qui voulait comprendre.

– Mais enfin, Yvan, pourquoi tu veux t'en aller ! Bon Dieu ! t'es là depuis des années ! on a une coupe à faire et j'ai déjà pas assez de bûcherons ! tu veux une prime ?

Mais il avait pris les quelques centaines de roubles qu'on lui devait et avait tourné les talons. Pourquoi ce matin-là plutôt qu'un autre des vingt années qu'il avait vécu ici ?

Il s'était réveillé, s'était accordé un peu plus de temps que d'habitude, avait regardé les autres se lever et s'en aller, attendu d'être seul, et fourré ses richesses dans un sac en plastique. Ses richesses ? Une paire de chaussettes chaudes, un caleçon, une chemise, une veste de chasse.

Il ne s'était pas retourné une seule fois, indifférent aux autres qui l'avaient regardé partir. Indifférent à leurs questions. Indifférent à cet endroit où il avait passé plus de la moitié de sa vie. Où il avait été brutalisé, exploité, sans que jamais il se plaigne.

Son départ, il le savait, serait vite oublié. Les bûcherons, à part un ou deux, présents depuis des années et qui contrôlaient les nouveaux arrivants envoyés par le Parti, faisaient des saisons de deux, trois ans, et repartaient ailleurs. Mais si les hommes changeaient, leur mentalité ne changeait pas.

Une seule fois durant toutes ces années l'un d'eux l'avait approché pour une autre raison que se moquer de lui. Il était resté deux saisons et avait pratiquement réussi à lui apprendre à lire et écrire. Les autres rigolaient et les appelaient le « petit couple ». Mais le bûcheron qui s'appelait Boris et venait de Leningrad les ignorait.

Quand ils avaient fini leur journée, il rejoignait Yvan et lui faisait faire des exercices d'écriture. Ils se parlaient peu parce que Yvan était un taiseux et l'autre aussi. Mais jamais Yvan n'avait reçu davantage de chaleur et d'amitié que de cet homme à la figure triste, qui ne parlait jamais de lui, se mêlait le moins possible aux autres que son attitude tenait à distance.

Une seule fois Yvan l'avait vu saoul, le jour où il avait reçu une lettre tamponnée de cachets officiels.

D'ailleurs, il était parti dans la semaine, laissant Yvan en proie à un chagrin qu'il n'aurait jamais soupçonné exister jusqu'alors. On avait appris depuis que l'homme, libéré du Goulag, avait été assigné à résidence pour deux ans dans cette scierie surveillée régulièrement par la police.

C'est deux mois plus tard qu'Yvan avait pris la décision de partir à son tour.

Il marcha tout le jour. Ses pas le portaient sans qu'il s'en aperçoive. Dans les premiers temps, avant qu'il se mette à neiger, il réussissait à se laver dans un ruisseau ou dans un des innombrables petits lacs qui transformaient cette région en un presque marécage. Il lavait aussi ses vêtements qu'il faisait sécher sur un bâton en marchant. À présent, avec le froid glacial, ce genre de fantaisie n'était plus de mise.

En fin de journée, il s'arrêta dans une ferme où deux hommes coupaient le bois de l'hiver. Il leur proposa son aide contre une soupe. Ils l'avaient regardé avec méfiance tandis qu'un gros chien noir menaçant l'avait reniflé en grondant.

Il avait scié pour plus d'une citerne de soupe avant que la fermière lui apporte une écuelle chaude. Mais la soupe était bonne. Des morceaux de lard nageaient à sa surface et Yvan pensa qu'il y avait longtemps qu'il ne s'était autant régalé.

Il remercia et poursuivit son chemin jusqu'à atteindre, à la nuit profonde, un bois dont les branches d'arbres étaient autant de douches glacées.

Il réussit à s'abriter dans le creux d'un hêtre et se tassa tout au fond. La soupe l'avait réchauffé mais il aurait voulu pouvoir faire sécher ses vêtements. Ses chaussures de médiocre qualité s'étaient ouvertes et ses pieds baignaient dans l'eau.

Il s'allongea, mais sursauta en entendant une sorte de piaillement. Il recula vivement et chercha d'où venait le bruit. Mais il eut beau écarquiller les yeux, il ne trouva rien. Il roula son baluchon sous sa tête et s'endormit.

La pluie cessa de tomber durant la nuit, et quand il se réveilla une pâle lumière faisait briller les millions de gouttes d'eau en suspension. Revoir un peu de clarté après ces jours si sombres le réconforta. Une odeur de pourriture s'élevait de la terre cabossée de bosses et de creux remplis d'une boue si liquide qu'il aurait pu y enfoncer le pied jusqu'au mollet.

Il entendit le même piaillement que la veille et fit le tour du tronc d'arbre. Un oiseau, à moitié noyé, tentait désespérément de s'extraire de la gangue. Il le regarda un moment et tendit la main vers lui. L'oiseau lui distribua des coups de bec rageurs qui le firent rire.

Il le hissa à l'air libre et s'aperçut qu'il était blessé. Les plumes d'une de ses ailes étaient collées. Les ébouriffant, il vit la trace d'une ancienne blessure. L'oiseau se débattait et tentait d'échapper à son étreinte. Il lui souffla dans le bec pour qu'il se tienne tranquille. Puis avec un chiffon, lui essuya l'aile pour décoller les plumes qui l'empêchaient de voler.

– Tu dois avoir faim.

Il récupéra les miettes de ses deux tranches de pain et les lui présenta. L'oiseau les examina d'abord avec méfiance, puis picora avidement dans le creux de sa main.

Un corbeau, pensa Yvan.

Il aimait les oiseaux qu'il connaissait bien, ainsi que toutes les bêtes de la forêt avec qui il avait vécu. Il leur parlait comme il le faisait avec ses arbres, s'efforçant d'imiter leur langage pour se faire accepter d'eux. Il avait ainsi appris à reconnaître les cris d'alerte des mésanges, les chants d'amour du geai et des autres oiseaux dont les appels devenaient assourdissants au printemps.

Ragaillardi, l'oiseau fit quelques pas, se tordit la patte, s'arrêta, dubitatif.

Yvan agita les doigts vers lui et gagna la route. Cette rencontre lui avait plu. Au bout de quelques mètres, il s'arrêta pour attacher ses semelles avec un morceau de ficelle, et aperçut l'oiseau qui clopinait derrière lui.

Il sourit de satisfaction. Est-ce que l'oiseau allait le suivre ? Il se remit en route. Vit passer au-dessus de lui une ombre qui se posa un peu plus loin sur un bout de barrière déchirée. Le ballet dura plusieurs heures. L'oiseau s'envolait, disparaissait, et revenait crier autour d'Yvan que cette compagnie enchantait.

Puis l'oiseau disparut, et il le chercha un long moment des yeux. Un vent coupant s'était levé qui durcissait la boue sous ses pas mais ne rendait pas la marche plus aisée. Il était fatigué et souhaitait plus que tout s'arrêter dans un endroit sec et chaud.

En fin de journée, il vit passer sur une route en contrebas un convoi de camions militaires débâchés. Les hommes assis chantaient à tue-tête. Ce n'était pas la première fois qu'il croisait des hommes en armes. Il s'était même étonné d'en rencontrer autant. Il se dissimulait instinctivement dès qu'il apercevait des voitures militaires ou de la police. C'était davantage un réflexe qu'un raisonnement. Personne n'était jamais certain d'être innocent.

C'était aussi un des enseignements de Boris : « Dans certains pays, à certains moments, il n'existe que des coupables. Si tu ne l'es pas encore, tu peux le devenir. Si tu l'es déjà, il est trop tard. »

Depuis son départ de la scierie, il pouvait compter sur les doigts de la main les êtres humains qu'il avait rencontrés. Ils ne lui manquaient pas. Il les savait hostiles. À la nuit, il s'arrêta dans un village où une lumière brillant au-dessus de la porte d'une des maisons indiquait une halte où se restaurer.

À la fois soulagé et méfiant, il poussa la porte et débarqua dans une pièce sombre et tout en longueur dont deux tables et des bancs occupaient l'espace.

Il s'assit, meurtri de fatigue et de froid. Une vieille femme sortit de derrière une tenture dans le fond de la salle.

– Je peux manger ? demanda Yvan, timidement. J'ai de quoi payer.

La vieille l'examina avec méfiance un long moment avant de se décider, mais l'avidité fut la plus forte.

– Une soupe, du pain, du raifort, du poisson, lâcha-t-elle.

– Ce sera très bien, s'empressa Yvan.

Et il se tassa sur le banc pour faire oublier sa taille.

Elle le servit en se tenant un peu à distance, et parut soulagée quand un homme poussa la porte.

– Salut, Youri, lança-t-elle, signifiant qu'elle le connaissait bien.

– Salut, Irska, renvoya l'homme en s'asseyant à l'autre table.

Il détailla sans vergogne Yvan qui lui décocha un sourire qu'il ne lui rendit pas. La vieille lui apporta son repas et s'assit à ses côtés pour bavasser.

Parfois ils s'arrêtaient de parler pour regarder Yvan qui ne savait pas s'il devait partir ou rester. Il se serait bien vu dormir sur un des bancs, près de l'âtre qui égayait et réchauffait si bien la salle. Il se lança :

– Mamouchka, en payant, est-ce que je peux dormir ici ?

Elle le fixa comme s'il lui avait fait une proposition indécente. L'autre homme ne le quittait pas des yeux, du genre prêt à lui sauter dessus.

– Non, dit la femme, je vais fermer. Vous pouvez rester encore jusque-là, après vous partirez.

Il redemanda une assiette de soupe qu'elle lui servit à contrecœur, craignant sans doute qu'il en profite pour s'incruster. Et quand l'autre homme se leva pour partir, il fit signe à Yvan de le suivre.

Il se leva, engourdi de chaleur. Il était gêné parce que ses vêtements mouillés fumaient en dégageant une mauvaise odeur.

– Bonne nuit, dit-il timidement.

Ils ne lui répondirent pas, et la vieille referma solidement la porte derrière lui.

Ce fut une lance de soleil au travers des branches qui le réveilla. Il ouvrit les yeux, appréciant la nouvelle tiédeur de l'air. Après sa halte à l'auberge, il n'était pas allé loin. Un petit bois attenant à une grange délabrée et abandonnée l'avait accueilli.

Il roula sur le dos et s'étira. Son œil fut attiré par un mouvement furtif et il tourna la tête. L'oiseau était là qui picorait la terre. Yvan se redressa sur un coude, ce qui eut pour effet de le faire s'envoler et se reposer un peu plus loin en lui lançant un regard réprobateur.

Yvan lui sourit et se garda désormais du moindre mouvement. Rassuré, l'oiseau reprit son repas. Ses plumes étaient d'un noir profond, propres à présent, et bien alignées. Son aile pendait encore un peu mais pas assez pour l'empêcher de voler.

Yvan vit qu'il était jeune et vigoureux. Il aimait les corbeaux qu'il trouvait malins. Dans la forêt, il avait fraternisé avec toutes les espèces animales. Renards, furets, serpents, biches. Un lynx et même un loup restèrent plusieurs jours à proximité, l'observant de loin.

Les bêtes sentaient que, de cet homme, elles ne risquaient rien. D'instinct, il les comprenait. Pour ne pas
les effrayer il leur parlait sans les regarder. Retenant
sa cognée lorsqu'elles se rapprochaient.

Il travaillait seul la plupart du temps, ne supportant
personne. Le midi, il déballait son déjeuner, s'asseyait
et disposait à leur intention des morceaux de son maigre repas.

Elles s'approchaient, d'abord timidement, puis
avec hardiesse. Elles mangeaient sans le quitter des
yeux, et il continuait de leur parler. Il leur racontait
des histoires qu'il inventait mais qu'il pensait vraies,
où dans des pays lointains hommes et bêtes fraterni-
saient.

La plupart, après avoir mangé, s'éloignaient, mais
restaient à proximité de voix comme si elles voulaient
connaître la fin des histoires.

– Tu es joli, dit Yvan au corbeau.

Celui-ci fit mine de ne pas avoir entendu.

– Tu es jeune, où est ta famille ? Tu es comme moi,
tu n'en as pas ?

L'oiseau l'examina de son œil rond et brillant
comme un diamant. Yvan lui parla du soleil et de la
pluie, de l'odeur de la terre quand elle fumait de chaleur, de la forêt qui abritait et nourrissait. L'oiseau
l'écoutait en inclinant la tête à la façon d'un vieux qui
tend l'oreille.

Puis Yvan se leva, sans que cette fois l'oiseau prenne
peur, et sortit de son baluchon le quignon de miche
restant.

Il était dur comme la pierre. Impossible d'en détacher le moindre morceau. Le corbeau suivait tous ses
mouvements, clopinant d'une patte sur l'autre, d'un
air impatienté.

Yvan mordit dans le pain qu'il mastiqua et imprégna de salive pour en détacher un morceau pour lui et le corbeau. Il le lui tendit au bout des doigts. L'oiseau hésita. Sa petite tête allait alternativement des yeux d'Yvan à sa main tendue, comme s'il y cherchait un piège. Puis prenant sa décision, de son bec dur et luisant il happa le morceau de pain.

Alors Yvan s'assit dans la mousse pour finir le sien. Une brume rayée de lumière s'éleva au-dessus de la terre torturée. Le corbeau attrapait les miettes qu'Yvan lui lançait.

6

Finalement on s'en est bien tirés. Nos gars se sont débarrassés des corps et on a refourgué la dope, telle quelle, aux Polacks, avec un bénéfice de cent mille dollars.

Cette réussite nous a donné des ailes, à Adrï et moi, et on s'est constitué un réseau de fournisseurs. Par je ne sais quel coup de chance, les trois Russes semblaient n'avoir dit à personne qu'ils nous rencontreraient, et dans la pagaille qui régnait alors en URSS avec le retour des appelés, personne n'a fait attention à leur disparition.

Les autorités ont dû dire aux familles qu'ils étaient morts au champ d'honneur du socialisme et que leur sacrifice avait permis au fier peuple afghan de se libérer de ses tyrans. Enfin, je ne sais pas ce qu'elles leur ont raconté, mais toujours est-il qu'il n'y a pas eu d'effet boomerang.

Je gagne très bien ma vie, c'était mon ambition et je me suis acheté une belle baraque où j'organise des fêtes. Je m'occupe des boissons et Adrï des filles. On a pris notre place dans la ville et les responsables, qu'on arrose toujours aussi généreusement, nous mangent dans la main.

Après Tchernenko qu'on n'a pas eu le temps de voir passer, débarque Gorbatchev, et là ça change. On comprend vite, Adrï et moi, que ce n'est pas le moment de s'endormir. Je sens comme tous que les années noires se terminent et qu'il faut se tenir prêt à profiter du gâteau qui se profile à l'horizon.

Avec ce qu'ils appellent la Perestroïka, émergent des types qui devaient être enterrés dans des trous profonds car on ne savait même pas qu'ils existaient. Ils déboulent pour la plupart de Russie ou de Géorgie, s'acoquinent avec des types de chez nous, pas bons non plus, et créent des mafias.

Ils investissent des immeubles entiers, bouclent des quartiers le plus souvent en périphérie où personne d'autre qu'eux n'a le droit d'entrer. La police n'intervient pas, elle sent qu'avec la nouvelle orientation de Moscou elle va devoir se mettre à l'abri. Les gens ici n'apprécient pas ce qui se passe en URSS. Gorbatchev se rapproche de l'Ouest en tentant d'entamer une réforme économique. Mais le peuple ne comprend pas, les changements lui font peur.

Des bandes se créent un peu partout dans les grandes villes d'Ukraine, et la concurrence est rude. Chacun veut s'approprier un bon morceau de territoire et les règlements de comptes se soldent par des coups de kalach.

Quand des types s'obstinent à ne pas comprendre, la mode est d'enlever un des leurs, et s'ils sont trop têtus, le gars est renvoyé dans des paquets différents. Moi et Adrï on a deux gars qui nous accompagnent en permanence. Adrï aime bien cette ambiance, moi, pas.

J'ai tué deux fois. Je n'en ai ressenti aucun remords. Je ne connaissais pas ces gens-là et je n'ai pas eu le choix. Mais à présent, je crains que ce genre de « sport » fasse partie du boulot.

– Sparzak sort d'ici, m'annonce Adrï, un matin.
– Qu'est-ce qu'il voulait ?

Sparzak est le nouvel adjoint du commissaire principal. Personne ne sait pourquoi il a débarqué, mais tout le monde s'en méfie. Même mon père, à qui pourtant rien n'échappe, bien qu'il soit à la retraite depuis un long moment, ne connaît rien sur lui.

Il est apparu un jour de janvier où le thermomètre était descendu à moins quinze. Carcasse osseuse au poil blond ras, sanglé dans un uniforme de commandant de l'armée. Il a été immédiatement reçu par le gouverneur Sergueyev, et quand il est ressorti, Sergueyev se tenait respectueusement à deux pas derrière lui.

– Il te cherchait.
– Quoi ?
– Il t'attend au QG de l'armée.
– Pourquoi ? Ça veut dire quoi ?
– Ça veut dire que t'as intérêt à te grouiller parce que ça fait plus d'une heure qu'il est reparti.

Pendant que je fonce au volant de mon Audi, je me triture le cerveau pour comprendre ce que me veut ce Sparzak. Il s'est répandu un peu partout qu'il est du KGB et dans les bonnes grâce d'un officier supérieur nommé Vladimir Poutine, qui opère à Leningrad à la Première Direction générale, autrement dit un pur espion.

J'arrive à la caserne, et chaque fois que je franchis une grille, et il y en a trois, je dois justifier de mon identité. Ils doivent craindre l'attaque d'un commando de Martiens.

Un sous-officier me conduit au QG de commandement où je poireaute une demi-heure en compagnie d'un officier féminin, pas spécialement aimable, qui m'introduit dans le bureau de Sparzak sans m'avoir une seule fois adressé la parole ni regardé.

Pas le genre à s'excuser de m'avoir fait attendre, le Sparzak. Il est assis derrière un bureau en métal tout ce qu'il y a de quelconque, au fond d'une pièce aveugle. Il me regarde entrer sans que bouge un muscle de son visage en bois.

Comme il ne m'invite pas à m'asseoir, je reste debout sans savoir quoi faire de mes mains.

– Tu travailles avec Adrï Vladirovitch Ninichenko ? attaque-t-il au bout d'un moment.

Et je suis étonné que d'une telle carcasse souffle une voix aussi frêle.

– Exactement, camarade colonel, plus précisément je m'occupe de la gestion de notre société.

Il ne bronche pas davantage que si j'étais invisible et muet.

– Import-export, comme on dit de l'autre côté.

– Effectivement, camarade colonel. Avec l'accord des autorités compétentes et responsables du commerce extérieur, nous transférons à l'étranger certains de nos produits de grande qualité fabriqués dans nos usines par nos ouvriers hautement qualifiés, et importons dans le cadre d'une coopération internationale ce que nos concitoyens ne trouvent pas toujours ici.

Il est assis de travers sur sa chaise, son bras droit, tendu comme une barre, posé sur son bureau.

– Du trafic, quoi, lâche-t-il du bout des lèvres.

Chaque mot qu'il prononce semble lui coûter un effort. Il pousse les mots sur un souffle. Je sursaute, parce que je ne suis pas sûr d'avoir bien entendu.

– Pardon… ?

– Vous trafiquez. Tu crois qu'on n'est pas au courant ? Vous pensez sûrement que vos familles vous protègent ? Tu estimes que c'est ça le socialisme ? des passe-droits, de la corruption ?

– Camarade colonel…

– La ferme !

Il se dresse, il est plus petit que moi. Ça ne l'empêche pas de venir se coller sous mon nez, le menton agressif.

Je commence à sérieusement flipper. Est-ce que cet abruti a été envoyé par Moscou pour nettoyer Kharkov, connu pour ses « affairistes », et remettre sous la botte moscovite l'Ukraine et ses nationalistes turbulents ?

On accuse et condamne par procès publics exhibés au journal télévisé les ignobles profiteurs qui sucent le sang du peuple. On en déporte quelques-uns au Goulag pour que les autres se tiennent tranquilles, et pour ne pas être taxé d'injustice on choisit ceux que les gens n'aiment pas en raison de leurs appuis et relations. C'est une des méthodes employées par les maîtres du Kremlin pour reprendre en main une république turbulente. Jusqu'ici, il n'y a que la Yougoslavie de Tito qui a su leur résister.

Dans ce cas de figure, Adrï, avec son oncle Milo, ancien chef des brigades d'intervention, plutôt craint qu'aimé, et moi avec mon père commissaire politique, chef de la Sécurité pendant plus de deux décennies, et gros pourvoyeur de déportés, possédons le profil idéal pour faire un exemple.

– Excusez-moi, camarade colonel… Mais…

Son regard change, se fait ironique, et je comprends pourquoi. Je transpire de peur et il s'en est aperçu. Ce type est un sadique.

– Tais-toi !

Quand il crie, sa voix se brise en pointes aiguës. Il retourne s'asseoir sur sa chaise métallique, étroite et inconfortable. Il est aussi maso.

– Si ça ne tenait qu'à moi, toi et ton…associé, vous iriez geler vos poumons dans les camps des monts de la Kolyma ! À mille kilomètres de tout lieu habité, vous ne pourriez plus nuire ! Je déteste les gens de votre espèce. Des parasites qui sucent le sang du peuple !

– Mais, camarade…

– Ta gueule !

Il frappe du poing sur la table en se dressant, et je m'aperçois que son bras droit qui pend à ses côtés est une prothèse.

– Là d'où je reviens on émascule et on pend les voleurs !

Chouette pays, je réussis à penser. Parce que, où j'en suis rendu, je ne m'attends plus qu'à voir surgir une escorte armée déjà équipée pour la Sibérie.

Je cherche désespérément une issue, quand il se rassoit.

– Voilà ce que je te propose.

Les Occidentaux appellent cette situation une douche écossaise. Je ne sais pas pourquoi écossaise. En tout cas, le ton de Sparzak a encore changé. Il s'est fait confidentiel.

– Nos services de sécurité viennent de démasquer un espion israélien. Comme tu sais, ces gens n'ont pas ici de représentation diplomatique ; c'est l'ambassade des Pays-Bas qui se charge de leurs intérêts. Il est néerlandais, du moins officiellement. Attaché culturel, comme il se doit. On veut que tu nous en débarrasses.

Je retiens mon souffle et sens mes membres s'alourdir. Cette conversation me ramène des années en arrière quand Adrï m'a « proposé » mon premier contrat.

– Je ne comprends pas, pourquoi moi ? Débarrasser, ça veut dire…

Il sourit, et c'est pire.

– Pourquoi toi ? Parce que nous te connaissons. Nous n'avons rien contre les Néerlandais. Et il n'est pas question qu'un de nos… hommes se charge de l'accident. Car ce doit en être un. Même si les Israéliens ne seront pas dupes. Vois-tu, notre camarade secrétaire général, Mikhaïl Gorbatchev, ne veut plus que notre pays fasse peur aux autres nations. Notre politique extérieure change, mais nous autres, qui avons en charge la sécurité du pays, devons préserver ses intérêts.

Je suis atterré. Je ne m'en sortirai jamais. Il plante son regard dans le mien.

– … Un accident, seulement un accident… cet homme est dangereux pour notre pays…

– Excusez-moi, camarade colonel, mais on vous a mal renseigné. Je ne suis qu'un négociant, pas… pas…

– Un tueur ?

Il se met à rire, et ça me donne la chair de poule.

– Vladimir Vassilevski Sirkoï, né à Kharkov en 1960, d'Anatoly Vassily Sirkoï et de Drana Oscheveko, abat de deux balles dans la tête Spaska Sokoloff, maîtresse de Frantchouk Oleksyovitch. Devient plus tard collaborateur occasionnel du CPVD, où, pour le compte du commissaire principal Anatoly Sirkoï, il participe à l'arrestation de plusieurs dissidents qui tentaient de passer à l'Ouest. Abat au cours d'un règlement de comptes entre gangsters, un caporal-chef de l'Armée rouge de retour d'Afghanistan, où il reçut la médaille de la bravoure. Je continue… ?

93

Je ne suis plus qu'un bloc de glace. Piégé dans des mâchoires d'acier, mon cœur s'affole.

Il sort une nouvelle fois de derrière son bureau et s'assoit de guingois sur le bord de la table, son bras artificiel collé au corps.

– Je crois que vous faites une erreur, camarade colonel. Je n'ai jamais tué personne.

Il penche la tête et ses yeux se réduisent à deux fentes qu'il darde sur moi. Il siffle d'amusement entre ses lèvres.

– Vladimir Vassilevski, dirais-tu que nos services officiels sont incompétents et confondent une racaille dans ton genre avec un honnête citoyen des Républiques socialistes soviétiques ? pouffe-t-il. Dirais-tu que le KGB n'est qu'un ramassis de vieilles commères qui passent leur temps à déblatérer sur nos citoyens ?

– Camarade colonel...

– Ta gueule ! Tu parleras quand je t'interrogerai ! Tu feras exactement ce qu'ont décidé les responsables de la Sécurité ! Tu n'es rien, Vladimir Vassilevski, rien ! Tu es à nous !

Et tout à coup, sans que je l'aie senti venir, la peur qui me desséchait la gorge reflue. Elle est remplacée par une rage qui me serre les muscles et fait trembler mes os.

Je toise Sparzak qui s'est dressé face à moi, menton prognathe tendu à la Mussolini, et j'ai soudain une envie folle de serrer sa gorge entre mes mains.

Je dois les maîtriser ces mains, les coller contre mes cuisses pour qu'elles ne me trahissent pas. Son regard descend, les remarque.

Il sent le changement, l'analyse à sa façon. Ces hommes sont habitués à faire peur. C'est l'essence de leur pouvoir. La peur, la plupart de ces hommes l'ont connue tout au long de leur vie. Quand un soupçon, la mauvaise humeur d'un haut fonctionnaire, d'un rival, ou d'un simple supérieur à qui ils avaient déplu, suffisaient à les expédier au Goulag.

J'ai vu mon père avoir peur. Je l'ai vu plier la nuque devant un envoyé de Moscou venu le contrôler suite à une dénonciation anonyme. Je me souviens de ma mère pleurant des nuits entières avant qu'il ne revienne. Où l'avait-on emmené, je l'ignore et n'en ai jamais rien su. Mais quand il est revenu ce n'était plus le même homme.

Il s'approche, me tourne autour comme un chasseur flairant sa proie. Je sens son odeur, mélange du tissu de sa vareuse et d'une eau de Cologne bon marché. Il se hisse pour me murmurer à l'oreille :

– Tu seras approché dans quelques jours par un homme dont tu oublieras l'existence dès qu'il t'aura donné tes instructions. Ces instructions, tu les suivras à la lettre. Seuls le moment et la façon dont tu t'y prendras pour exécuter ta mission sont laissés à ton initiative. Juste une chose. Il faut que ce soit fait le plus rapidement possible.

Il regagne sa place, s'assoit, pose sa prothèse sur le bureau. Il remarque mon regard.

– Je l'ai perdu alors qu'avec ma brigade on patrouillait à Golbahar. Charmant endroit. Un village de merde perché dans les montagnes d'Afghanistan. Le froid, des grottes, des huttes, des chèvres, des femmes sans visage, des hommes qui nous haïssaient. Et la mort partout. Laisse-moi te raconter.

... Deux de mes hommes sont abattus par des snipers cachés dans une des baraques du village. On fonce, on les voit s'enfuir. Mon caporal les abat d'une rafale de mitraillette. Des femmes se jettent sur nous. On les tue. On enferme les autres avec leurs enfants, dans la baraque du chef et on y met le feu. C'est la nuit. On ne peut pas regagner notre base. Ça pue la chair humaine calcinée à des lieues à la ronde. Tu as déjà senti de la chair humaine brûlée jusqu'à l'os ? tu ne peux jamais l'oublier. On reste à huit. Je poste des sentinelles. Et soudain, c'est l'ouragan. Des dizaines de moudjahidin nous tombent dessus. On tire, on tire jusqu'à épuisement des munitions. Leurs cadavres s'empilent, forment des murs derrière lesquels on se protège.

Ensuite, je me suis battu à l'arme blanche, et c'est un coup de sabre qui m'a tranché net le bras à hauteur de l'épaule. J'ai été le seul survivant. Un de nos hélicoptères est arrivé alors que je tirais mes dernières cartouches avec la main qui me restait.

Il me regarde de côté comme pour guetter ma réaction. Je ne bronche pas. Ses exploits guerriers, je m'en fous.

– À quoi je reconnaîtrai votre type ? je demande d'une voix blanche.

– Il te reconnaîtra.

On s'est quittés là-dessus et un militaire m'a raccompagné à ma voiture. Je suis resté au volant sans bouger jusqu'à ce qu'un soldat soupçonneux m'ordonne de partir.

Je ne sais pas quoi faire, je suis accablé.

– Allô, Vlad, écoute, je t'appelle parce que ton père vient d'être amené à l'hôpital.

– Comment ça, amené à l'hôpital ? Pourquoi ?

– Je sais pas, répond Adrï, ils ont appelé de là-bas. L'hosto des militaires. C'est pas grave, un coup de froid, d'après ce qu'ils m'ont dit. C'est lui qui a demandé de te prévenir pour que tu lui apportes des affaires.

– Il y a longtemps ?

– Non, non, ce matin.

Je n'ai rien dit à Adrï de mon entrevue avec Sparzak. Il a compris et n'a pas insisté. Dans notre monde, moins on en sait, moins on a d'emmerdes. Adrï a toujours suivi scrupuleusement ce principe.

Je tâche de m'occuper le plus possible. J'ai dit à Adrï que je ferais les prochains voyages à l'étranger. Il a paru surpris, jusque-là je rechignais plutôt.

Le type qui doit me donner les renseignements ne s'est pas encore manifesté et je reprends espoir. Est-ce que la direction du KGB à Moscou a encore changé ? Les services de Gorbatchev ont-ils eu vent de l'affaire ? Ou Sparzak a-t-il compris que je n'étais pas fiable ?

Pas fiable. Pas fiable pour tuer ? Je peux tuer, je l'ai prouvé. Parfois, quand il m'est arrivé d'y repenser, de revoir le regard de la femme, attentive, et prête à m'aider, je me suis demandé si un autre à ma place aurait appuyé sur la détente.

Je me suis trouvé des excuses. Pas des justifications, des excuses. Pays violent, la peur, pas de possibilité de refuser. Elle ou moi.

Pour le Russe, c'était autre chose. Un voyou, un trafiquant comme moi. Risques du métier. Là aussi, lui ou moi. Un peu facile. Autre question. Ai-je pris plaisir à tuer ? Au fil des années, je me la suis quelquefois posée. Suis-je un tueur de sang-froid, un psychopathe ou une victime ?

Je dois passer chez mon père avant d'aller à l'hôpital.

Il a vécu seul dans la maison familiale depuis que ma mère est morte il y a trois ans. Mes sœurs vivent à l'étranger avec leurs attachés commerciaux d'époux, l'une à Madrid, l'autre à Oslo. En début d'année, il a reçu son congé d'un obscur gratte-papier. La maison était de fonction et mon père avait quitté la sienne une bonne douzaine d'années plus tôt. C'est sa position et ses relations qui la lui avaient fait conserver.

J'ai voulu intervenir, mais mon père me l'a joué patriote responsable, arguant qu'il n'avait pas besoin d'une si grande maison pour lui tout seul et qu'un appartement en ville lui conviendrait parfaitement. Le comité de district lui en a octroyé un et je l'ai aidé à déménager. À mon avis, le déménagement l'a affaibli. Les vieux ont leurs habitudes, les changer brusquement leur fiche un coup.

Mon père et moi ça n'a jamais été la grande confiance. Il était trop dur. Pas seulement avec moi, avec tout le monde Il ne nous parlait pas, il aboyait. Pendant les années où il a été chef de la Sécurité, on le craignait et tous lui obéissaient. Il n'y avait qu'à son copain Milo qu'il faisait confiance. Comme je l'ai dit, ils se connaissaient depuis toujours et avaient mené des carrières parallèles. L'un au juridique, l'autre à l'exécutif. Mais chez nous, tout est mélangé.

Mon père n'appréciait pas ce qu'il appelait la décadence du régime, et le fait que j'en profite n'était pas pour nous rapprocher. Il se méfiait du nouveau maître du Kremlin et craignait un bouleversement qui remettrait en cause les fondements du communisme.

Je savais aussi que mon père avait été déçu que je ne fasse pas une carrière militaire ou politique. Avec son appui, ça m'aurait été facile, mais je n'avais pas la vocation.

Le comité ne s'est pas fichu de lui. L'appartement est situé en centre-ville dans un immeuble exclusivement réservé aux anciens cadres du Parti. Il est composé de trois pièces et possède un balcon qui est le péché mignon des peuples slaves. Dieu sait tout ce qu'il peut y avoir sur ce genre de balcon. Mais mon père n'a pas eu le temps d'y fiche le bazar.

Je commence à fouiller dans les paquets qui jonchent le sol et sur lesquels aucune indication n'est notée. Je découvre successivement des ustensiles de cuisine, du linge, des livres politiques, des disques, des vêtements, de la vaisselle, des produits ménagers, mais je n'arrive pas à dégoter celui contenant les sous-vêtements, le linge de toilette et le reste.

Mon père a rapporté tout ce que contenait la grande maison, meubles y compris, et je peux à peine me remuer.

Je suis décidé à arrêter l'opération et à lui racheter ce dont il a besoin. Ce qui, je le sais, ne va pas lui plaire, quand en ouvrant un dernier carton je tombe sur une demi-douzaine de cahiers à couverture en fibre de tissu comme on les fabriquait dans le temps.

J'en sors un et vois écrit sur la couverture : 1918. Et en dessous, d'une écriture enfantine : Journal intime de la guerre.

Quelle guerre en 1918 ? me demandé-je. En 1918 mon père avait quatorze ans.

Plus par curiosité que par intérêt, j'ouvre le premier.

10 mars

J'ai quatorze ans mais pour me faire enrôler chez les supplétifs de l'ataman Simon Petlioura mon père a dit que j'en avais seize. Je suis fou de joie. Je suis parti avec d'autres garçons du village et maintenant on est avec l'armée.

Je suis affecté avec Piotr, le fils de Joudov, un ami de mon père, à la lessive. Ça nous plaît pas trop, mais on obéit. Le travail est dur parce que les pellioutristes reviennent de leurs expéditions dans un drôle d'état. Leurs uniformes sont rem-

plis de boue et de sang et on reste des heures à les frotter dans l'eau froide mes copains et moi.

En fait de copain je n'ai que Piotr parce que les autres viennent d'un autre coin ou de la ville et nous considèrent trop comme des paysans idiots. Les trois quarts du temps on a faim et froid malgré que l'ataman se serve dans les villages où il va. Nous on suit de loin parce qu'on est jeunes. Nos chefs, eux sont vieux, tellement que l'ataman ne les prend pas pour se battre, du coup, ils sont mauvais et s'en prennent à nous.

30 mars

Piotr s'est ramassé hier une raclée parce qu'il a laissé tomber une bassine par terre avec des chemises. Il a pleuré toute la nuit et s'en est pris une autre par un gars qu'il empêchait de dormir. Parfois je regrette la ferme.

Il fait rudement froid et on patauge sans arrêt dans la boue. On traverse des coins drôlement moches et abandonné avec plein de ruines. On ne sait pas trop ce qui se passe parce que les soldats ne nous racontent rien. Quand on les voit c'est pour nous donné leur linge à laver et parfois je suis dégoûté tellement c'est sale. Ils se moquent de nous mais aussi de nos chefs qui du coup se vengent sur nous.

Ça fait trois mois que je suis avec notre ataman et je crois que j'ai drôlement changé. J'ai vu des trucs pas croyables. Je vais en raconter un.

Y a deux semaines, notre chef de groupe nous dit qu'on va bougé en direction de Vignitza. Pour moi il pourrait bien parler de n'importe où parce que je sais pas où c'est. Depuis que je suis dans l'armée, ou on reste à se les gelé sur place, ou on se trimbale comme des romanichels à l'arrière de l'armée à les entendre de loin se battre contre les communistes ou les Polonais ou je ne sais pas qui, mais de toute façon quand ils reviennent ils nous donnent leurs uniformes et on travaille comme des forçats.

100

Donc on arrive tous à Vignitza. (J'ai oublié de dire que je me suis fait un nouveau copain, Milo, qui travaille à la roulante de la boulangerie et qui est du même coin que moi. j'suis drôlement content.) Donc, on arrive et on établit le camp. On n'èime pas trop les veilles de bagarres parce que les soldats boive beaucoup et s'en prennent à nous. On dit même qu'il se passe de drôles de trucs dans les tentes avec les cadets.

Bref, mes copains et moi ces soirs-là on tâche de se faire oublié. (Milo est vraiment un gars bien. Il se débrouille pour nous apporter du pain en plus de nos rations. Du coup, Piotr, malgré tout fait un peu la gueule, parce que c'est moins mon meilleur copain.)

Donc, il fait encore nuit que les soldats se préparent et s'en vont et nous on sait qu'on va avoir plein de travail, quand notre chef de roulante nous dit de nous bouger et de suivre les cavaliers. On est drôlement content parce que c'est la première fois qu'on va être aux premières loge.

Le village est à moins d'une demi-heure de route et pendant que les cavaliers se préparent et s'eccitent, moi et les autres on installe les roulantes avec de la charpie et des pansements pour les blessés.

On nous a collé sur une butte juste au-dessus du bourg qui est toujours en train de dormir parce qu'il est quatre heures. Y a juste quelques lumières et je crois que ce doit être les boulangers ou des gens comme ça.

Et tout à coup, ils démarrent comme le tonnerre, ça c'est un moment que j'adore. Les soldats dévalent en hurlant et en faisant tournoyer leurs fusils et leurs sabres, et je me dis avec mes potes que ça va être une sacré bagarre. Milo saute sur place comme un dingue et tout le monde rigole. D'où qu'on est on voit comme si on y était, d'autant que le jour est en train de se lever et qu'on voit que ça va être une belle journée. Ça y est, les soldats sont dans le village.

Ça a duré la journée. Et dans l'après-midi on est venu nous cherché pour qu'on nettoie. J'ai jamais vu ça. Y avait partout des morts. On marchait dans le sang comme si c'était de l'eau. Y avait des femmes qui tenait leurs gosses sur elles et tous étaient à moitié découpés. J'ai tout de suite vomi et je me suis fait moqué par un caporal qui était en train de joué avec la tête d'un bébé (c'est ça qui m'a fait vomir). Y avait plus de maisons debout. Les soldats en sortaient les bras chargé de pleins de choses. Ils se battait pour se les voler et les officiers regardaient ça de loin en rigolant. Milo et tous ceux des roulantes devait préparer de quoi les nourrir et j'ai vu de loin notre ataman Petlioura et son ataman ministre Osskilko, qui mangeait et buvait en parlant avec les officiers et en regardant le village.

Mon équipe et d'autres cadets on devait s'occuper des chevaux et des carrioles que les soldats remplissaient avec le butin. Tous n'étaient pas morts et ça criait drôlement jusqu'à ce qu'un soldat en est assez et vienne les faire taire. C'était juste une partie du village qui avait prit, parce que l'autre n'avait rien et les gens de l'autre côté venaient aussi prendre des choses dans les maisons que les soldats ne voulait pas, comme des meubles, des casseroles, des lits, des trucs comme ça qui ne nous servait pas. Mais pas autre chose. Même qu'un des nôtres a embroché un type de l'autre côté qui voulait partir avec une espèce de chandelier qu'ont les jidy et qui devait être en or comme en ont les jidy dans leurs églises.

Après ç'a été encore moins marrant parce qu'on a été chargé de ramasser des tas de femmes et de les mettre dans une fosse. Ma foi, elles étaient dans un drôle d'état et notre chef nous a dit qu'elles avaient toute été violé par tout le monde avant d'être tué. Je savais pas encore très bien ce que c'était d'être violé, mais je crois que c'était dur. Les soldats se sont mis à boire et il devait bien être six heures de l'après-midi et ils ont ramené des gens qui avaient essayé de se caché ou de fuir dans la forêt et ils les ont torturé jusqu'à ce qu'ils meurent. On les entendait crier comme des cochons qu'on

égorge mais c'était pas des cochons parce que les juifs ne man-
gent pas de cochon.

Moi et mes copains, on se tenait à l'écart, d'ailleurs on
avait du travail et on était faut le dire plus écœurés parce
qu'on avait pas l'habitude.

J'ai demandé à notre chef pourquoi les soldats avait tué ces
civils et il m'a regardé en rigolant. « Tu sais pas, morpion !
c'est pas des civils, c'est des juifs ! »

J'ai dit ah, oui, pour lui faire plaisir mais j'est pas com-
pris la différence entre des civils et des juifs. Chez moi, on
n'aimait pas les juifs parce que mon père disait que tous nos
problèmes venait d'eux. Que c'était à cause d'eux qu'il y
avait le communisme et la misère pour les pauvres paysans.
Qu'ils étaient tous riches et avares et qu'ils prenaient notre
argent et notre pain.

Ce que j'étais étonné c'est que les juifs morts que je voyais
n'avait pas l'air riche, mais plutôt pauvre. Mais moi, à
l'époque je savais rien.

Après, en décembre, avec mon groupe on est allé à Jitomir,
et ça a recommencé en pire.

Je repose le cahier. J'ai pas envie de continuer à
lire. Les autres cahiers couvrent les années 1919 à
1925. Et dans un autre carton j'en trouve qui vont de
1930 à 1946. Mon père a raconté toute sa vie. Mais à
partir de 1946, il n'y a plus de cahiers. Ou alors dans
un autre carton. C'est à peu près à cette époque qu'il
est rentré à la Sécurité.

Il m'a raconté avoir combattu pendant la guerre les
nazis avec les résistants ukrainiens. Mais j'ai entendu
d'autres versions quand j'étais à l'École des cadets de
la police.

Il y avait un type dans la classe au-dessus qui soute-
nait que son père avait combattu avec le mien, et
c'était pas contre les Allemands, parce que les Russes

leur semblaient, pour l'Ukraine, plus dangereux que les Allemands.

Il disait qu'ils avaient été volontaires et avaient même participé à la liquidation du ghetto de Varsovie et de celui de Lodz.

— Tu connais l'histoire de Babi Yar ? et les juifs des campagnes qu'ils tuaient par balles ?

Sur le coup j'ai pas voulu le croire, mais maintenant je ne sais plus. Enfin, mon père ne dit pas dans son journal qu'il a participé aux massacres, il dit qu'il a vu.

Je m'assois et allume une cigarette. Les cartons sont étalés dans tous les sens, certains sont éventrés par le déménagement. Des affaires s'en échappent comme des tripes. De l'un, une écharpe rouge s'est répandue sur le parquet et impossible d'y voir autre chose qu'une grosse traînée de sang.

Je ne suis pas une chochotte ; des cadavres, j'en ai vu. Je n'ai pas à juger mon père. Ce qu'il a fait il l'a fait pour son pays, tandis que moi c'était comme un boulot. J'ai été payé pour tuer la maîtresse de l'adjoint du gouverneur. Et j'ai récupéré beaucoup d'argent après avoir descendu le Russe.

Je ne juge pas mon père, mais je pense que les chiens ne font pas des chats, et que peut-être j'aurais pu tourner autrement.

7

Le temps s'était radouci. Les chutes de neige avaient été le dernier soubresaut d'un hiver mourant. Le quotidien était moins dur et Yvan marchait en direction de la frontière d'un pas plus alerte. Depuis la veille il traversait des terres désolées, râpeuses, où rien ne poussait. Mais il s'était trop avancé pour rebrousser chemin.

Il avait croisé deux jours plus tôt une caravane de nomades qui lui avaient vendu du lait caillé et des lamelles de viande séchée. Il avait pu remplir sa gourde à l'une des lourdes poches de toile suspendues au dos de leurs mules et partager leur repas. À un moment, une femme âgée, leur chamane, s'était approchée de lui.

Elle l'avait regardé, et gêné, il n'avait su quelle attitude adopter. Elle l'avait ensuite littéralement reniflé et pris par la main comme si elle comptait ses doigts.

– Méfie-toi de ceux qui marchent silencieusement derrière toi. Pas de ceux qui te tourneront le dos mais de ceux qui veulent empoisonner ton âme avec des propos gracieux. Sois allié avec le vent, la pluie, la terre.

– C'est ce que je fais, avait-il répondu.

Elle lui avait caressé la main et souri d'une bouche vierge de dents sous le regard grave des autres.

– Tu es un homme bon, et ton double animal est bon et courageux. Ne te laisse pas séduire. Reste pur.

Puis elle s'était levée et éloignée, et il était resté seul et un peu désemparé. Les nomades avaient repris leur route sur leurs petits chevaux nerveux et poilus. Il aurait bien aimé les suivre. Il leur avait fait au revoir de la main et ils s'étaient retournés pour lui répondre.

Il était reparti, le cœur un peu triste.

Il traversait un gué, quand un oiseau rasa sa tête en croassant et se posa sur une branche à moitié enfoncée dans l'eau.

Yvan le regarda et sourit. Était-il possible que ce soit son corbeau ?

L'oiseau l'avait quitté depuis un moment. Alors qu'il le suivait en volant en cercle au-dessus de lui, il avait pris soudain une verticale et s'était éloigné en piaillant.

Pendant des jours, Yvan avait en vain ausculté le ciel. Quand il bivouaquait, il choisissait des endroits dégagés pour que l'oiseau le repère. Mais il n'était pas revenu.

Il s'approcha du corbeau qui vrillait son œil malin sur lui.

– Tu es là…, dit-il seulement.

L'oiseau répondit par un léger cri. Yvan s'accroupit et lui tendit l'index. Le corbeau l'examina d'abord avec l'intérêt qu'il paraissait accorder à toutes choses, et frotta son bec dessus. Yvan éclata de rire et l'oiseau le considéra d'un air interloqué.

Il se fouilla et sortit une lamelle de viande achetée aux nomades. Il la déchira en petits bouts qu'il proposa à l'oiseau. Comme à son habitude l'oiseau les examina avec méfiance, puis rassuré, les avala.

Yvan se remit en route sans lâcher le corbeau des yeux. Il craignait qu'une fois rassasié il ne reparte, mais il lui emboîta le pas, marchant derrière lui comme un chien fidèle, se rapprochant d'un coup d'aile s'il s'estimait trop éloigné.

Leur couple, à qui l'aurait observé, aurait pu paraître étrange. Un gaillard de près de deux mètres de haut, aux longues mèches de cheveux encadrant un visage taillé dans un bois dur et sombre, emmitouflé dans une couverture qui lui tombait des épaules, et cet oiseau gracile et noir qui le suivait en picorant des vers au passage, poussait de petits cris, s'envolait soudain pour se poser plus loin à hauteur des yeux de l'homme, pour l'encourager peut-être à continuer sa route, ou le saluer.

En milieu de journée, alors qu'ils venaient de traverser un bois étique et triste, ils s'arrêtèrent au bord du chemin et partagèrent leur maigre repas. Mais Yvan sentait que l'oiseau acceptait ses offrandes davantage par empathie qu'à cause de sa faim. Il se saisissait des petits bouts de viande qu'Yvan lui tendait et s'amusait à les lancer en l'air et à les rattraper. Quand il réussissait, il regardait son compagnon en tournant la tête de tous côtés d'un air triomphant.

Yvan riait. Il y avait longtemps qu'il ne s'était senti aussi bien. Il se rappela les conseils de la chamane et constata qu'elle avait eu raison. Il n'était apaisé qu'au plus profond de la nature.

Il en était si proche et depuis si longtemps, qu'il en comprenait tous les signes. Il pouvait sentir l'odeur d'une mousse sans s'en approcher, se repérer dans un dédale d'arbres et retrouver sa route. Les étoiles lui indiquaient l'heure et le temps prochain. Le vent lui racontait les évènements qu'il traversait.

107

Yvan, pour être heureux, n'avait besoin que de la terre sous ses pieds, du ciel au-dessus de sa tête, de l'amitié d'un oiseau, mais surtout pas des hommes.

Ils marchèrent jusqu'après la tombée du jour. Depuis tôt la veille, il avait franchi la frontière, qu'un simple panneau indiquait. Lui aurait-on demandé ce qui l'avait poussé à la traverser qu'il aurait été incapable de répondre.

Une pancarte sur une route lui indiqua qu'il avait laissé Mazyr, le dernier bourg biélorusse, à quarante verstes. La pancarte annonçait la distance en kilomètres, mais il avait traduit.

Il attendit de trouver un lieu abrité pour s'arrêter. Le ciel à l'ouest charriait depuis un moment de lourds nuages. Le vent avait soudainement fraîchi et dans le ciel ne brillait aucune étoile.

Il se débarbouilla dans un maigre filet d'eau qui avait dû traverser des terres agricoles car il charriait une boue marronnasse. Il y lava ses chaussettes et un caleçon qu'il ferait sécher à son habitude sur un bâton en marchant.

Il coupa ses longues mèches de cheveux à l'aide de son couteau et réussit à raccourcir sa barbe. Il y avait longtemps qu'il n'avait procédé à une telle toilette. Mais la rencontre avec les nomades, le retour de l'oiseau l'avaient rempli de joie.

Pendant qu'il mâchonnait sa viande en se réchauffant devant son maigre feu, il repensa à son unique ami, Boris. Qu'était-il devenu ? Avait-il retrouvé sa place de professeur ou avait-il été renvoyé au Goulag sous un autre prétexte ?

Yvan ne s'était jamais intéressé à la politique. Il ne la comprenait pas.

Pourquoi certains hommes commandaient, et d'autres obéissaient ? Pourquoi certains possédaient tellement, et d'autres rien? Pourquoi la plupart avaient toujours faim et d'autres jamais?

Il y avait des grands et des petits, des stupides et des intelligents, des courageux et des lâches, des menteurs et des honnêtes, mais il n'avait pas souvent constaté que c'étaient les intelligents, les courageux et les honnêtes, qui distribuaient les biens et donnaient les ordres.

Cette observation faite très tôt l'avait vite dissuadé d'en chercher les raisons. Il n'aurait pas aimé donner des ordres car il n'aurait pas su lesquels. Il n'aurait pas pu distribuer les biens, parce qu'il n'aurait pas su où les prendre. Pourquoi était-il né comme ça?

Il resserra sa couverture sur lui et réanima le feu. Le bois était mouillé et le feu ne tiendrait pas la nuit. Sur la branche à laquelle il était adossé, l'oiseau dormait ou faisait semblant. Il s'interdit de bouger pour ne pas l'effrayer.

Il fut surpris de l'étrange silence qui s'était établi sans qu'il en prenne immédiatement conscience. À part le craquement du feu, aucun bruit, aucun grattement, aucun chuchotement, même en tendant l'oreille, n'accompagnait la solitude de cette nuit. Il se rendit compte combien lui manquait le bruissement familier de la vie nocturne.

C'était comme si tous s'étaient endormis, ce qui n'était pas possible. Tapies dans leurs terriers, enfoncées dans leurs trous, immobilisées au sol, perchées sur une branche, les bêtes de la nuit n'arrêtaient jamais leur vie nocturne. Le vent lui-même s'était tu. Et des branches feuillues seul palpitait le frémissement des extrémités.

Il tourna la tête. L'oiseau le fixait gravement de ses yeux noirs et brillants, ronds comme des billes. Il allongea la main vers lui, et à sa surprise, l'oiseau lui sauta dans la paume. Il le rapprocha doucement pendant que la bestiole tentait de garder son équilibre.

– Tu es inquiet ? souffla-t-il, les lèvres contre ses plumes. Je te protégerai, n'aie pas peur.

Mais l'oiseau ne se rassura pas. Il grimpa le long du bras d'Yvan jusqu'à son épaule, sa petite tête s'agitant de droite à gauche tel un vigile anxieux.

Yvan soupira de plaisir, et en prenant garde à ne pas déranger l'oiseau de son perchoir, s'allongea sur la terre et s'enroula dans sa couverture.

Il respira l'odeur de son petit corps ; son cœur s'apaisa et ses paupières s'alourdirent.

Autour d'eux, rien ne troublait le silence incroyable de cette nuit.

8

Le journal s'est cassé la gueule et a été repris par un autre titre. Ça n'aurait pas été grave s'il n'avait pas aussi changé de genre. J'ai fait jouer la clause de conscience pour partir sans y laisser trop de plumes, avec un seul regret, la satisfaction du Gros Rénal qui s'est ouvertement réjoui de mon départ.

Le canard a viré « petites histoires style pipelette » mais ça n'a pas l'air de gêner le Gros Rénal qui nous a bassinés avec ses engagements gauchistes mais se cramponne à son bureau comme un appariteur à ses manches de lustrine. Il parle désormais des amours des people et des faits divers sordides.

Dire que mes parents ne se sont pas inquiétés de ma décision serait un euphémisme. En pleine « mitterrandie » le travail ne court pas les rues à moins d'être dans l'immobilier. Cependant, devenu une « pointure » dans la presse, je suis approché par la télé et je me laisse embaucher par un hebdo au service politique étrangère. J'ai trente-cinq ans et les dents longues.

La guerre froide joue avec nos nerfs, et les surenchères « missiles de l'Est contre missiles de l'Ouest » se taillent un beau succès dans les paranoïas de l'époque.

Et déboule le temps des dissidents. Au canard, on m'a bombardé grand reporter. En même temps que la politique étrangère, je couvre les faits de société.

Je réussis à obtenir une interview exclusive de Nathan Sharansky qui termine ses neuf années de Goulag avant d'être échangé contre un espion soviétique. Grâce à lui je rencontre également Sakharov en compagnie de sa femme qui fera tant pour le sortir plus tard de son exil à Gorki.

Au hasard, après avoir sérieusement repris l'anglais, je me suis mis au russe, et, atavisme ou intelligence supérieure, je ne mets pas deux ans à le parler plus qu'honorablement. Du coup, je deviens le spécialiste *number one* des pays de l'Est, et effectue différents séjours dans les pays satellites, dont l'Ukraine et la Pologne, où je peux constater que l'antisémitisme rayonne toujours comme un soleil.

En Ukraine, règne en outre une insécurité que je ne retrouve pas dans les autres Républiques soviétiques. À Kiev et dans les villes importantes, Kharkov, Odessa, les bandes font la loi et la police, préoccupée de son propre sort, s'en soucie peu. À vrai dire, je m'aperçois qu'elle en croque sans vergogne.

En me baladant à droite et à gauche et en interviewant les gens sur les changements qu'ils vivent avec la Perestroïka, et maintenant la Glasnost, je vais dans les lieux des massacres dont m'a parlé ma mère, mais personne ne se souvient de rien.

J'évoque avec des intellectuels polonais le film de Lanzmann sur la Shoah qui a été présenté un peu partout, mais c'est comme si je parlais de la légende de la Licorne. Ici la vie est rude, lointaine la guerre contre les Allemands, et la mémoire n'est plus ce qu'elle était.

Ce qui passionne les gens c'est le marché noir. Il y a partout d'immenses marchés en plein air qui se tiennent surtout la nuit et où l'on trouve de tout. En particulier beaucoup de voyous qui surveillent leur business et se chargent du service d'ordre. Les miliciens se tenant prudemment à l'écart.

Sans cette économie parallèle aucun pays communiste ne tiendrait. Elle s'est développée avec l'arrivée de Gorbatchev, si bien vu des Occidentaux, et beaucoup moins ici. Nul n'est prophète en son pays.

Étant gosse je tremblais de trouille quand je voyais des films d'espionnage qui se passaient dans les pays communistes. Je me disais que jamais je n'aurais pu faire le métier d'espion tellement leur police me terrorisait. C'était surtout Berlin-Est qui m'impressionnait.

C'étaient des films en noir et blanc avec Joseph Cotten, Orson Welles, Kirk Douglas, des gentils courageux qui risquaient leurs vies pour le monde libre.

On n'en est plus tout à fait là. L'Ukraine est toujours un pays sous tutelle occupé par les troupes russes, mais qui paraît respirer plus librement. Enfin, c'est l'impression que ça me donne.

Je dois repartir en fin de semaine pour un reportage dans les Républiques populaires. Solidarnosc a fait bouger les mentalités, et à l'Ouest on veut en savoir plus. Moi, Lech Walesa, ce n'est pas ma tasse de thé. Grave catho, j'imagine ce qu'on lui a fait ingurgiter sur les juifs. Mais enfin, il a des couilles et le prouve en faisant un enfant tous les ans à sa femme.

On est le 3 mai 1986 et je suis remonté dans ma chambre avec une femme que j'ai rencontrée dans le bar de l'hôtel Rus, à Kiev. Elle est venue prospecter pour sa boîte anglaise le marché des montres fantaisie. Elle a mon âge, deux enfants et un mari qu'elle a laissés à Liverpool.

On a pris plusieurs verres avant de se décider. Elle et moi on était fatigués et on avait surtout envie de parler. Mais quand je l'ai raccompagnée à sa chambre elle a continué jusqu'à la mienne. Elle vient juste de regagner la sienne et je m'accoude au balcon en fumant une cigarette.

Jusque-là les femmes n'ont pas occupé une grande place dans ma vie, au grand dam de mes parents. Non pas que je m'en désintéresse, mais je n'ai pas eu beaucoup de temps pour ça. Ou je n'ai pas encore rencontré la bonne.

La nuit est fraîche et, de ma chambre située au huitième étage, je domine la ville. Il n'y a rien de plus anonyme qu'une ville de l'Est la nuit. On pourrait être n'importe où.

Celle-ci, comme les autres, est cernée par les inévitables tours sur lesquelles clignotent les lumignons rouges destinés à prévenir les avions. Au-dessus du fleuve, le fameux « centre historique », souvenir de ce que l'on construisait du temps où les architectes avaient le goût et le devoir de ne pas créer de l'immonde.

Depuis a sévi l'architecture stalinienne, digne descendante de la mussolinienne. Les monuments faiblement illuminés ressemblent à d'énormes pâtés de béton, comme la place de l'Arc-en-Ciel, si martiale qu'on a immédiatement envie d'endosser le statut d'objecteur de conscience. De l'autre côté de l'avenue, les bâtiments toujours éclairés de l'usine Tupolev, à côté de la palissade de l'usine à légumes, s'étendent le long d'une rue absolument déserte.

Les avenues noires qui mènent à la place, sillonnées par les rares voitures des derniers noctambules et les quelques fenêtres éclairées des insomniaques, sont les seuls signes de vie d'une capitale qui se couche tôt.

Sur les quais sombres qui bordent la langue noire du Dniepr, les ivrognes se donnent des airs de fêtards. Mais cette nuit est différente. On y sent une fébrilité, une inquiétude.

Depuis un bon moment des voitures déboulent sirènes hurlantes et à la vitesse des voitures officielles sur l'avenue où se trouve l'hôtel et qui mène au Palais du Gouvernement.

Je les ai même entendues en faisant l'amour, et je vois des gens qui sont descendus dans les rues. Je décide de me renseigner et enfile un pantalon et un pull. J'hésite entre une insurrection toujours possible et la mort subite et « accidentelle » d'un haut dignitaire du régime en espérant que ce ne soit pas le secrétaire général Gorbatchev qui nous a redonné un peu d'espoir.

L'effervescence règne dans l'hôtel qui est réservé aux visiteurs étrangers. J'y retrouve des collègues, des hommes et des femmes d'affaires, mais pas ma dernière conquête. Ou elle n'est pas curieuse, ou elle est fatiguée.

Je m'approche d'un groupe qui discute avec animation en regardant la télé installée derrière le bar. Un commentateur à l'air sinistre discute devant une carte du pays. La plupart des clients ne parlent pas russe et un collègue américain se tourne vers moi.

– Qu'est-ce qu'il dit ? qu'est-ce qui se passe ?

J'écoute attentivement. C'est une chose de baragouiner une langue et une autre de traduire simultanément. Le barman et les membres du personnel, tournés vers le poste, sont figés, et leurs visages crispés par l'angoisse ne me disent rien qui vaille.

Deux militaires ont rejoint le commentateur qui, à l'aide d'une baguette, désigne un point sur la carte : une étoile rouge située à la frontière biélorusse. L'un des militaires prend la parole.

– Dans la nuit du 26 au 27 avril un accident sans gravité s'est produit à la centrale nucléaire Lénine de Tchernobyl, située sur le Dniepr, proche de la frontière biélorusse. Au cours d'un exercice de vérification destiné à tester l'alimentation électrique, le réacteur numéro 4 de type RBMK, mis en exploitation en 1983, a approché son point de combustion et un incendie s'est déclaré, vite maîtrisé par les pompiers et les spécialistes appelés en renfort depuis la ville voisine de Pripiat, dont la population par mesure de précaution a été évacuée depuis.

Le gradé nous regarde et reprend son souffle.

– Le responsable de la centrale, le camarade Viktor Petrovitch Boukaroff après avoir prévenu Moscou, a assuré que la situation était sous contrôle et qu'il n'y avait pas lieu de s'alarmer. Toutes les précautions et les mesures ont été prises pour confiner le réacteur.

Les hélicoptères de notre glorieuse armée de l'air ont déversé des dizaines de milliers de tonnes de sable et d'autres produits divers destinés à ensevelir le réacteur sous une chape hermétique. Parallèlement, le Praesidium de Moscou a engagé les populations voisines du lieu de l'accident à rester chez elles jusqu'à ce que l'incendie de faible gravité soit totalement maîtrisé.

Le camarade Léonid Illine, directeur de l'Institut étatique de biophysique, a déconseillé aux autorités d'évacuer la ville de Kiev, distante de cent kilomètres à vol d'oiseau du lieu du sinistre, ce qui donne une idée précise du peu de gravité de l'accident.

Les autorités soviétiques ont précisé que la centrale de Tchernobyl bénéficiait des normes de la plus haute sécurité. D'autres informations seront données ultérieurement. Nous remercions les populations de leur calme et de leur confiance.

L'image disparaît de l'écran et une journaliste vient remplacer le précédent. Après avoir remercié le militaire, elle enchaîne sur d'autres informations.

L'Américain se tourne vers moi tandis que le personnel se lance dans une discussion animée où je comprends qu'ils ne croient pas un mot de ce qui vient d'être annoncé.

– Alors, c'est quoi ?

– Un incendie dans la centrale nucléaire de Tchernobyl, je laisse tomber en le regardant droit dans les yeux.

– Quoi ?

Mais je n'ai pas envie de discuter. Je suis glacé des pieds à la tête.

Je connais suffisamment les discours soporifiques des autorités soviétiques, dès lors qu'il s'agit d'endormir les populations, pour y accorder le moindre crédit.

– Et c'est grave ? m'interroge l'Américain qui comme les autres se souvient de la catastrophe de Three Mile Island, sept ans plus tôt.

– J'en sais rien, dis-je en m'éloignant, les laissant à leurs conjectures.

Mais je sais que c'est grave. Nous sommes effectivement à cent kilomètres du lieu de la catastrophe et, suivant la direction des vents, le nuage radioactif peut nous survoler.

J'ignore si le reste du monde est déjà au courant. Selon leur habitude les autorités soviétiques n'ont pas dû s'empresser de diffuser l'information.

Je profite du désarroi des confrères pour me précipiter dans la première cabine téléphonique et appeler le journal. Je tombe sur le rédacteur en chef et lui explique la situation.

– Putain, t'es sûr ?

– Je viens de l'entendre à la télé. Mais ils ont dû attendre de reprendre la situation en main pour passer l'info.

– Mais c'est où Tchernobyl ?

Je le lui explique.

– Et t'es où ?

– À cent bornes.

– Merde ! et tu penses que c'est grave ?

– Un réacteur nucléaire qui flambe, tu trouves pas ça grave ?

– T'es sûr, je passe l'info ?

– Je te balance tous les détails dès que je suis remonté dans ma chambre. Prévois grand. On est peut-être les premiers sur le coup. Mais je ne suis pas le seul journaliste ici.

– Putain, c'est pas vrai ! tu crois que c'est aussi grave que Three Mile Island ?

– Sûrement. À part qu'ici c'est pas les Américains qui gèrent, mais les Russes, et ça risque de faire toute la différence !

– Putain !

Je remonte en cavalant, comme je le prévoyais tous les confrères en font autant. Demain le monde entier saura qu'il est vraiment entré dans l'ère nucléaire. Et j'ignore comment il va réagir, ce monde.

Je me trouve au cœur d'un événement majeur. Majeur mais mortel. Je suis venu observer comment vit le monde soviétique la Perestroïka, et je suis aux premières loges pour regarder ce même monde se débattre avec une catastrophe que, cette fois, il ne pourra pas dissimuler. Glasnost oblige.

Le jour commence à poindre, et de toute façon la ville, cette nuit, ne s'est pas couchée.

La cavalcade n'a pas cessé dans les couloirs de l'hôtel, et quand j'ai voulu rappeler Paris toutes les lignes étaient saturées. Il ne faudra pas que je tarde trop à rassurer mes parents si je veux leur éviter un arrêt cardiaque. Mon père se lève tôt et met aussitôt la radio. Je regarde l'heure. Cinq heures. Ça commence à me gratter et je cours prendre une douche.

Je redescends dans le hall où une demi-douzaine de journalistes sont affalés dans les fauteuils. La télé fonctionne toujours et les employés de la réception la regardent d'un œil aussi brouillé que l'écran. La technologie du 819 lignes n'est pas arrivée jusqu'ici, et les images baignent en permanence dans un blanc laiteux.

Tenaillé par l'inquiétude de me retrouver au milieu d'un bouillon de culture radioactif, j'ai les nerfs à vif, et pense me rapatrier très vite vers des cieux plus sains.

Le journal de six heures s'annonce, et un présentateur fait le point de la situation à la centrale. À l'entendre, tout est sous contrôle. Est-ce qu'on se serait affolé pour pas grand-chose ?

Il passe à la politique intérieure. Tout va bien. L'objectif du dernier plan quinquennal est sur le point d'être atteint. Mais ils l'ont tous été. Politique extérieure : images d'embrassades chaleureuses avec le camarade Castro. Démonstration de blindés en RFA. Visite du Président syrien à la Douma. Il vient demander des armes et de l'argent. Tout est normal.

Le commentateur enchaîne sur Reagan et « sa guerre des étoiles » dont il menace ce qu'il nomme

« l'Empire du Mal ». Expression qui ne manque pas de faire grincer les dents du journaliste qui rappelle dans la foulée le bombardement, le 16 avril précédent, du siège du gouvernement libyen par les avions US qui a fait quatre-vingts morts dont le fils de Khadafi.

Il en profite pour insister sur l'autorisation donnée aux avions américains par le Président français, François Mitterrand, de survoler notre espace aérien. Il termine sur un discours de Gorba à l'ONU proposant aux Occidentaux des accords commerciaux. Pétrole contre technologie. Puis, ce qui est rare à la télé soviétique ou parce que je la regarde rarement, un fait divers.

– Dans le sud de la Biélorussie, proche de la frontière avec l'Ukraine, les populations sont actuellement terrorisées par une série de crimes particulièrement odieux commis en différents endroits d'un territoire qui s'étend des forêts de Sloutsk jusqu'à la frontière biélo-ukrainienne, région de Goma, et marais de Pinsk. Des corps ont également été retrouvés près de la frontière russe, principalement dans l'oblast du centre-ouest.

Dans ces régions, plusieurs corps ont été découverts à moitié dévorés. Des garçons entre huit et seize ans, et des fillettes de la même tranche d'âge. En outre, dix-sept corps de femmes adultes ont également été retrouvés.

La police qui suit plusieurs pistes serait sur le point d'arrêter le coupable. D'après le chef de la police de Koursk ce ne serait plus maintenant qu'une question de temps.

La police ukrainienne a de son côté confirmé que ses services avaient été alertés par les autorités policières de Biélorussie et de Russie sur plusieurs disparitions d'enfants et la découverte de corps que l'on n'a pas pu identifier. Le criminel se déplacerait sans cesse, ce qui explique la difficulté que rencontrent nos forces de police. D'après différents témoignages il s'agirait d'un malade mental doué d'une force herculéenne qui se serait échappé de son lieu de détention où il était sous surveillance.

Un journaliste plus matinal que ses confrères m'a rejoint devant la télé. On s'est déjà parlé. Il est ukrainien, s'appelle Gregory Vlakoff et travaille comme correspondant de la *Pravda*. Il a écouté l'information.

– Un serial killer ? je demande alors que s'inscrivent sur l'écran les différents lieux où l'on a retrouvé les corps.

Il hausse les épaules, rit, jette un coup d'œil alentour.

– Les seuls serial killers que l'on ait ici portent l'uniforme, répond-il à voix basse.

Je ris à mon tour et constate que le « dégel » se sent partout. Il y a encore un an, jamais personne n'aurait osé dire ça, surtout à un étranger.

– Vous n'y croyez pas ?

– Si, si. On en parle depuis un moment en Russie. C'est pas récent. On l'appelle le boucher de Grodna, mais en réalité ça a commencé à Rostov.

– Grodna, c'est la Biélorussie ?

– Ouais.

– Ça dure depuis quand ?

– On a retrouvé les premiers corps, du moins ce qu'il en restait, au début des années quatre-vingt.

– Effectivement, c'est pas récent. Et on en parle seulement maintenant ?

– Ça fait un moment qu'ils le cherchent, mais assez mollement. Il a fait de sérieux dégâts.

– Du genre ?

– Du genre à bouffer ses victimes.

– Quoi ?

– Quand ils disent « à moitié dévorés » c'est pas par les bêtes, c'est lui.

– Vous rigolez ?

– Pas du tout. Un de mes amis journalistes suit l'enquête depuis plus de deux ans. Il veut écrire un livre sur le sujet. Des dizaines de suspects ont fait déjà l'objet de procès-verbaux d'interrogatoire ; des centaines de maniaques ont été interpellés, et toujours aucune piste. C'est pour ça qu'on n'en parle pas beaucoup.

– Là ils en ont peut-être une, d'après ce qu'ils disent...

– Peut-être, peut-être pas. Ils ont récemment décidé de constituer une brigade de cinquante enquêteurs spécialisés assistés de plusieurs centaines de policiers territoriaux. Ils ont même promis une prime, du jamais vu. Aux dernières nouvelles, le dingue arriverait par ici.

– Qu'en pense votre ami ?

– Que si on ne le trouve pas c'est parce que, soit il a de la chance, soit il est insoupçonnable par sa position (il me jette un coup d'œil entendu), soit il bénéficie d'appuis.

– C'est possible ça ? Ce que je ne comprends pas, c'est qu'on n'en a jamais entendu parler en Occident.

Il me regarde avec un œil rigolard.

– Ici, monsieur, on n'a pas d'assassins. Les assassins c'est pour chez vous. Ici, grâce à notre police, dès que l'on considère qu'un de nos concitoyens présente une attitude déviante, il est aussitôt appréhendé et... soigné. Nous avons des fous, bien sûr, le socialisme n'a pas pu éradiquer les maladies mentales, mais des assassins, très, très rarement. Ou alors des ivrognes qui se battent, des maris qui, énervés, tuent leurs femmes. Mais des meurtriers en série... Ça c'est un produit de l'Occident.

Il ne peut s'empêcher d'arborer un sourire narquois.

– Vous pourriez me tuyauter sur cette histoire ?

Il me fixe en réfléchissant.

– Mon copain, plutôt, s'il est d'accord.

– Où on peut le trouver ?

– Il habite Kharkov, mais je crois qu'il doit venir ici. Il est correspondant de l'agence Ria Novotny. Il s'est très tôt intéressé à cette histoire. C'est un spécialiste des affaires criminelles. Il connaît toute la pègre entre ici et Moscou. Il a pas mal de flics dans sa manche et fait copain-copain avec les truands. Il m'en a fait connaître quelques-uns.

– Vous avez aussi des truands ? fais-je semblant de m'étonner.

– Non, qu'est-ce que vous allez chercher ? Ici, tout le monde est heureux de son sort, pourquoi il y aurait des truands ? Il éclate de rire. Au fait, vous étiez là pour quoi ?

– Je menais une enquête sur ce qui a changé chez vous avec la Perestroïka.

– Ah ouais ? Ben, il faudra attendre encore quelques années...

– Vous parlez bien l'anglais.

– J'ai été correspondant à Londres pendant cinq ans. J'y serais bien resté.

– Pourquoi revenir ?

Il me lance le coup d'œil qu'on réserve aux naïfs ou aux imbéciles.

– J'avais ma famille ici.

Qu'est-ce que je suis con !

– Que pensez-vous de ce qui vient de se passer à Tchernobyl ?

– Hé, si vous m'offriez un petit-déjeuner, on pourrait en parler.

– OK. Je vous rejoins dans la salle à manger. J'ai un coup de fil à donner à Paris.

– D'accord.

Au bout de dix minutes d'attente ponctuées de crachotements, j'ai mon père au bout du fil.

– Charles, où es-tu ? Tu as entendu ce qui vient de se passer à Kiev ?

– À Kiev, rien, papa. Un incident mineur dans une centrale à la frontière biélorusse, très loin. C'est déjà arrangé.

– C'est pas ce qu'ils disent !

J'entends ma mère partir en pointes hystériques en arrière-plan.

– N'écoute pas les journalistes, c'est pour vendre du papier.

– Qu'est-ce que tu racontes ! Ta mère est folle d'inquiétude. Je te la passe.

– Non ! je n'ai pas le temps ! Rassure-la. Je suis à des centaines de kilomètres de toute façon. Tout va bien. Je vous rappelle. Ah, on va être coupés.

Je raccroche avant qu'il ait pu protester. Mon collègue est déjà attablé. Il a commandé deux petits-déjeuners complets, c'est-à-dire, d'après mon expérience, pas grand-chose.

Au bout d'une demi-heure ils arrivent, mais entre-temps il m'a déjà bien renseigné. Il me préviendra à Paris quand je pourrai rencontrer son ami et me le présentera.

Cette histoire d'assassin cannibale me met l'eau à la bouche. Tchernobyl, le scoop est déjà fini. En revanche, un reportage sur un cannibale soviétique, je serai peut-être le seul sur ce coup. Je dois me rendre très sympathique à ce journaliste de Kharkov.

9

La terre bougea sous ses reins. S'il l'avait connu ça lui aurait évoqué le frémissement d'un matelas à eau. Il crut qu'une bête se glissait sous son dos et il se réveilla brutalement en roulant sur lui-même. L'oiseau, toujours niché dans son cou, s'envola en piaillant d'indignation.

Il examina le sol mais comprit immédiatement son erreur. Ce n'était pas seulement le sol qui bougeait, mais l'air. Se dressant, il aperçut, coiffant l'horizon obscur, une lueur infernale plus haute que ce qu'il avait jamais vu. Torchère rouge, orange, s'élançant à l'assaut du ciel noir et des nuages, pour dévorer la nuit et la transformer en jour.

Il se figea, les yeux écarquillés de stupeur, renonçant à comprendre ce qui pouvait produire un pareil feu. Des feux, il en avait vu des dizaines en forêt, mais jamais aucun de cette force.

Des feux dévorant tout sur leur passage, s'emparant des arbres et ne laissant que des squelettes tordus et noircis, oui, il connaissait.

Des feux courant derrière la vie et la réduisant en cendres, oui, il s'en souvenait. Mais cette colonne gigantesque qui se tordait sur elle-même comme un torchon, à quoi s'attaquait-elle ?

Bien qu'il fût très éloigné, il en ressentit la chaleur. Il recula instinctivement pour se mettre à l'abri d'un bosquet d'arbres entrelacés. Il n'entendait pas le bruit mais l'imaginait effrayant. Le feu ajoute à la peur qu'il crée par son pouvoir de destruction la terreur archaïque de l'ogre dévoreur.

Le petit matin arriva très tard. Un petit matin noir du nuage qui recouvrait les cieux, chaud comme un soleil d'août.

Il ramassa ses affaires et siffla l'oiseau. Il entendit son battement d'ailes bien avant de le voir. L'oiseau se posa sur le sol, et le regarda, interrogateur.

L'air sentait le brûlé et Yvan respirait difficilement.

Il avait passé l'avant-veille au soir la rivière Pripiat qui se jetait dans le Dniepr, laissant sur sa gauche le lac-réservoir de Kiev, et se savait bien avancé en Ukraine. Mais pour lui les frontières ne représentaient pas grand-chose dans la mesure où il ne rencontrait pas de gardes-frontières.

D'après ce que lui avaient dit les nomades, il devait descendre vers l'est. La région abritait d'immenses forêts où un bon bûcheron trouverait à s'embaucher, à condition de posséder la carte du Parti, ce qui était son cas. Il ne l'avait pas demandée, l'obtention étant automatique à partir du moment où l'on faisait partie d'une équipe constituée par les responsables d'un oblast.

Il avait décidé, au cours de son voyage, de marcher jusqu'à ce qu'il trouve un gîte et un travail qui lui conviennent. Ses papiers étaient en règle, nul ne le recherchait, personne ne l'attendait.

Il aurait été incapable de mettre un nom sur ce qui le poussait depuis qu'il avait quitté la scierie Renko où il avait passé tant d'années. Un autre, à l'esprit plus délié, aurait peut-être imaginé le mot : liberté.

Mais pour sentir le poids d'un mot il faut se le représenter. L'accoler à un autre nom ou à un adjectif. L'avoir entendu prononcer dans des circonstances précises. Y retrouver des souvenirs. Seul, il a la faiblesse de l'orphelin.

Pour quelqu'un comme Yvan, ainsi que pour la plupart de ses compatriotes, ce mot ne créait dans son esprit aucune image. Un renard, un oiseau sont libres, mais un homme ?

Il avait vécu à sa guise le temps de son périple, mais bientôt il serait obligé de se trouver un chef qui lui donnerait de quoi manger.

Il avait seulement eu envie de changer de coin, de collègues, et il avait pris la route, mais était-il libre pour autant ?

L'incroyable incendie était sur son chemin. Ça valait le coup de le voir de près. Tout au moins de voir dans quel état il avait, dans sa fureur, transformé la terre. Peut-être pourrait-il secourir des animaux ou des humains. S'employer à déblayer et reconstruire ce qui avait été détruit.

Une telle catastrophe fournirait beaucoup de travail à ceux qui seraient au bon endroit au bon moment. Si c'était une usine qui avait pris feu, comme c'était probable, vu l'importance du sinistre, les responsables de région embaucheraient à tour de bras tout homme capable de travailler dur. Ce qui était son cas. Lui et l'oiseau resteraient là un moment, et reprendraient ensuite leur route jusqu'aux grandes forêts de l'Est où ils s'installeraient définitivement.

Il roula sa couverture, jeta son baluchon sur l'épaule, et suivi du corbeau se dirigea vers Tchernobyl, là-bas, a l'horizon.

10

Je me retourne et tombe nez à nez avec une fille. Bordel, je l'ai complètement oubliée, celle-là.

Je me souviens quand même que je suis remonté avec elle après la fête à tout casser que j'ai organisée pour célébrer avec Adrï et quelques-uns de nos hommes le deal passé avec le général Pianevsky, responsable des fournitures militaires de la marine ukrainienne.

Pianevsky, mis en place par Moscou, était tellement imbibé de vodka qu'il a sorti à un moment son revolver et a tiré en l'air plusieurs balles qui ont dézingué le lustre de cristal de Murano que je venais juste de me faire livrer. Mais c'est pas grave. Grâce à son aimable collaboration je pourrai m'en acheter des douzaines d'autres. Pianevsky a plus d'influence à Odessa que l'amiral en chef de la flotte soviétique. Il contrôle les entrées et les sorties du matériel de la base. Autant dire que sa collaboration et son paraphe sont inestimables.

On l'a piégé avec des femmes et le poker. Pendant que les unes s'occupaient de lui, deux Tchétchènes spécialistes de la carte biseautée le plumaient nuit après nuit jusqu'à son dernier rouble. Après, il a bien été obligé d'accepter nos propositions de transit de matériel militaire sensible pour lequel nous avions des acheteurs fortunés.

Adrï m'a confié que si on pouvait tenir ce deal une seule année avant que quelqu'un ne s'en aperçoive, on n'aurait plus besoin de bosser. Lui comme moi on n'a pas envie de faire des vieux os ici.

On passera à l'Ouest où on vivra comme des nababs. On a des points de chute sur la Riviera française.

Je ne lui ai toujours pas parlé du chantage de Sparzak. Et je n'ai toujours pas rencontré celui qui doit me briefer. Est-ce que ce cinglé du KGB me testait ou s'est-il lui-même retrouvé en Sibérie ? Des semaines ont passé sans que j'aie aucune nouvelle.

Le régime prend l'eau de partout. Les hommes en place changent à la vitesse de la lumière. Pourquoi ce type m'a-t-il proposé de descendre un espion alors qu'il existe chez nous des dizaines de milliers de spécialistes qualifiés pour ce travail ?

J'ai lu un bouquin passé en douce de Tchécoslovaquie, dans lequel l'auteur comparait l'effondrement des régimes totalitaires à un tremblement de terre où chacun s'efforçait de se raccrocher à n'importe quoi de stable.

Peut-être Sparzak voulait-il se donner l'impression de posséder encore le pouvoir de nuire comme si ça pouvait retarder sa chute.

Même mon père, qui est à moitié gâteux mais qui par moments retrouve sa tête, n'arrête pas de me prédire qu'à ce train le système communiste tout entier va s'écrouler.

La guerre en Afghanistan n'a rien arrangé. Les soldats qui en reviennent sont considérés comme des parias et passent presque aussitôt sous la coupe des gangs. L'armée les délaisse complètement, même les invalides n'ont droit à rien. On voit se trimbaler dans les rues des types qui n'ont plus de jambes ou de bras et qui mendient à moitié déguenillés.

Une association des anciens d'Afghanistan s'est formée qui sert surtout à procurer des mercenaires aux diverses dictatures arabes ou africaines. Ceux qui ne veulent pas repartir s'emploient comme hommes de main ou gardes du corps. On en a deux dans notre nouvelle équipe.

Pour nous l'année a été bonne et on s'est bien renforcés, mais la vie ici est dangereuse. Ce sont surtout les Tchétchènes et les Géorgiens qui nous causent des problèmes. Ils sont très violents et sans pitié. Ils ne discutent pas, ils tirent.

On s'est même réunis à Kiev entre Ukrainiens pour s'opposer à eux. Mais ça n'a pas marché parce que chacun en voulait trop.

J'ai eu beau leur expliquer que, dans l'Amérique des années trente, les chefs des familles mafieuses s'étaient mis d'accord pour faire cesser la guerre entre eux qui faisait plus de morts que n'en avait jamais fait la police, ils n'ont pas compris et la violence a continué.

Je me lève, alors que la fille ouvre un œil.

– Tire-toi, je lui dis.

J'enfile un pantalon et, avant de descendre au salon où je sais que je vais trouver un bordel effrayant, je me laisse tomber dans un fauteuil et allume la télé. C'est un écran géant que j'ai acheté à Moscou au marché noir. Il vient de France *via* l'Italie.

J'ai pas le moral et je repousse, agacé, la fille qui veut me dire au revoir. Je lui tends une liasse de roubles et elle se tire en gloussant.

Je tombe sur les infos et un journaliste qui explique, la mine grave, qu'un accident s'est produit dans une de nos centrales nucléaires. Derrière lui, il y a une carte sur laquelle le nom de Tchernobyl clignote en rouge. Jamais entendu parler. Ce doit être un des cadeaux de nos « amis » russes.

Je monte le son pour entendre le gars causer d'un incendie qui s'est produit au cours d'un test sur un des réacteurs. D'après lui tout est sous contrôle et va rentrer très vite dans l'ordre. De toute façon, Kharziv est suffisamment loin pour que je n'aie pas à m'inquiéter. Les Soviets adorent le nucléaire et j'imagine qu'ils savent s'en servir. À moitié endormi je continue d'écouter le blabla habituel des bonnes nouvelles de notre économie, de la puissance de nos armes, de la détermination que l'on doit montrer à nos ennemis, et particulièrement à ce Reagan, ancien acteur de western devenu le patron des États-Unis. Puis le journaliste enchaîne sur un fait divers dont j'ai déjà entendu parler. Un cinglé qui bouffe ses victimes après les avoir tuées. Enfin, j'espère pour elles que c'est après.

Un des Géorgiens avec qui l'on est en affaires a dit que dans certaines régions de chez lui, les années de famine, c'était un procédé courant.

Mais le gars, c'est autre chose. Il n'a pas faim, il a juste envie de tuer. Et je ne peux m'empêcher de ramener cette histoire à moi. Toute la différence entre moi et un criminel authentique est là. Moi, j'ai tué par obligation. Pas par goût.

Le crime, j'y baigne depuis que je suis petit. J'ai des excuses.

J'éteins et je descends les pieds nus. Mal m'en prend, car des morceaux de verre jonchent la moquette et ça me rappelle qu'on a porté pas mal de toasts. Des filles avaient été engagées pour faire le ménage, mais je n'en vois aucune. Tous les invités sont partis et c'est déjà ça

Je remonte et me colle sous la douche jusqu'à ce que je me sente mieux, puis je vais me préparer un café noir très fort que j'avale avec trois aspirines.

Je dois retrouver Adrï pour affiner notre plan avec Pianevsky qui a dû être ramené dans ses cantonnements par un de nos hommes.

Quand il est à Kharkov, il se fait héberger par un commandant de la division des troupes aéroportées d'Ukraine, aussi cavaleur et poivrot que lui. Paraît que les orgies qu'ils organisent sont dignes de figurer dans le Guinness des records.

Le problème avec ce deal c'est qu'Odessa n'est pas la porte à côté, qu'on va se farcir pas mal de voyages en avion, ce que je déteste, vu l'état des lignes intérieures.

En attendant, j'ai promis à mon père d'aller le visiter. Je ne reste jamais très longtemps parce qu'au bout d'un moment j'en ai marre de l'entendre parler de sa carrière, de ses exploits, des types qu'il a envoyés au bagne, de Milo, devenu complètement sénile et qui achève sa vie dans un mouroir de l'armée ; de l'Ukraine qui est le plus beau pays du monde, sans que jamais il s'inquiète de savoir comment je vais, si je suis heureux, si je gagne bien ma vie (ce dont il doit se douter vu ce que je lui apporte à manger à chaque fois, et que peu de gens d'ici peuvent s'offrir).

Je ne sais pas s'il s'est une seule fois aperçu des queues interminables devant les magasins d'État où l'on distribue les cinq paquets de cigarettes mensuels, les betteraves pleines de terre, le papier cul, qui manque un mois sur deux, et toutes ces choses du quotidien qui chez nous, c'est vrai, n'ont jamais fait défaut grâce à la situation de mon père.

Les gens vieillissent comme ils étaient. Bons ou mauvais. Le temps ne modifie rien. Mon père est resté le vieil égoïste que j'ai connu, autoritaire et ne s'intéressant qu'à lui. Je ne peux pas en vouloir à mes frangines de jouer les invisibles, d'autant qu'elles habitent de l'autre côté du Mur et n'ont probablement pas envie de voir comment ça évolue chez nous.

Comme je le prévoyais, il a réussi à bordéliser son appartement en deux temps trois mouvements. Il va falloir que je m'occupe de lui trouver une nouvelle femme de ménage. Il en a déjà usé deux qui n'ont pas tenu chacune plus de quinze jours.

Quand j'arrive, il est assis dans son vieux fauteuil et regarde par la fenêtre.

– Salut, père.

Il tourne à peine la tête et regarde ce que je lui ai apporté.

– T'as pensé à la vodka ?

Ça, c'est plus nouveau. Il a toujours bu excessivement, comme tout le monde, mais à présent c'est devenu une obsession.

– Oui. J'ai aussi du pain d'épice et du café qui arrive tout droit d'Italie. Il te reste du sucre ?

Il hoche la tête, marmonne et se lève avec difficulté. Comme un gosse, il farfouille dans les paquets, en sort la bouteille de vodka et le saucisson et va vers son buffet chercher un couteau. Il s'en tranche un large morceau qu'il engloutit en avalant une gorgée de vodka à même la bouteille.

– J'ai pas mangé, aujourd'hui, m'explique-t-il.

Je comprends le message, c'est toujours le même. Il est seul, personne ne s'occupe de lui et on le laisse crever de faim.

Pour occuper le temps, je lui dis :

– T'as entendu à la télé l'accident de la centrale ?

Il acquiesce.

– Je quitte pas la télé, ç'aurait été dur de passer à côté.

– C'est pas marrant, hein ?

– Ils vont s'en occuper. T'as apporté des harengs ?

– Oui. Marinés. Ils vont peut-être s'en occuper, comme tu dis, mais en attendant ceux qui sont à côté doivent avoir chaud aux fesses. J'aurais pas aimé habiter près d'une centrale.

Il ne répond pas et se remet à fouiller dans les sacs. Je m'escrime pour rien à tenter de l'intéresser au monde. Son monde, c'est lui. Sorti de lui, il y a lui. Soudain il me dit :

– J'ai pas retrouvé mes cahiers.

– Quels cahiers ?

– Mes cahiers intimes. Ceux de ma vie. Marron, couverture marron. Tu les as pas vus ?

– Tu n'as pas ouvert tous tes cartons, je réponds d'un ton froid.

Je n'ai pas oublié ce que j'ai lu. J'ai fait l'impasse. Je n'ai pas envie de savoir, mais avec sa question, il vient de me remettre dedans.

– Si. J'ai retrouvé les premiers, pas les autres. Tu sais, c'est toute ma vie. Il se ressert un plein verre de vodka. T'en veux ?

– Non, merci.

– Je veux pas me vanter, mais y aurait de quoi faire un livre !

– Sur quoi, tes exploits guerriers ?

Il me regarde par en dessous.

– Et alors ? J'ai tout donné à mon pays ! T'en as pas tellement qui peuvent s'en vanter ! Tu peux être fier de moi !

– Quand tu étais blanchisseur chez Petlioura ?

Il me fixe d'un air interloqué.

– T'as lu ?

– Je suis tombé dessus par hasard en cherchant tes affaires pour l'hôpital.

– Alors, t'as vu ? T'as vu à quel âge j'ai commencé à me battre pour l'Ukraine ?

– En abattant des juifs ?

– Comment ça ? C'étaient pas que des juifs. Et même, on se bat contre l'ennemi.

– C'étaient vos ennemis ?

– Entre autres ! Mais qu'est-ce t'as lu ? En 20, fallait se battre contre tout le monde pour sauver le pays !

– Et tu cherches les cahiers des années de guerre contre les Allemands ?

Il essaye de deviner ce que je sais. Son regard, que la vieillesse a rendu flou, se dérobe.

– Vous autres, vous n'avez rien connu. L'abondance, la paix, l'école, voilà ce que c'était votre vie ! et vous vous plaignez ! Et maintenant vous voulez foutre tout ça en l'air pour avoir encore plus. T'as jamais crevé de faim, hein, toi ? toujours des beaux vêtements avec de vraies chaussures, pas des trucs en carton.

Il déchire le papier qui enveloppe les harengs et s'en enfourne un entier dans la bouche. Je détourne la tête.

– Bon, ben cherche-les tes cartons, t'as que ça à faire. Moi, je me sauve, j'ai du travail.

– Du travail, je l'entends marmonner. Ouais, un drôle de travail.

– Qui te permet de bien manger, je rétorque, excédé. De te chauffer et t'habiller avec des costumes qui ressemblent pas à des sacs-poubelle !

– Dis donc, j'ai travaillé toute ma vie !

– Je sais. Les autres aussi. Mais eux, ils n'ont toujours rien à becqueter !

Sa bouche se tord et je reconnais l'expression qui me faisait peur quand j'étais môme. Mais je n'ai plus peur.

– Salut. Je vais t'envoyer quelqu'un pour faire ton ménage. C'est une porcherie, ici.

Je repars en claquant la porte. Chaque visite ou presque se termine de la même façon. Je devrais m'y habituer. Je n'y arrive pas.

Mon père a eu tort. « Ils » ne se sont occupés de rien. Je le sais, parce qu'en même temps que j'ai acheté le poste télé, je me suis offert une super-radio que m'a vendue un employé du Consulat américain.

Je peux capter le monde entier, mais je suis le plus souvent branché sur la BBC parce que je me débrouille pas mal en anglais. Depuis le début de semaine les radios étrangères ne parlent que de ce qui s'est passé à Tchernobyl, et ça n'a rien à voir avec les infos de Moscou ou de Kiev. L'Europe flippe à mort. Mais pas nous. À entendre le présentateur de la chaîne principale, tout baigne. C'était juste un petit incendie de rien du tout, très vite circonscrit « grâce au dévouement des nombreux spécialistes envoyés immédiatement sur place ».

Rien sur les centaines de pompiers et les conscrits « volontaires » qui jour et nuit, ont travaillé sans protection, dont la communauté scientifique craint qu'ils aient été mortellement irradiés, et qui, d'après ce que l'on sait, ont été expédiés dans un hôpital de Moscou.

Rien sur le passage au-dessus du pays d'un nuage dont le taux de radioactivité a été estimé deux cents fois plus élevé que celui d'Hiroshima, comme l'a annoncé un comité d'experts européens.

Rien non plus sur le sort des « glorieux » pilotes d'hélicoptères de l'Armée rouge qui ont déversé pendant des heures des centaines de milliers de tonnes de sable et de produits de contention en volant à vingt mètres d'altitude, et qui, d'après les mêmes experts scientifiques, n'auraient jamais dû stationner au-dessus du foyer plus de huit secondes, sous peine d'être dangereusement contaminés.

Pas davantage sur les raisons de l'évacuation tardive des cent trente-cinq mille habitants de la région, commencée seulement trente-six heures après l'accident.

Il faut plus de dix jours de mensonges avant que Moscou, devant la réaction des autres pays, reconnaisse la gravité de la situation, et encore le fait-elle du bout des lèvres. Kiev est à moins de cent kilomètres de la centrale Lénine, et justement Adrï veut m'y envoyer.

– Tu rigoles ? C'est super-infecté, le coin !

– Qu'est-ce que tu débloques ? Ils sont morts les centaines de milliers d'habitants ? Ah, je savais pas, ricane-t-il.

– S'ils ne le sont pas encore, ça va pas tarder, je rétorque.

Il glousse et allume un de ses cigares. Je m'apprête à en entendre la généalogie. Mais il passe.

– Arrête tes conneries ! J'ai entendu le directeur de l'Institut scientifique de physique nucléaire de Moscou, ils n'ont même jamais eu l'intention d'évacuer Kiev. Y a aucun danger. Des incidents de ce genre, c'est courant.

– Ah ouais, tu veux que je te fasse écouter les radios étrangères ?

139

– Évidemment ! Tant qu'ils peuvent nous cracher dessus, ils vont pas se gêner ! Combien il y en a chez eux de centrales qui ont des problèmes ? Tiens, même chez les Ricains !

– T'es trop con ! je crache, énervé. On croirait entendre un vieil apparatchik de Leningrad ! Ou mon père, tiens ! Mais je te retiens pas, vas-y à Kiev !

On se défie du regard comme deux clébards énervés. Tout juste si on n'a pas le poil du dos qui se redresse. C'est la première fois depuis qu'on travaille ensemble que l'on s'oppose de cette façon. Les autres fois, l'un ou l'autre, au bout d'un moment, reconnaît bon gré, mal gré, ses torts.

– Tu veux pas y aller ?

– Non. Mille fois non ! Tu sais ce que c'est les radiations ? T'as entendu parler de l'iode ? du césium 134, du strontium, du plutonium ?

Il me regarde comme si j'étais beurré.

– Non, j'ai pas entendu parler du césium machin. Et toi non plus. Seulement toi tu écoutes les conneries des Occidentaux qui veulent faire croire qu'on vit dans des pays de cons et qu'on ne sait pas ce que c'est les radiations. Évidemment se met-il soudain à hurler, que je connais les dangers de la radioactivité ! Mais là c'est cir-cons-crit, beugle-t-il plus fort en détachant les syllabes. Tu crois qu'ils laisseraient crever les habitants ? C'est pas possible, tu émarges à la CIA !

Ça nous rend dingues, cette histoire. J'ai jamais vu Adrï dans un état pareil. Et je comprends que, comme nous tous, il crève de peur. Mais jamais il l'admettra. C'est son credo. Ne craindre rien ni personne. Il dit que c'est grâce à ça qu'il a tenu si longtemps.

Dans notre monde, on comprend vite que le moindre signe de faiblesse est mortel. Du temps du communisme triomphant la peur faisait partie de la vie des gens. C'était à qui crèverait le plus de trouille. Elle était le principal moteur. On devait se méfier autant de ses proches que des étrangers. On était en permanence regardé et écouté. Sauver sa peau s'apprenait très tôt, et de toutes les manières possibles.

Je me souviens d'avoir entendu mon père raconter en riant à des collègues venus à la maison la manière dont il obtenait les renseignements pour se débarrasser d'un perturbateur. Pour l'informateur, le marché était simple. C'était sa vie contre celle de l'autre. Alors le type racontait n'importe quoi, mais mon père s'en foutait. Il se débarrassait du gêneur. Tous le savaient. Tous faisaient pareil.

Bien sûr, je n'assistais pas à ces soirées où même ma mère n'était pas admise. On montait se coucher dès que les premiers camarades débarquaient.

Ma mère et l'aide avaient tout préparé dans la salle à manger et les beuveries se poursuivaient toute la nuit. Dans ces soirées-là, ils buvaient du champagne et du cognac français que mon père faisait venir de l'étranger.

J'aurais bien voulu y goûter, mais moi je n'avais droit qu'à notre champagne rouge et parfois au cognac d'Ukraine, moins alcoolisés que la vodka, et que mon père me faisait goûter pour s'amuser.

J'avais une chambre qui possédait une trappe de chaleur qui donnait à côté de la cheminée du rez-de-chaussée, et j'entendais aussi clairement que si j'écoutais la radio. Quand les camarades étaient particulièrement en forme ou qu'ils fêtaient des succès particuliers, ils braillaient des chants patriotiques ou grivois qui s'entendaient dans tout le quartier.

Mais qui aurait osé protester contre le responsable juridique de l'oblast, le chef de la police secrète, les dignitaires du parti communiste ukrainien, saouls perdus, qui dégueulaient sur les tapis de ma mère, pissaient dans les fauteuils quand ils n'avaient pas le temps d'aller jusqu'aux toilettes.

– Pourquoi tu veux que j'aille à Kiev ? Qu'est-ce qu'il y a là-bas ? demandé-je d'un ton radouci, désireux de calmer le jeu.

– Il y a un arrivage de plusieurs centaines de pistolets mitrailleurs PPSH 41 avec leurs munitions, des balles Tokarev, et des missiles sol-air. Pas plus, raille-t-il. C'est une affaire de quatre cent cinquante mille dollars. Mais c'est pas grand-chose !

– Pourquoi tu n'envoies pas Viktor ?

– Parce que faut payer le gars de Pianevsky, et fourguer la camelote aux Syriens. D'un côté, cinquante mille dollars à se trimbaler et quatre cent mille au retour. Tu veux que j'envoie Viktor ?

Je le regarde sans rien dire. Je suis coincé et il sait que je le sais. Ça le fait marrer. Pas question, évidemment, d'envoyer un de nos hommes. Trop de risques. De tous ordres. Le pognon, qu'il peut étouffer, et les Syriens, des tordus grande largeur toujours prêts à l'entourloupe et qui défouraillent à tout va. Non, bien sûr, c'est Adrï ou moi sur ce coup. Et Adrï, c'est quand même toujours le patron.

Je soupire et marche de long en large. Il me regarde, un sale sourire au coin de la bouche que j'aimerais effacer.

J'ai la trouille. Une putain de trouille. La mort qu'on voit pas, moi j'encaisse pas. Tout en déambulant et pendant qu'il tire sur son cigare comme si sa putain de vie en dépendait, j'essaye de me raisonner.

Aussi tordues qu'elles soient, est-ce que les autorités laisseraient crever les habitants de Kiev ? Quel serait leur intérêt ne serait-ce que devant les autres pays ?

Peut-être que je me suis affolé et qu'effectivement les Occidentaux en ont profité pour nous taper dessus.

– Et il faudrait y aller quand ? je marmonne.

Ça m'emmerde de lui céder si facilement.

– T'as encore le temps que ton nuage s'éloigne, rigole-t-il. La semaine prochaine. J'ai eu Pianevsky. Les armes arriveront lundi avec un convoi de ravitaillement en eau.

– Qu'est-ce que tu racontes ? Pourquoi un ravitaillement en eau ?

– Parce que quand même, aussi demeurés qu'ils soient, ils prennent des précautions. On fait pas boire aux gens du coin de l'eau qui a pu être contaminée. Alors on leur envoie des camions-citernes mais dans une citerne, c'est pas de l'eau.

– L'eau a été contaminée ? je m'exclame, sentant la trouille me reprendre.

– Mais non, Dugland. Mesure de précaution ! et ça fait bien pour l'étranger ! Et puis ça permet à Pianevsky de planquer ses bonbons.

– C'est Odessa qui envoie la flotte ?

– C'que j'sais ! Ch'ais pas d'où elle vient et je m'en fous ! Tout ce que je sais c'est que Pianevsky va en profiter. Point, barre ! Donc, faut que tu sois lundi à la gare routière de Kiev.

– Et dans quoi ils chargent, les Syriens ?

– Je m'en fous, c'est leur problème. Quand le camion-citerne arrive, tu décharges aussitôt les caisses avec nos gars. Le chauffeur repart tout de suite rejoindre le convoi. C'est arrangé, mais faut pas traîner. Faudra que les Syriens soient sur place pour embarquer les caisses.

– Par où ils les sortent du pays ?

– J'en sais rien et je m'en tape. Toi, tu encaisses et tu te tires.

143

Il voit bien que ça me plaît pas, mais il s'en fout.

– Ça me fait vraiment chier, je dis.

Il éclate de rire.

– Tu pourras te torcher avec des billets verts !

Après, on met au point la stratégie. Je partirai avec deux de nos hommes qui me serviront de porte-flingues. Faut être prudents avec les Syriens.

Les armes seront convoyées par l'homme de confiance de Pianevsky, une espèce de malabar avec le menton prognathe et un front en forme de cuillère. On sait pas où il a dégoté un pareil engin. Mais le mec, qu'il appelle Fedor, lui est dévoué comme un caniche. Et moi je n'aimerais pas le contrarier.

– Ça va bien se passer, tente de me rassurer Adrï. Et puis si t'es radioactivé, t'auras pas besoin d'allumer la lumière la nuit. Tu brilleras comme un feu follet !

Je le regarde de travers et il part dans un fou rire. C'est contagieux et je me marre aussi. Putain, c'est dur de gagner un million par jour.

11

Le malheur des uns fait le bonheur des autres. Mon scoop sur Tchernobyl m'a valu le JT de vingt heures sur la Une. Ma mère en a encore les yeux brillants. Du coup je prends goût à ma popularité, et j'ai envie de repartir sur la trace du cannibale. J'en parle à mon rédacteur en chef qui paraît étonné de ma requête.

– Ben dis donc, je croyais que tu flippais d'être là-bas...

– Je flippais. Mais à mon sens le plus grand danger est passé, et à ce moment-là, j'y étais. J'ai fait examiner par précaution ma formule sanguine, tout est normal.

– Moi, à ta place... Tu crois que ça va intéresser les Français cette histoire de cannibale ? Pour les cocos, ce sera de l'anticommunisme primaire, pour les autres, une redondance.

– Ce type sévit depuis des années. Il tue des gosses et les bouffe !

– Jamais entendu parler...

– Parce qu'ils ne veulent pas que ça se sache. Tu les connais. Dans le communisme, c'est comme le cochon, tout est bon !

– Comment t'as appris ça ?

– Par la télé.

Il me regarde sans bien comprendre.

– Écoute. Jusque-là ils en parlaient à peine. Avec Tchernobyl, tout change. Il faut détourner l'attention du bon peuple. Quoi de plus terrifiant qu'un ogre ? Les gens ont tellement les chocottes qu'ils en oublient la radioactivité.

– Et toi, t'as appris ça par la télé ?

– Oui. Et juste après je tombe sur un confrère ukrainien qui me dit qu'un de ses potes suit l'affaire depuis le début parce qu'il veut écrire un livre sur le monstre.

– Ouais ?

– Le journaliste en question s'appelle Andreï Tirienko. Il est né à Gorki, mais vit en Ukraine, à Kharkov, où il est le correspondant de l'agence Novotny. Je vais lui proposer de mener l'enquête avec lui.

– Et pourquoi il accepterait ?

– Parce qu'il sait que son livre et ses articles seront censurés sur place et n'ont aucune chance de passer à l'Ouest.

– Ah ouais ? Quel est son intérêt ? Et bien sûr, le nôtre ?

– Il pense qu'il peut se faire du pognon avec cette histoire et être connu à l'étranger. C'est une protection pour un journaliste dans son pays…

– Tu parles ! Les Soviets peuvent envoyer au Goulag n'importe qui sans que personne bouge !

– Et Sakharov ?

– C'est Sakharov.

– Et Sharansky ?

– Ah merde, Charles, tu me gonfles ! Et t'as pas répondu à mon autre question. Quel serait notre intérêt ?

– Le premier reportage sur l'URSS qui ne concerne pas seulement les fusées SAM ou la guerre froide, mais la vie réelle.

– Personne n'en a rien à foutre !

– Bon sang, Paul ! Une enquête derrière le rideau de fer sur un cannibale soviétique, menée par un journaliste ukrainien et un Français !

– Il a pas encore accepté.

– Si. Il connaît des flics, des truands, un tas de gens. Un cannibale, même là-bas, c'est quand même exceptionnel. T'as lu beaucoup de choses sur les criminels de droit commun en URSS ? On sait rien de rien sur ce qui se passe là-bas ! C'est juste les auteurs de polars qui en parlent !

Il se frotte le nez en me regardant.

– Ça va coûter du pognon sans être sûr que ça se vendra.

– Écoute, tu m'alloues une somme forfaitaire et je me démerde avec. Vous pouvez bien prendre un risque, bordel ! Tu sais quoi ? Paraît que les flics sont sur le point de le coincer. Ce sera plus très long.

Il est en train de transformer son nez en tire-bouchon. Chez lui, c'est le signe d'une grande perplexité. Toutes les décisions passent par lui.

– Je réfléchis, dit-il. Je te dis ça en fin de semaine.

– Je la sens, Paul. Je la sens cette histoire !

– Fin de semaine.

Le comité de rédaction donne son accord avec quelques réserves. Ils veulent que je rentabilise le voyage en rapportant des photos de la région de Tchernobyl avec des interviews.

– Quoi ! et tu veux que je les trouve où, ces photos ? Tu veux que je fasse poser les habitants de Tchernobyl ?

– M'en fous. Rapporte des clichés, c'est ça que les gens veulent, tu le sais bien ! Tchernobyl, c'est la grande affaire. Alors, d'accord pour que tu rigoles un peu avec ton gastronome, mais occupe-toi de ce qui fera acheter le canard. Et ce qui fera acheter le canard, c'est des putains de photos de cette centrale de merde !

– Les gens adorent les grands criminels. Un film de dizaines de millions de dollars va sortir sur un serial killer d'Afrique du Sud.

– L'Afrique du Sud, c'est pas les Soviets. Et en plus, c'est une femme profileur qui a permis de l'arrêter.

– Paul, tu veux que je te dise ? T'as une imagination de grenouille !

– Tire-toi, et me ramène pas de la daube comme à ton habitude !

– Je repars en Ukraine, annoncé-je à mes parents.

On est tous les trois dans leur salon. Mon père lit le journal et ma mère me raconte sa journée. Papa n'est pas bien parce qu'il a dû renvoyer une de ses vendeuses qui piquait dans la caisse et elle l'a attaqué aux prud'hommes. Il n'est pas sûr de gagner. Elle est syndiquée à la CGT et son mari est un permanent du Parti. Et d'avoir dû la renvoyer le contrarie (c'est ma mère qui l'a poussé à le faire).

Mon père est un homme timide et mal dans sa peau de juif. Il a toujours l'impression qu'il doit en faire plus que les autres. Comme s'il avait quelque chose à se faire pardonner.

148

Ma mère, c'est tout le contraire. Un mot de travers et elle se transforme en Modesty Blaise.

– Où vas-tu repartir ?

– À Kiev.

– Quoi ? T'es malade ! Tout est pourri là-bas !

– Attends, maman, il y a deux millions de personnes qui vivent à Kiev. (Mon père n'a pas relevé la tête de son journal.) Et je serai au moins le vingt millième reporter à y aller. Tu crois qu'ils nous envoient à la mort ?

– Qu'est-ce qu'ils en ont à faire de votre santé ? Vous êtes interchangeables ! (Mon père vient de poser son journal.) Ils n'en ont pas assez tué de juifs les Ukrainiens ? faut qu'ils aient aussi ta peau ! laisse-les se démerder entre eux ! qu'ils se les bouffent leurs radiations.

Elle est très en colère. Elle arpente le salon en passant et repassant devant mon père qui la regarde, troublé et inquiet.

– Tu ne peux pas en faire davantage ? Là, tu passeras tout juste au concours de tragédie du Conservatoire, je lâche avec un clin d'œil complice vers mon père qui ne me le rend pas.

Je le trouve fatigué, papa. Il a maigri et son teint ne me plaît pas. Je sais que c'est le dernier à se préoccuper de sa santé. J'espère juste que c'est la fatigue des quarante ans de mariage et les soucis quotidiens qui lui donnent cette mine.

– Bon, va où tu veux ! me lance soudain ma mère en faisant volte-face. Va faire le guignol et risquer ta santé pour du papier journal qui demain enveloppera les carottes de madame Tadzi !

Madame Tadzi, c'est la grande copine de ma mère. C'est la cliente emmerdante, la concierge bavarde, l'antisémite perfide, c'est une troupe ennemie à elle toute seule.

– Bon, tu sais quoi ? Je vais me coucher. Je dois préparer mon voyage. Papa, il y a longtemps que tu n'as pas fait de check-up ?

– Check-up ! Quel check-up ? rugit ma mère. Ça fait cent fois que je lui ai dit de prendre rendez-vous chez le médecin ! Jamais le temps ! Il aura bien le temps de mourir, cet idiot !

Mon père se lève en soupirant et en secouant la tête. Enchaînement de mouvements que je lui ai vu faire un nombre incalculable de fois.

– Je vais bien, proteste mon père. Tu ne vas pas t'y mettre toi aussi. Je vais me coucher, demain j'ai le comptable. Tu pars quand, Charles ?

– Samedi.

– Pour combien de temps ?

– Le temps de prendre la température du coin.

– C'est le cas de le dire, grince ma mère.

– Je te promets maman que je vais m'envelopper entièrement dans un sac-poubelle.

– Si t'en trouves d'autres, colles-y aussi les Ukrainiens, c'est là où ils sont le mieux !

Je pourrais rire des saillies de ma mère, mais elles sont trop douloureuses. Elle a soixante-six ans et autant d'années de rancœur. Rien que pour ça, je hais ces gens-là.

12

Adrï m'a retenu une chambre à l'hôtel Rus, un des plus luxueux de la ville. Rien qu'à voir le nombre inhabituels de journalistes, je comprends que la catastrophe de Tchernobyl est encore d'actualité. À part eux, on ne croise pas un seul touriste. Qui serait assez fou pour venir ici en ce moment ? Même les Russes brillent par leur absence.

On sait que des commissions d'experts se sont réunies un peu partout (sauf en URSS), et ont fait des déclarations à dresser les cheveux sur la tête. Je n'ai qu'une hâte, réaliser la transaction et ficher le camp.

Mais le lundi matin, jour où doit arriver le convoi d'eau potable destinée aux villes proches de Tchernobyl, Adrï me téléphone pour me dire qu'il aura du retard mais sera certainement là le lendemain.

– Tu as vu les acheteurs ? s'inquiète-t-il.

– Non.

– Ils sont à ton hôtel.

– Je sais. Ils sont quatre.

– Ouais. Tu penses les voir quand ? Il faut les prévenir du retard.

– Ils vont être contents.

– On n'y peut rien. Comment c'est là-bas ?

– Tu veux savoir si les gens sont devenus transparents ?

Il ricane.

– J'ai encore entendu les infos comme quoi il n'y a rien à craindre. Tu sais quoi, grâce aux vents dominants le nuage radioactif s'est barré vers le nord-ouest.

– Ben voyons.

– J'te jure ! Il se balade au-dessus de la Norvège, de la Finlande, et pas chez nous ! Ils l'ont repéré en Italie, en France ! Merde, le communisme va triompher sans guerre ! Il éclate de rire. C'est pas beau, ça !

– Très beau. C'est Pianevsky qui t'a prévenu du contretemps ?

– Non, le beau Fedor. Problèmes de paperasse. Enfin, c'est ce qu'il m'a dit.

– Essaye d'activer. Dis à Pianevsky que je ne ferai pas de vieux os ici. Et je suis sûr que les clients sont de mon avis. J'attends jusqu'à demain, si le convoi n'est pas là, je me casse !

– Bon sang, profites-en pour prendre des vacances. J'te dis que tout est cool ! Qu'est-ce qu'ils disent, les gens de Kiev ?

– J'en sais rien, je leur ai pas demandé. Je vais contacter les acheteurs. Je leur donne rendez-vous pour onze heures demain matin.

– Eh, laisse un peu de large. La flotte, elle vient pas de la porte à côté.

– D'où elle vient ?

– J'sais pas. Mais ils peuvent pas la prendre tout près, sinon ça sert à rien. Tu bois pas d'eau du robinet, hein ?

Je l'entends rire au bout du fil.

– Tu m'emmerdes, t'es trop con, Adrï.

– T'énerve pas. C'est pas parce que tu vas rester à Kiev deux, trois jours, que tu vas perdre tes couilles !

152

Ça peut juste les faire grossir ! tu sais, comme dans les films. Après une catastrophe nucléaire t'as les araignées et ce genre de saloperies qui deviennent géantes et bouffent les humains ! Fais juste gaffe aux punaises que t'as dans ton lit !

J'en ai marre de ses conneries et je raccroche. En temps normal, je me serais baladé. Je ne connais pas bien la ville pour ne pas y être venu souvent. Je sais qu'elle est réputée pour son élégance, mais là, je le sens pas. J'ai juste envie de monter dans ma chambre et de garder la fenêtre fermée.

Je me décide à aller au bar pour attendre les clients, et je m'aperçois que je ne suis pas le seul à flipper. Ça grouille de journalistes excités qui baragouinent dans toutes les langues mais ne parlent que de Tchernobyl.

Dans un coin du salon, des Ukrainiens vendent des infos à des journalistes qui leur agitent des dollars sous le nez en leur demandant de les emmener sur site. Moi, faudrait me payer une fortune pour que j'approche de cette saloperie.

Au moins, ici, la vodka est de qualité. Elle est chère mais je m'en fous, j'ai des dollars et le respect des loufiats. Mes deux gardes du corps sont restés dans le hall. Ils doivent me prévenir quand les Syriens rappliqueront.

Je suis là depuis une heure à siroter ma troisième vodka quand un remue-ménage se manifeste chez les journalistes. Je me rapproche d'un groupe qui écoute une radio russe dissidente qui dit que l'incendie semble définitivement éteint.

Nous, on nous a affirmé qu'il l'était depuis quinze jours.

Un grand type, un Français, traduit les propos pour ses confrères. Son russe est scolaire, mais il se débrouille pas mal. Il est applaudi par les autres quand il leur répète que d'après les autorités, le danger est écarté. Mais à sa mine, je pige qu'il n'est pas convaincu.

– Vous parlez bien notre langue, je lui balance de ma place.

Il se retourne vers moi et hoche la tête.

– Je suis très intelligent, dit-il.

Je ris, vais vers lui et lui tend la main.

– Vladimir Sirkoï, de Kharkov.

– Ah ? Charles Siegel, de Paris. Vous êtes journaliste ?

– Non.

– Touriste, bien sûr, c'est le moment. Ils font des prix partout.

Il est drôle, et je me marre.

– Non, je suis ici pour affaires. Et vous, pour Tchernobyl ?

– Oui. Dans mon pays, on est très friand des catastrophes quand ça se passe ailleurs.

– Je peux vous offrir une vodka ?

À ce moment, je vois arriver mes Syriens. Je ne les connais pas, mais on ne peut pas se tromper. Des caricatures de gangsters arabes. Fringués de costumes à rayures serrés sur des panses rebondies. Barbe si noire qu'on les croirait teintes en bleu, et regards méfiants balancés tous azimuts. Les mêmes gueules qu'on voyait déjà sur les photos du temps de Farouk.

– Oh, je suis désolé, m'excusé-je, mais mes clients arrivent. Un peu plus tard ?

– C'est OK pour moi.

Je me dirige vers les Syriens et arrête le premier en lui retenant le bras. Il se fige, regarde ma main comme si c'était une tarentule, me lance un regard mauvais tandis que les trois autres d'un même mouvement m'entourent en portant la main dans l'échancrure de leurs vestes.

J'ai l'impression d'assister à une scène du *Scarface* de 1940 que je viens juste de visionner en cassette.

– Je m'appelle Sirkoï, je travaille avec Adrï.

Il serre les mâchoires sans me quitter des yeux.

– Où étiez-vous, on vous a cherché partout.

Son anglais est encore plus mauvais que le mien. Mais c'est un type très expressif. Il ne parle pas, il éructe.

– On a un petit problème. Le convoi aura du retard. Il devrait arriver demain matin.

Ses mâchoires ne se desserrent pas et ses yeux restent fixés sur moi.

– À quelle heure ?

– Je ne sais pas. J'attends des informations.

– Vous vous foutez de nous ! Vous nous obligez à rester dans ce pays pourri !

– Tout est en ordre. Plus d'incendie, plus de radioactivité.

Il fait alors un truc incroyable. Il crache par terre et m'attrape par le col de mon veston.

– On partira demain à quinze heures, avec ou sans les armes.

– Vous seriez venus pour rien ?

– Quand le rendez-vous a été pris votre saloperie de centrale était intacte. Demain quinze heures, à l'endroit convenu. Si la marchandise n'y est pas, je vous tiendrai personnellement pour responsable. Vous savez ce que ça veut dire ? Je n'ai pas l'habitude qu'on se moque de moi.

Il fait demi-tour et, suivi de ses trois tordus, se dirige vers les ascenseurs avant que j'aie pu lui répondre.

Si Adrï ne peut pas me confirmer que la livraison sera là pour quinze heures, je reprends tout de suite la route.

On est trois. Ils sont quatre. D'accord on est sur notre terrain, mais les Arabes se foutent de ce genre de détails. Ils sont protégés par Moscou et je suis sûr que ceux-là disposent de tout ce qu'il faut pour bénéficier de l'immunité consulaire pour le cas où ils laisseraient des cadavres derrière eux.

S'ils nous descendent, ils affirmeront avoir agi en état de légitime défense face à des voyous ukrainiens, et brandiront leurs passeports diplomatiques.

Je fais signe à mes hommes qui ont tout observé de leur place au bar.

– On est dans la merde. Le convoi a du retard et eux ne veulent pas attendre. Peur de la radioactivité.

– Sont pas les seuls, réplique Viktor. Moi, j'ose à peine respirer.

– De toute façon, tu voulais pas avoir de gosses, ricane Piotr, son copain.

– Toi, même si t'en voulais, c'est pas avec ce que t'as dans la culotte que tu pourrais en faire, réplique Viktor.

– Bon, ça va, coupé-je. Je me passerai de votre humour. Je vais téléphoner au patron. Vous restez là. Si vous les voyez sortir, vous ne les lâchez pas. Ils n'ont pas dû vous repérer, mais faites attention. Ce sont des mauvais.

Je les plante là et vais téléphoner à Adrï à qui j'explique le problème.

– Font chier, ces cons ! rugit-il. Ils croient quoi, qu'on trouve ces trucs au supermarché !

– Bon, qu'est-ce que tu proposes ?

Je l'entends réfléchir.

– Je vais téléphoner au matelot, dit-il enfin (on évite bien sûr au téléphone de prononcer le nom de Pianevsky), on verra où il en est.

– N'oublie pas. Ils se tirent à quinze heures.

– Ouais, ouais, j'ai compris. Tu crois qu'ils ont l'oseille avec eux ?

– Sûrement. (Son ton m'alerte.) Mais oublie à quoi tu penses. C'est pas moi qui le leur tirerai.

– Ouais, ouais… T'attends jusqu'à demain.

– À condition que tu me dises que la marchandise sera là demain matin.

– Putain, mais tu chies dans ton froc ! Quand c'est pas la radioactivité, c'est les bougnoules ! T'aurais dû te faire postier !

– Tu sais quoi, Adrï, répliqué-je en tentant de contrôler ma colère, c'est très facile d'engueuler les autres quand on reste le cul dans son fauteuil avec une demi-douzaine de gros bras autour. Pourquoi tu leur parles pas aux Syriens ? Je te file le numéro de leur chambre…

– T'énerve pas… T'auras la marchandise en temps voulu. Te laisse pas impressionner par ces bouffeurs de dattes. Fais juste gaffe au moment de l'échange. Je veux pas perdre mon héritier, ricane-t-il. Et qu'est-ce que dirait ton père ?

– T'occupe pas de mon père, coupé-je sèchement. Occupe-toi de faire venir le convoi.

– Ça baigne, Vlad, ça baigne…, dit-il en raccrochant doucement.

J'adore. Non seulement je patauge au milieu d'une bouillasse radioactive, mais en plus j'ai des clients qui ne pensent qu'à nous entuber. Je sens qu'on me tape sur l'épaule et je me retourne d'un bond.

– Oh, là, t'es monté sur du 350 !

Une bouille hilare, des cheveux dressés droits sur la tête, des lunettes en roue de vélo, un ventre agressif, et une paire de bretelles jaunes et rouges. Andreï Tirienko.

– Qu'est-ce que tu fais là, mon pote !

157

Une autre tape à me démolir l'épaule. Mais j'aime bien Tirienko.

– Vacances. Comme vient de me le rappeler un Français marrant, ils font des prix en ce moment.

– Toi, en vacances ? C'est qui ton Français ?

Je lui désigne de la tête.

– Le grand, au bar. Celui qui discute avec le type à la chemise écossaise.

– La chemise écossaise, c'est mon pote Gregory Vlakoff, il vient de me le présenter. Ton Français veut enquêter sur le mec qui bouffe ses victimes, tu sais, celui qu'on a surnommé le « Boucher de Goma ».

– Ouais, ils en ont parlé à la télé. Ils l'ont trouvé ?

– Penses-tu ! Ce mec, c'est un courant d'air. Tiens, paye-moi un verre, je te dis tout.

On va au bar et je vois le Français nous regarder avec étonnement. Je lui fais signe de nous rejoindre.

– Vous vous connaissez ?

– Tirienko connaît tout le monde, c'est une gloire nationale. Qu'est-ce que vous buvez ? C'est moi qui invite.

– Un verre de vin.

– On n'en a pas de français. Pourquoi pas de la vodka ?

– Je veux conserver mon estomac.

– Ces Français, des poules mouillées, me dit Tirienko, en russe.

– Seulement des amateurs de bonnes choses, réplique le Français.

– Vous parlez russe ?

Tirienko prend le parti de rire. Je n'ai pas eu le temps de le prévenir.

– Alors, je lui dis, vous vous intéressez aussi à nos criminels ?

– Je m'intéresse à tout. Tchernobyl, Perestroïka, serial killer. Je travaille pour un gros hebdomadaire. C'est vraiment un cannibale ?

– Un vrai de vrai, répond Andreï en sifflant sa énième vodka. Il laisse des cadavres partout où il passe. Il court les campagnes, attrape des petits paysans. Les tue, les viole, les découpe. Parfois dans l'ordre inverse.

– Comment on sait qu'il est cannibale ? demande le Français.

– Il manque des morceaux sur les corps. Découpés ou arrachés. Il les poignarde sans les tuer, les viole, puis les achève.

– Putain, je gronde, tu vas me faire dégueuler. Arrête.

Andreï me regarde en rigolant. Il se tourne vers le Français.

– Voilà, ça, c'est nos voyous. Ça joue les durs et ça tourne de l'œil comme des fillettes !

– Voyous ? s'étonne le Français en me regardant.

– Laissez tomber, il raconte n'importe quoi !

– Ah, il vous a pas dit ! s'exclame Andreï déjà trop saoul pour se contrôler. Vous avez devant vous un des principaux parrains de la mafia ukrainienne de Kharkov. Mais c'est un brave type !

Il me tape encore une fois dans le dos et je l'attrape par le col en le secouant.

– Tu vas la fermer ! Va cuver plus loin !

Le Français s'interpose :

– Vous fâchez pas, Vladimir, j'suis pas flic.

– Allez, calme-toi, rigole Andreï que rien ne démonte. Il veut juste que je lui raconte ce que je sais sur le cinglé !

– On va s'asseoir ? propose le Français. La prochaine tournée est pour moi.

On se dégote une table déjà occupée, et le Français commande une bouteille de vodka.

– Ben, c'est simple, commence Andreï après avoir sifflé son verre d'un trait. Ça a démarré y a un bout de temps. Les flics s'en sont pas souciés tout de suite, parce qu'ils sont souvent occupés à autre chose.

Le Français hoche la tête d'un air entendu.

– Les dissidents ?

– Entre autres. Bref. Les premiers corps ont été découverts vers Voronej, Koursk, puis c'est remonté peu à peu vers la Biélorussie. Des mômes disparaissaient, des jeunes femmes aussi. Mais comme ça se passait souvent dans des coins isolés, le temps que les gens réagissent, préviennent la police, le dingue était déjà loin. Les paysans ont fini par s'armer, on laissait plus sortir les gosses tout seuls. Faut dire que les corps qu'on retrouvait étaient vachement abîmés. Langues et yeux arrachés, femmes éventrées. Il leur coupe les grandes et les petites lèvres, arrache les ovaires. Et on retrouve les garçons le phallus et les bourses coupés.

J'écoute plus. Andreï continue son récit horrible. Je vois que le Français aussi est secoué. Pourquoi ce con d'Andreï raconte de tels bobards ! Pas étonnant que les Occidentaux nous prennent pour des barbares !

– Bon, allez, ça va, ferme-la ! T'es malade de raconter des trucs pareils ! mais où tu vas chercher ça ? Dans ta tête ? Faut te faire soigner !

J'ai dû parler fort, car des regards se tournent vers nous. Andreï me fixe avec colère.

– Tu crois que j'invente ? Tu crois qu'on peut inventer ça ?

Il fouille dans sa serviette, sort deux grosses chemises cartonnées. Repousse les verres. En ouvre une et étale une série de photos en couleur.

À côté de moi, Siegel a un hoquet. Je reste pétrifié d'horreur.

– C'est pas possible, souffle le Français.

Devant nos yeux, les pires abominations. Corps démembrés, chairs corrompues, visages aux orbites béantes, sans lèvres, sans nez. Corps vidés comme des coquilles, organes sexuels arrachés. Et les couleurs... Le vert et le gris des chairs décomposées... La noirceur des orbites vides ; les bouches fendues d'une oreille à l'autre sur lesquelles le sang coagulé pose un bâillon. Andreï nous regarde sans un mot. Il jouit de son effet.

– Alors, Vlad, j'invente ? Et encore, tu vois pas tout. Moi, j'ai plusieurs fois été là quand on les trouvait. Tu veux que je t'explique ? Il cuit les organes sur place ou les mange crus. Il arrache les langues avec ses dents. On sait qu'il prélève les yeux avant la mort. T'en veux d'autres ?

Je suis paralysé. Je me tourne vers le Français. Il n'a plus de couleur. Il soulève les photos, les regarde, les repose, comme si elles allaient casser.

– D'où il sort, ce type ? je souffle.

– Ces photos, personne les connaît à part les enquêteurs et moi. Défense de les montrer.

– Comment tu les as eues ?

– Avec de l'argent et des promesses.

– Quelles promesses ? demande le Français, d'une voix sourde.

– Que le livre que j'écrirai sera publié en Occident et que j'y mettrai les noms des enquêteurs qui réussiront à l'attraper. Voilà le marché que je vous propose, lui dit Andreï. Vous suivez l'enquête avec moi et vous vous arrangez pour que votre canard fasse la promotion de mon livre et m'invite en France, moi et ma famille.

– Mais vous savez où chercher et à quoi il ressemble ?

– D'après de récents témoignages de paysans qui l'auraient aperçu c'est une espèce de géant. Un vaga-

161

bond. Il parle à personne. Une drôle de gueule. Il doit vivre de la forêt, chasser, pêcher, on sait pas. Mais d'autres disent que c'est un citadin, un monsieur, un notable.

– Qui croire ?

– Je sais pas trop. Un vagabond aurait demandé à manger ou à dormir à des fermiers.

– Et… ?

– Et juste après des gosses auraient disparu.

– Témoignages fiables ?

– Comme tous les témoignages ici…

– Et où c'était ?

– En Biélorussie, près de la frontière. Au départ les gens ne faisaient pas attention, mais après on découvrait les pauvres gosses et ils se souvenaient d'avoir vu ce type.

– Avec une pareille allure, comment les enfants se laissent-ils approcher ? demande Siegel qui ne semble pas convaincu.

– Il les vole.

– Depuis quand il fait ça ?

– On sait pas exactement, mais ça fait un moment. Dans nos pays, à cause du froid et de la neige les corps se conservent. Mais comment les identifier quand ils sont aussi mutilés ? Je sais qu'en Occident il y a un moyen, la recherche d'ADN, mais c'est pas bien courant ici. Les gens au début n'osaient pas parler. Des jeunes qui disparaissent, c'est pas rare. Au début des années quatre-vingt, beaucoup rejoignaient l'armée au moment de la guerre en Afghanistan parce qu'on leur faisait miroiter l'aventure, l'action, et le reste. Ou alors ils gagnaient les grandes villes en espérant une vie moins dure et ne donnaient plus de nouvelles. Quant aux femmes, on est champions dans la brutalité et le viol. Et la police dans les campagnes ne s'y intéresse pas trop.

– Et pourquoi lui plus que le notable ?

Andreï hoche la tête.

– Vous n'avez pas un écrivain qui a dit qu'on accuse plus facilement les misérables que les puissants, ou quelque chose dans le genre ? Quand le bruit de ces crimes s'est répandu, la police a fini par s'activer parce que le peuple commençait à gronder. Ils ont examiné des témoignages, suivi des pistes. Pour rien. Et puis on parle de ce routard, et du coup le gouvernement promet une prime pour tout renseignement. Récemment le contremaître d'une scierie signale qu'un de ses bûcherons s'est débiné un beau matin, sans rien dire, après y avoir travaillé des années. Un géant solitaire qui parlait à personne. Brutal, d'après ce qu'ont dit ses collègues. Fort comme un Turc. Les flics s'excitent, font une enquête et découvrent qu'il vient d'une famille de dégénérés alcooliques, avec frères en prison pour violences les trois quarts de leur vie.

– Ça suffit pour soupçonner quelqu'un de meurtres aussi horribles ? On n'a rien découvert sur les cadavres ? Des poils, du sang, des empreintes, du sperme ? demande le Français.

– Ici, on n'a pas le culte de la police scientifique comme chez vous.

– Enfin, toutes les polices fonctionnent plus ou moins de la même façon ! proteste-t-il.

Andreï lui lance un coup d'œil entendu.

– Vous êtes en URSS, réplique-t-il avec son sourire de travers. Chacun ses méthodes. Alors, ça vous intéresse, oui ou non ?

J'ai vite pigé l'intérêt de Tirienko pour le Français. Une invitation officielle et toute la famille Tirienko en profite pour passer à l'Ouest.

– Comment ça s'organiserait ? demande le Français. Les policiers accepteraient que je sois là ?

– J'ai quelques relations, sourit Andreï d'un air satisfait. Vous disposez d'un peu de liquide ?

– Pour les frais ?

– Pour les bakchichs.

Siegel hoche la tête.

– Si ça va pas trop loin. Mon journal est assez radin.

– On fera durer, soupire Andreï. Vous êtes revenu pour quoi ?

Le Français hésite.

– Boucler l'histoire de Tchernobyl.

Andreï éclate de rire.

– Alors, on n'est pas près de se mettre en route ! Tchernobyl, mon vieux, on va en parler pendant des décennies ! Ici, ce sera encore pourri quand on sera tous crevés !

– Je pars avec vous, se décide soudain Siegel. Laissez-moi juste quelques jours pour que j'en finisse avec l'accident de la centrale. Vous habitez Kharkov ?

Je réponds à la place d'Andreï :

– C'est un voisin.

Le Français se tourne vers moi.

– Vous aussi, c'est vrai.

– C'est là où tout se passe, ricane Andreï.

– Laissez-moi vos coordonnées, dit Siegel en se penchant vers Andreï. Je suis votre nouvel associé.

– Alors, ça s'arrose, réplique mon pote en hélant une serveuse. Hé, la belle. Une bouteille de vodka, et de la meilleure !

13

Un matin en allant à la pêche aux infos au ministère de la Santé, je rencontre deux confrères américains, juifs new-yorkais, envoyés par le *New York Times* Max Jacob, eh oui, comme le poète, et Stanley Fridmann. Max est un géant débonnaire coiffé d'une crinière blond-roux. Stanley, un mince, limite maigre, aux trois quarts chauve, un pince-nez coincé sur l'appendice. Deux spécimens rares.

On fait connaissance en buvant un verre pour se plaindre de l'administration soviétique infoutue de nous donner un semblant de renseignement.

– C'est des vrais connards ! brame Max en s'enfilant un pinte de bière ukrainienne particulièrement dégueulasse. Heureusement qu'il y a les satellites, sinon on aurait su que dalle !

– C'est pas en braillant que tu vas arranger nos affaires, remarque Stanley, qui, lui, sirote un faux whisky à dix heures du matin.

– Il faudrait aller sur place, déclaré-je, en pensant à autre chose.

Max me regarde en pinçant les lèvres.

– T'as raison, man, je m'en occupe !

Et il nous plante là pour se ruer sur une cabine téléphonique où on le voit discuter avec autant de conviction que s'il essayait de fourguer le Golden Gate à une tribu eskimo.

– Il est fatigant, remarque Stanley, comme il le ferait pour un jeune enfant. C'est un hyperactif.

Max revient au bout d'un moment avec une mine triomphante.

– C'est arrangé ! J'ai dégoté un hélicoptère qui nous emmène demain matin sur site.

– Quoi ?

– T'as eu une bath idée, le Frenchie ! On survole la région, on prend des photos, on se pose un peu plus loin et on interviewe !

Je frémis de mon initiative idiote. Je vais poser mes pieds dans cette bouillasse infâme chargée d'uranium et de je ne sais quelle autre saloperie !

– Dangereux, grimacé-je. On survole de loin, c'est tout.

– Passionnant ! exulte Max.

– Sans moi, ajoute Stanley, va pour survoler, mais pas descendre.

– Bande de foireux ! rugit Max. J'ai tout arrangé.

– J'ai pas un rond de mon canard pour payer un hélico. Je travaille pour un journal français. Un journal français, c'est très pauvre.

Max me regarde par en dessous.

– C'est toi qui as eu l'idée, j'te fais pas payer. Le *New York Times* est riche. Pas question d'atterrir à Tchernobyl, d'ailleurs c'est interdit, mais dans le premier patelin qui n'aura pas été évacué, ou au pire, là où on les a regroupés.

Complètement chtarbé, le gars ! On se sépare en convenant de se retrouver le lendemain à l'hôtel.

Je rentre au Rus, qui est un des hôtels réservés aux étrangers et aux autochtones pistonnés, pour appeler

166

Paris. Mon projet de survol de la région met en joie mon rédac-chef qui imagine déjà les photos du désastre en couverture.

– Super, Charles ! C'est les Ricains qui payent l'hélico ?

– Plan Marshall. Ils ont l'habitude de nous entretenir.

– Ils ont du pognon ! Tu photographies aussi la gueule des gens. Fais-les parler, ce qu'ils mangent, comment ils sont aidés ! Interroge les femmes enceintes ; j'ai entendu dire qu'avec le taux de radioactivité il risque d'y avoir un raz de marée de mongols !

– T'es un enfoiré, Paul ! T'as quoi à la place du cœur ? Et tu crois que je vais descendre ?

– T'auras pas deux fois une pareille occasion ! Ce sont des condamnés en puissance ! Vous partez quand ?

– Demain matin, vers dix heures, je réponds d'un ton dégoûté. C'est l'heure où ils ouvrent un couloir aérien pour les vols civils. Ceux de la dernière chance.

– On a reçu ton papier, pas mauvais du tout, coupe-t-il comme s'il n'avait pas entendu. Entre ce que disent les Soviétiques et les autres, c'est la fosse de Java. Ce putain de nuage se promène partout, sauf chez nous, d'après le ministre, parce qu'il s'est arrêté à la frontière. Ils nous prennent vraiment pour des cons !

– J'ai entendu dire. Ce que je peux te confirmer, note-le, c'est que le site reste potentiellement très dangereux. Les « nettoyeurs », comme on les appelle ici, pompiers et autres « volontaires » envoyés pour éteindre l'incendie, sont en soins intensifs dans un hôpital de Moscou et les trois quarts seraient déjà mourants... Idem pour les pilotes chargés de recouvrir le trou et les types envoyés par la suite pour nettoyer. On sait maintenant que sous l'effet de la pression le couvercle du réacteur a explosé, est retombé sur le puits qu'il a fendu, ce qui a envoyé dans l'atmosphère soixante-dix tonnes de radionucléides toxiques.

– Je rajoute à ton article ?

– Ouais. On commence aussi à connaître les causes du désastre. Faiblesse technique des systèmes nucléaires soviétiques et négligence du personnel qui n'a pas pris garde quand la température est montée. La technologie de ces réacteurs RBMK est particulièrement instable. Les mesures de sûreté étaient inférieures aux normes exigées en Occident, et le responsable en chef était un simple ingénieur en thermodynamique, et pas un spécialiste du nucléaire...

– Pas si vite, je change de bande. OK, vas-y.

– ... Il n'était pas formé pour ce genre de travail. Également, absence d'enceinte de confinement destinée à retenir la radioactivité en cas de fuite... Et surveillance insuffisante faute de législation adéquate en URSS. En Occident, tous ces manques auraient entraîné la fermeture de la centrale.

– OK. Tu vois autre chose ? Les responsables, qu'est-ce qu'ils en ont fait ?

– Pour l'instant, rappelés à Moscou. Note les noms : Anatoly Diakoff, qui gérait la centrale, et Viktor Boukaroff, responsable technique. On parle de cinquante millions de curies déversés dans l'atmosphère, ce qui équivaut à deux cents fois les rejets d'Hiroshima. Il devrait y avoir au moins sept cents kilomètres carrés de terres contaminées au plutonium pour des siècles.

– T'es sûr de tes chiffres ?

– On n'est sûr de rien ici. On travaille par déduction à partir de ce que l'on peut comprendre entre les lignes des communiqués. T'as aucune idée du poids du secret sur ce genre d'informations.

– Arrête, je sais où tu es. Je veux juste que tu vérifies bien tes chiffres.

– Je vérifie…

– T'as autre chose ?

– L'eau. Ils interdisent aux habitants de la boire. Les rivières, les lacs, les réservoirs d'eau autour du Dniepr… Interdiction de pêcher et de s'en servir pour arroser les jardins. Des convois d'eau arrivent chaque jour, mais en quantité insuffisante. Alors, d'après ce que j'ai entendu dire, la population continue de puiser l'eau des rivières et des sources, et même de la boire. Tu sais, personne ici ne semble vraiment se rendre compte. Les paysans ne comprennent pas le danger parce qu'il est invisible. Pour qu'ils pigent, il va falloir attendre les premiers morts après l'accident. Mais tout sera verrouillé par Moscou.

– Tu descends de l'hélico ?

– Tu rigoles ! On survole, on prend des photos et on se casse !

– Charles, on sera les seuls en Europe ! Ta réputation est assurée ! j'te dis pas d'y passer tes vacances, mais ramène-moi des trucs pathétiques, tu vois ce que je veux dire ? Tiens, dégote-moi la femme d'un des nettoyeurs envoyés la nuit de l'explosion. J'ai entendu dire qu'ils étaient partis sans aucune protection… C'est la sixième brigade de pompiers de Kiev, basée à Pripiat, qui a été envoyée. Tu l'interroges, tu prends des photos des gosses… Nous on fera les légendes. Si elle est enceinte, c'est encore mieux.

– Ils ont été évacués, je ne vais pas courir après. Et je me vois pas demander ses impressions à une future veuve. T'es dingue, ou quoi ?

– Qui c'est tes copains ?

– Des gars bien. *New York Times.* Au moins, ils mégotent pas, chez eux ! Y en a un qui a fait le Vietnam, alors pour l'impressionner.

– Ramène-nous de la bonne came, et t'auras pas à te plaindre. Il y a une autre équipe de chez nous qui est à Smolensk, en Biélorussie. Le coin en a pris aussi plein les narines. Les régions de Koursk, Briansk, jusqu'à Kaluga en Russie, sont fortement irradiées. C'est la plus grosse catastrophe nucléaire jamais arrivée. J'te dis pas l'agitation chez les écolos !

– Et on n'a pas fini d'en apprendre. Bon, je vais laisser traîner mes oreilles. Fais agrandir la ligne de frais, je commence à être court.

– C'est si cher que ça la vodka ? Je croyais que c'était un produit local.

– Et ta sœur, c'est une internationale ?

Je raccroche et reviens au bar. Des collègues écoutent une station de radio qui émet en russe et en allemand. L'un d'eux, qui me connaît, me fait signe de venir leur traduire. C'est une radio dissidente et leurs infos devraient être plus fiables. D'après le journaliste l'incendie est totalement éteint.

– Vous parlez bien notre langue.

Je tourne la tête vers un grand gars qui m'a interpellé, accoudé au bar un peu plus loin.

– Je suis très intelligent.

Il rit, s'approche et me tend la main.

– Vladimir Sirkoï, de Kharkov.

– Charles Siegel, de Paris.

– Journaliste ?

– Oui. Et vous ?

– Non.

– Vous êtes en vacances ? C'est vrai que c'est le moment d'en profiter, ils font des prix partout.

170

Il rit. Bonne nature.

– Non, je suis là pour affaires.

C'est un blond aux yeux bleus, à la mâchoire volontaire, avec une belle carrure, style « Prolétaires de tous les pays, unissez-vous » à part qu'il ne tient ni faucille ni marteau, qu'il est sympathique, porte un costume de qualité, arbore une coupe de cheveux soignée, tous détails qui indiquent que ce n'est pas un apparatchik du régime.

Ceux-là, on les repère à leur allure « années Khrouchtchev. » Bien qu'hypercorrompus et touchant des enveloppes multiples et bien garnies, ils ne dépensent pas leur argent en vêtements, mais en gueuletons, datchas, putes.

Ils portent des Rolex, roulent dans des voitures allemandes rutilantes, mais leurs cols de chemise rebiquent toujours sous les revers des vestons coupés comme des plats à barbe, et leurs pantalons déformés, lustrés au fond, tirebouchonnent sur des godasses pas cirées.

Nous discutons de la situation qui paraît autant l'effrayer que moi, et il m'invite à poursuivre la conversation devant un verre, quand son attention est attirée par un quatuor qui fend la foule des journalistes et se dirige vers les ascenseurs.

Ils ressemblent aux seconds couteaux des films de gangsters des années cinquante. Costards rayés, pompes deux tons, mines patibulaires... et arabes. Les habituels clients des Soviets qui les arment depuis toujours dans toutes les guerres contre Israël.

– Oh, excusez-moi, dit l'Ukrainien, mais je vois là-bas des gens avec qui j'ai rendez-vous. On se voit un peu plus tard ?

– D'accord, dis-je, refroidi.

Si ce type fricote avec les Arabes, ça ne peut pas être mon copain. Mais il peut avoir aussi des choses inté-ressantes à m'apprendre.

– À tout à l'heure.

– C'est ça.

14

Adrï vient de m'appeler. Aucune nouvelle de Pianevsky, et impossible de le joindre.

– Alors, qu'est-ce qu'on fait ?

– Demande des délais aux Syriens.

– C'est pas le genre à changer d'avis.

– Ils les veulent ces armes, oui ou non ? Dis-leur que c'est du tout premier choix. Des balles Tokarev, ils savent ce que c'est ces abrutis ? Ça te perce n'importe quel gilet pare-balles, et ça transforme en gruyère les portes blindées !

Je ne réponds pas. À mon avis les clients savent ce qu'ils achètent, mais l'ambiance qui règne ici facilite leur paranoïa.

– Ils n'ont pas dit qu'ils n'en voulaient pas, ils veulent repartir vite. Ils ont dû prévoir des relais et ne peuvent peut-être pas changer les rendez-vous.

– On ne leur vend pas des croissants chauds ! putain ! Adrï déteste perdre, surtout de l'argent. Fais ce qu'il faut pour les faire patienter !

– Je vais essayer.

On raccroche, et je demande au standard de me mettre en communication avec la chambre des Syriens. Ce n'est pas facile. Je me demande comment

173

les Soviets se sont débrouillés pour envoyer un bonhomme dans l'espace. Enfin, on me répond. Ce n'est pas le chef mais l'un de ses hommes.

– Passez-moi Abdul. Je suis Vladimir.

J'attends encore un moment et je suis sur le point de raccrocher quand Abdul vient en ligne.

– Oui ?

– Le convoi est coincé sur la route. Il n'est plus très loin, mais sa progression est rendue difficile à cause du trafic.

Il y a un long silence, et je l'entends baragouiner avec quelqu'un.

– Il pense arriver quand ? me demande-t-il enfin.

– Au plus tard demain.

– Quel pays de merde ! s'exclame le Syrien.

Je ne réponds pas. J'imagine que chez eux ce doit être pire. Depuis le temps qu'ils se battent contre les juifs, ils n'ont jamais été foutus de gagner une seule bataille malgré le rapport de force. Je déteste l'arrogance de ces gens. Avec leur fric, ils se prennent pour les maîtres du monde. L'URSS leur fournit ses armes les plus sophistiquées, leur envoie ses instructeurs parmi les meilleurs, et résultat, à dix contre un, ils se prennent à chaque fois la pâtée !

– Je vous rappelle qu'en ce moment on a un problème, je gronde.

– Ouais, un foutu problème ! Vous empoisonnez la Terre avec vos saloperies !

Malgré son anglais déplorable, je ne peux pas me tromper sur ce qu'il dit.

– Écoutez, ou vous attendez ou vous foutez le camp ! Cette marchandise, on peut la vendre à n'importe qui. Alors décidez-vous.

J'ai pris la meilleure option. Je sens son hésitation. Adrï a raison. Avec les Arabes faut pas montrer de faiblesse.

– D'accord, mais dès que vous avez des nouvelles, on fait l'échange. Il y aura toujours un de mes hommes ici.

– Entendu.

Je soupire de soulagement. J'ai gagné du temps. Je rappelle Adrï et lui explique.

– Bravo ! T'es un chef ! Je te tiens au courant.

Je descends à la réception et constate que le flot des journalistes ne tarit pas. Ils sont agglutinés devant le comptoir en braillant pour qu'on les serve au plus vite. J'allume une cigarette et les observe avec un sourire. Ils n'ont visiblement pas l'habitude de l'incurie communiste.

Ici, que l'on travaille bien ou pas, les gens sont payés, chichement, d'accord, mais payés. Les deux types qui gèrent les arrivées se déplacent à la vitesse des pandas. Ils ignorent les vociférations des clients, parlent entre eux comme s'ils étaient seuls. Tendent de temps en temps une clé qu'une main avide saisit aussitôt. Le chef de la Sécurité, planté près du comptoir, ne perd pas une miette de ce qui s'y passe. J'en repère trois autres disséminés dans le hall.

Deux journalistes harnachés d'appareils photo s'éloignent avec leur guide-interprète. À mon avis, elle va juste leur faire visiter la ville.

De loin, j'aperçois le Français au bar qui parle à deux types. Je suis encore sous l'impression de ce que nous a raconté Tirienko qu'on a dû raccompagner hier soir dans sa chambre tellement il était saoul. Je plains Siegel de travailler avec lui. Tirienko, je le connais presque depuis l'enfance. Un père maître

175

d'école et une mère ouvrière aux usines Lénine de sidérurgie.

Il a décidé de devenir journaliste à treize ans après avoir vu les conditions de travail de sa mère, afin de les raconter et faire changer les choses. Il a vite déchanté quand il s'est fait virer du journal et qu'il a galéré pendant je ne sais combien de temps à balayer les sols des hôpitaux avant de retrouver un emploi à Novotny. Il s'est marié et a deux enfants qu'il a ins-crits très jeunes aux Komsomols. Il veut pour eux une vie plus cool que la sienne. Sa femme est juive et s'est fait renvoyer de son emploi de biologiste quand elle a voulu quitter l'Ukraine avec ses enfants. À présent elle fait des ménages et c'est pour elle qu'il veut émigrer à l'Ouest.

Le Français et les deux autres quittent le bar, harna-chés eux aussi d'appareils photo. Je le retrouverai plus tard. Je voudrais connaître Paris. Paraît que c'est une très belle ville. Je ne sais pas comment on vit à l'Ouest, aucune idée. J'aurai sûrement du mal à m'y habituer. On m'a dit que c'est partout le bordel.

15

Max et Stanley sont déjà attablés devant leur petit-déjeuner quand j'arrive dans la salle à manger.

– J'ai jamais bu une telle saloperie de café, grogne Max, sans me dire bonjour.

– Salut, dis-je en m'asseyant. C'est quoi aujourd'hui ? Poudre d'œufs roulée dans la margarine, pain de plâtre, fromage plastique ?

Depuis que je suis arrivé dans ce pays je n'ai rien mangé qui ressemble à une vraie nourriture. Tout semble fabriqué à base d'eau, à part la vodka. Comme d'habitude, il y a deux fois plus de personnel que de clients, ce qui n'empêche pas que l'on doive attendre des heures pour n'importe quoi. Mais ils ont résolu le problème du chômage.

Stanley n'a pas relevé la tête de sa tasse. Je lui demande ce qui se passe.

– Un pépin ? L'hélico, ça ne marche pas ?

– Il a passé une mauvaise nuit, grogne Max.

– Ah bon ? À cause du bruit ?

– À cause de ce que j'ai lu, murmure Stanley.

– Et c'était ? demandé-je distraitement en me servant une tasse du jus de chaussette.

– Un document sur la guerre menée par les nationalistes ukrainiens contre les juifs de 1942 à 1944, laisse tomber Max, en se renversant sur sa chaise, les mains derrière la nuque et contemplant le plafond.

Je les regarde alternativement. Stanley a effectivement une tête de déterré, mais celle de Max n'est pas mieux. Ses maxillaires se crispent spasmodiquement.

– Où as-tu trouvé ce document ?

Stanley me regarde, et ses yeux brillent de larmes.

– Chez un vieux libraire juif. Un rescapé, comme on dit. Il a témoigné à Jérusalem au procès d'Eichmann, il a récupéré des documents de l'époque. Des rapports d'état-major.

Je repose la cafetière. Soudain, le jour s'est obscurci. Je pense à mes parents.

– C'est terrible ce qu'ils ont fait, murmure Max, figé dans sa position d'observateur du plafond. Terrible.

– Mes parents sont d'Ukraine, dis-je. Je sais.

– Non, tu ne sais pas ! crache Max en retombant en avant. Ils sont vivants tes parents ?

– Oui. Avec leur famille ils se sont réfugiés en France en 25. Mes quatre grands-parents ont été déportés et ne sont pas revenus. Ma mère a réussi à se cacher, et mon père a été fait prisonnier après la débâcle. Ma mère m'a raconté.

– Il y avait plein de camps, ici, murmure Stanley, comme pour lui-même. Yanivsky. Deux cent mille juifs éliminés. Ce qui leur plaisait le plus, c'était de les pendre par les pieds et de les battre à coups de gourdin, comme on le fait pour les tapis. Un rabbin de Paris, lui, a été pendu par les lobes des oreilles. Ils l'ont achevé à coups de pied quand il est tombé. Ils ont aidé les fritz à liquider les ghettos de Varsovie et Lvov. C'étaient les plus acharnés, d'après le libraire. Ils lançaient leurs chiens contre les enfants, pendaient nues les femmes devant les hommes.

– Bon, et alors ? Vous, les Américains, vous tombez toujours des nues quand vous apprenez ce qui s'est passé en Europe.

– Les Ukrainiens font croire qu'ils se sont battus contre les nazis ! crache Stanley. Alors qu'ils ont tous collaboré ! Lis le livre, tu verras ! Ils étaient plus nombreux dans les camps et les ghettos que les boches ! plus barbares !

– Comme les Autrichiens. Eux aussi ont fait croire qu'ils avaient combattu le nazisme et se sont posés en victimes. Vous vous réveillez, les gars ?

– Tu sais que Tarass Boulba a existé ? Son vrai nom c'était Taras Borovets. Ses partisans ont été entraînés par la Werhmarcht. Dès 1940.

– Ils détestaient davantage les Russes que les Allemands, précise Max. En 1941, l'OuN, un de leurs pires mouvements nationalistes, déclare son allégeance à l'Allemagne. Kharkov passe sous son contrôle par l'entremise de son maire, Semenko. C'est eux qui se chargent de liquider les juifs. De 41 à 43, dans toutes les villes et tous les villages sous contrôle allemand, l'administration a collaboré. Ceux qu'on appelle les starets, les maires de la péninsule, réclament de tuer eux-mêmes leurs juifs.

– C'est tout ? dis-je après un silence.

– Ça te suffit pas ? grogne Max en me regardant de côté.

– On n'est pas venus là pour les aider. Moi, je savais ce qu'ils étaient. Il y a eu aussi des résistants. Pas plus ni moins qu'ailleurs. Vous devriez lire ce qui s'est passé en Hongrie à partir de 44. Pour liquider plus vite les derniers juifs de Budapest ils ligotaient les familles ensemble et les jetaient dans le Danube. En Lituanie, toute la population juive, deux cent quarante mille, la plus cultivée de toute l'Europe de l'Est, a été massacrée en quelques mois. En Galicie, en Pologne, en Tchécoslovaquie, en Roumanie. En Russie. Vous croyez qu'ils viennent d'où les six millions ? Et ça ne leur a pas suffi. En 45, dans un patelin de Pologne, une dizaine de rescapés reviennent chez eux. Le village a organisé une chasse à l'homme pour ne pas leur rendre ce qu'ils leur avaient volé. En 68, c'est le gouvernement polonais qui orchestre une vague d'antisémitisme qui oblige les derniers juifs à fuir. Et chez les Ruskofs, maintenant, quand les juifs veulent se tirer, on transforme les physiciens en cantonniers, et on enferme les autres dans des hôpitaux psychiatriques.

– Ce sont des putains d'antisémites, crache Stanley.
– Bien sûr.

On se tait. Je sais qu'on voit tous les mêmes images. Les montagnes de cadavres, les cheminées qui fument, les expériences médicales, les bordels, les déportés collés aux barbelés électrifiés pour en finir plus vite.

Les fosses de Babi Yar et de partout. Les villages rasés, les ghettos écrasés. Les files nues de ceux qui vont à la chambre à gaz. Les chiens, le froid, la famine, les coups, la soif. Les mômes. On voit tout ça.

Je jette un coup d'œil vers le hall envahi de nouveaux arrivants qui se battent pour obtenir une clé, un guide, n'importe quoi, devant les employés impavides. Les fils des précédents. Robotisés par le communisme comme leurs pères par le national-socialisme.

Je suis allé à Berlin en 80 pour interviewer des anciens dirigeants de la Bande à Baader qui avaient été libérés. Dès que j'ai débarqué à l'aéroport, j'ai regardé la couleur des cheveux des hommes. Blancs, ils avaient pu participer. Noirs, blonds, ils pourraient encore participer. Injuste, je sais. Mais pourquoi demander aux victimes d'être plus justes que leurs bourreaux ?

Je dois me secouer. Pas envie de ressentir à vie ce que ressent ma mère. Je n'ai pas souffert. Je ne suis pas victime. Pas plus que Max et Stanley.

À côté du comptoir, j'aperçois Vladimir Sirkoï. Il a l'air de s'amuser de la gabegie. Est-ce que son père était un bon ou un mauvais ?

Andreï Tirienko, qu'on a dû coucher tellement il était saoul, devait repartir ce matin pour préparer notre enquête. Je sens qu'avec un tel associé je vais voir du pays. C'est dommage, ça paraît être un sacré journaliste. On verra bien. Si c'est trop galère, je me rentre.

– Vous avez fini votre déjeuner ? Parce que je crois qu'un hélico nous attend.

Mes potes repoussent d'un même geste la tasse qu'ils ont devant eux. Se lèvent comme s'ils sortaient d'une fosse.

– T'as raison, man, grimace Stanley. T'as raison. Allons voir la belle terre d'Ukraine dévastée.

16

Fedor a téléphoné à Adrï qui m'a appelé à son tour. Il pense être là en début d'après-midi, sauf pépin. C'est-à-dire, pneu crevé, moteur à bout de souffle, n'importe quoi qui immobiliserait un véhicule militaire de la triomphante Russie soviétique. Autre problème, l'itinéraire est complètement modifié. Il va falloir le faire avaler aux autres. Je décroche le téléphone.

– Alors ? aboie Abdul dès que je me présente.

– Ils arrivent cet après-midi. Mais il y a un léger changement d'itinéraire pour des raisons de sécurité.

– Quelle sécurité !

– À cause des contrôles.

Silence à l'autre bout. Tant mieux. Je n'ai pas d'explications à lui fournir.

– Alors, c'est où ?

– Le convoi va contourner Kiev, remonter en franchissant le Dniepr à la hauteur de Brovary, et continuer jusqu'à une petite ville proche de Nejine.

– C'est où ? recommence le Syrien.

– Sur la rive droite. Un bourg industriel.

Nouveau silence de réflexion. Puis :

– Comment ça se passera ?

183

– Le camion quittera le convoi sous prétexte de problèmes de moteur. Il nous rejoindra dans les entrepôts de la zone industrielle. On aura peu de temps pour décharger. On se retrouve à treize heures. Il faut deux bonnes heures pour rejoindre le patelin.

– Ce changement va nous obliger à repasser le fleuve, grogne Abdul. Où est Tchernobyl ?

– Très au-dessus.

– OK, on vous attendra au garage. Un camion en tôle gris, immatriculé en Biélorussie. Un de mes hommes sera au volant. Moi, je serai dans une Mercedes.

Je vais rejoindre au bar Viktor et Piotr et leur explique le programme.

– Je ne les sens pas, faudra être prudents. Ils déchargeront eux-mêmes le camion. Vous, vous restez à distance et vous les surveillez. Le moment crucial sera celui où je compterai l'argent.

– T'en fais pas, Vlad, c'est pas des Arabes qui vont nous la mettre ! crache Piotr. Au moindre pet, je tire.

– T'emballe pas. Je dois d'abord payer Fedor, ensuite les Syriens sortent les caisses. Ils vont vouloir vérifier. Mais on a peu de temps. Le chauffeur nous a prévenus. C'est seulement quand ils auront chargé les caisses dans leur camion qu'Abdul nous paiera. Je te veux derrière lui, Viktor, prêt à défourailler au moindre signe.

– Pourquoi c'est si compliqué ? s'étonne Viktor. C'est pas la première opération qu'on fait avec des types de là-bas…

– Ouais, mais eux travaillent pour leur compte, pas pour leur gouvernement.

– Et alors ?

– Ils n'en ont rien à foutre de nous perdre comme fournisseurs, ils n'ont pas de comptes à rendre à leur cher Assad.

– J'pige pas, grogne Piotr qui méprise les Arabes et déteste les juifs.

– Bon, liquidez vos notes et descendez au parking pour treize heures.

En passant devant le bar, j'aperçois Siegel qui revient avec les deux Américains. Ils font une drôle de gueule. Je me dirige vers lui alors qu'ils bifurquent vers le comptoir. Apparemment, ils ont besoin de se remonter le moral.

– Hello !

Il se retourne, me reconnaît, me lance un drôle de regard.

– Bonjour, pas trop la gueule de bois ?

Il a un geste négligent de la main. J'attends qu'il me présente à ses compagnons mais ils sont déjà installés sur leur tabouret et commandent les boissons.

– Il en tenait une bonne, Andréï, hier soir.

Il acquiesce et s'installe à son tour.

– On revient de là-bas, dit-il.

– D'où ?

– Ben, Tchernobyl, enfin dans le coin.

– Vous avez pu passer !

– Ouais. En payant, chez vous, on peut aller en enfer..., répond-il avec un curieux sourire.

– C'est vraiment l'enfer ?

Il hoche la tête.

– Ouais. Enfin, comme je me le représente. Oh, les gens sont toujours là. L'hélico a volé très bas. On s'est même posés. On n'a pas pu résister. On aurait dit qu'ils nous attendaient pour parler.

– Où êtes-vous allés ?

– À Polesskoïe, un centre de regroupement. Faut voir comment ils sont parqués. Beaucoup n'en ont plus pour longtemps.

Je frissonne.

185

– Vous avez pris des sacrés risques.

– Ça valait le coup.

– Pour le journal ?

– Pas pour le journal.

Je ne sais pas quoi répondre. Il tape sur l'épaule du maigre à binocles.

– Stanley, tu l'as sur toi le livre que t'as lu cette nuit ?

L'autre se retourne, nous regarde sans paraître comprendre.

– Je te présente Vladimir Sirkoï, un homme d'affaires ukrainien, pur jus.

Le Stanley en question a un vague rictus, hoche la tête et tire un livre de son sac.

– Vous lisez l'anglais ?

– Oui. Mais je ne vais pas avoir le temps de lire, je dois partir.

Les deux hommes se regardent avec un air de connivence que je ne comprends pas.

– Dommage, me dit Siegel, ça vous aurait peut-être appris des choses, ou peut-être pas.

– Sur quoi ? Tchernobyl ?

– Non. Sur la guerre.

– La guerre ?

– Celle de 40. Quand les gens crevaient comme des mouches, chez vous en Ukraine.

Je ne saisis pas ce qu'il veut dire. Quel rapport entre la guerre contre les Allemands et cette catastrophe ?

– Je ne comprends pas, dis-je.

– Vous allez en avoir des morts dans ce coin. Et pas des beaux. Vous avez déjà vu crever des gens qui ont été irradiés ?

Je ne réponds pas. Je ne vois pas où il veut en venir.

– C'est pas beau, insiste-t-il.

186

– C'est pour ça que vous y êtes allés ? Pour les voir crever ?

– C'est un peu tôt pour ça. C'est moins rapide que le gaz, quand même.

– Quel gaz ? Un autre accident ?

– Non, le gaz, le zyklon B. Vous allez rejoindre vos clients ?

Les deux autres boivent, tournés vers nous pour écouter.

– Mes clients ?

– Les Syriens.

Je me raidis. Qu'est-ce qu'il sait ?

– Je n'ai pas de clients syriens, je réponds après un instant d'hésitation que je regrette.

– Ah bon, je croyais. Ils raffolent des produits soviétiques. C'est vrai qu'ils les ont pour presque rien.

– Je ne comprends pas.

– Pas grave. Alors, à une autre fois.

Il prend le livre des mains de l'Américain et me le présente pour que j'en lise le titre.

– Si vous tombez sur son petit frère, n'hésitez pas à le lire. C'est bon pour la mémoire.

Et sans un mot de plus il me tourne le dos. Je me retiens pour ne pas lui taper dessus. Il m'a humilié devant ses amis et je ne comprends pas pourquoi.

On forme une procession. Nous devant, dans la BMW, la Mercedes et le camion, derrière. On doit remonter sur vingt kilomètres pour trouver un pont qui nous permettra de traverser le Dniepr.

On roule bien parce qu'on est sur le bon côté de la route. Dans l'autre sens c'est bouché et il faut faire très attention car certains conducteurs se foutent pas mal de rouler à gauche si ça les fait avancer.

— C'est la panique, lâche Viktor qui conduit avec nonchalance.

— Pourquoi tu dis ça ? demande Piotr.

— Ben, tu vois pas ? Tous ces cons qui se cassent de Tchernobyl.

— Putain, tu crois !

— Mais non, ils roulent pour se détendre.

Piotr se la ferme et moi aussi, parce qu'on sait que Viktor a raison et que nous on remonte du mauvais côté. L'idée ne tarde pas à arriver au cerveau embrumé de Piotr.

— Alors, qu'est-ce qu'on va foutre là-bas ?

— Livrer des armes à des clients, ricane Viktor. T'en fais pas, on n'assure pas le service après-vente.

Piotr se penche vers moi.

– Dis donc, on est pas un peu dingues ?

– On reste le temps de livrer et d'encaisser. Après, c'est tout droit sur Kharziv. De toute façon y a plus de danger.

– Pourquoi on livre là-bas ? s'entête Piotr. Y avait pas d'autres putains d'endroits ?

Viktor se met à klaxonner comme un fou et, dans une brusque embardée, nous jette sur le bas-côté.

– Merde, c'est quoi ! je braille, brusquement projeté en avant.

Grincements de freins, hurlements de la tôle. Je me retourne. Une voiture vient de s'encastrer tout droit dans celle qui nous suivait. J'ai un éclair de panique. Est-ce que c'est la Mercedes des Arabes ? Je m'angoisse jusqu'à ce que je la voie contourner le tas de ferraille des deux voitures encastrées dont personne ne sort.

Viktor descend et considère, les poings sur les hanches, notre bagnole plantée dans le fossé. Pas un regard pour les deux véhicules accidentés. D'ailleurs personne ne s'y intéresse. Les gens passent devant en jetant un vague coup d'œil sur les corps inertes entassés à l'intérieur.

La voiture tamponneuse s'est enfoncée jusqu'aux places avant de l'autre voiture. Pas la peine d'être secouriste pour imaginer la bouillie. La Mercedes s'arrête à côté de nous. Abdul descend sa vitre.

– Qu'est ce qui s'est passé ? hurle-t-il.

Sans lui répondre, Viktor fait le tour et demande à son chauffeur :

– T'as une corde ?

Le gars regarde Abdul qui continue d'aboyer.

– Pour nous tirer, explique calmement Viktor.

Abdul souffle comme s'il était sur le point de se noyer. Je me demande s'il va arriver à destination.

Derrière, une fumée commence à s'élever d'une des voitures.

– Ça va exploser, je dis.

– Alors, faut se grouiller, répond Viktor toujours aussi calme pendant que Piotr s'éjecte de la voiture.

L'Arabe a enfin compris et va chercher une chaîne dans son coffre. Viktor l'attrape, l'accroche je ne sais où sous notre voiture, et sans rien demander fait la même chose sous l'avant de la Mercedes. Précieux ce type, décidément.

Pendant ce temps, l'embouteillage sur l'autre voie s'est encore solidifié parce que même si personne ne s'inquiète de sauver les passagers des voitures accidentées, ça ne les empêche pas de ralentir et de regarder. Je me demande si quelqu'un a pensé à appeler la police. Ça m'étonnerait. Les gens ne pensent qu'à se débiner au plus vite de la région, mais nous on y court.

Viktor, avec autorité, arrête la file pour ménager de la place à la Mercedes qui va nous tirer. Tous gueulent mais c'est comme s'il était sourd. D'ailleurs les protestations s'amollissent dès qu'ils croisent son regard ou celui de Piotr. Viktor se remet au volant et fait signe à l'autre.

– Grouille-toi, tire ! ça va exploser derrière.

Je vois une large coulée d'essence se faufiler sous les voitures et, prudemment, je monte sur le talus. Avec des rugissements de fauve en colère, la Mercedes tire notre BMW hors du fossé. C'est costaud ces voitures. La BMW, pourtant lourde, se retrouve en un clin d'œil sur la route.

– Allez vite, on se casse, crie Viktor.

– Où est votre camion ? je demande à Abdul avant de repartir.

– Il suit ! hurle-t-il.

Apparemment, ce type n'a qu'une octave à sa disposition. On repart.

— Accélère, je dis à Viktor, je commence à en avoir marre et on peut pas arriver en retard au rendez-vous.

— T'as vu ce foutoir ? Les gens roulent n'importe comment ! Au moins ceux qui vont griller échapperont aux radiations, ricane-t-il à l'instant où retentit une explosion suivie d'un geyser de flammes. Voilà, barbecues livrés.

Je lui jette un coup d'œil. Il sifflote en conduisant d'une main, l'autre sur le levier de vitesse. Piotr est tourné vers l'incendie.

— Ça suit, dit-il en voyant la Mercedes et le camion nous coller aux fesses. Ils ont de la chance qu'on n'ait pas le temps, grogne-t-il, parce que je leur ferais voir du pays à ces traîne-savates.

Il y a une constante chez les gens de chez nous. Tout ce qui n'est pas ukrainien, c'est de la merde. Je me demande si c'est partout pareil. Pour le peu que je connais du monde, j'ai vu que les pays autour du nôtre partagent la même philosophie. Les Russes étant les pires.

Pendant que Viktor se démène pour éviter les cinglés d'en face qui veulent rééditer l'exploit précédent, je m'interroge : est-ce que je suis nationaliste et raciste ? Difficile de répondre. Mon père l'est, et pour moi c'est un contre-exemple.

— Ça y est, voilà le pont, annonce Viktor.

— OK. Je sors ma carte. Prends la route de Saky, on tombe tout droit sur Brovary, ensuite tu continues sur Nejine.

— On va jusque là-haut ? s'exclame Viktor en se tournant brusquement vers moi.

— Non, je te donne la direction. Nejine, c'est bien au-dessus.

191

Miracle, Brovary est indiqué. Quinze kilomètres. Je regarde l'heure. Si tout va bien on sera juste dans les temps. Un coup d'œil dans le rétro. Tout le monde suit.

– Accélère.

On évite de justesse un tracteur qui surgit d'un champ et qui oblige la Mercedes à piler.

– Bordel, les ploucs ! braille Piotr.

– Brovary, annonce Viktor, peu après, fidèle à son rôle de chauffeur.

Depuis un moment, on a pu constater qu'à part le tracteur qu'on a failli emboutir, on n'a pas vu âme qui vive. Même pas une bête dans les champs. Piotr se tortille à l'arrière.

– Où ils sont passés, tous ?

Personne ne lui répond.

– Par là, dis-je désignant le centre-ville.

On traverse en trombe. Pas de feux de croisement, peu de voitures et encore moins de piétons. Ville morte.

Les Arabes roulent dans nos roues et j'imagine qu'eux aussi flippent. Tant mieux, ils seront plus calmes.

On sort de Brovary et on tombe sur un bout d'autoroute. On est seuls.

– Putain, mais y a personne ! s'exclame Piotr.

Au même moment, sur la route qui borde la nôtre en contrebas, apparaissent au détour d'un petit bois une demi-douzaine de camions militaires. Ils roulent à tombeau ouvert, vitres relevées.

– Merde, c'est quoi, ça ! éructe Viktor.

Le convoi disparaît.

– Alors, c'est quoi ? redemande Viktor d'une voix inquiète.

– Patrouille, lâché-je négligemment.

192

– Patrouille, pour quoi ?

Je ne réponds rien et me replonge dans la lecture de la carte. Je suis au moins aussi inquiet qu'eux.

– C'est pour nous ? demande Piotr.

– Mais non, c'est la routine ! Bordel, pourquoi ce serait pour nous !

Je m'énerve, et c'est pas bon. Viktor me lance un coup d'œil inquisiteur.

– Par là ! dis-je en montrant la bretelle de sortie.

On retombe sur une route dépavée et la BMW nous secoue comme un sac de noix. Mais ça, ça ne nous étonne pas. Les trois quarts de nos routes sont en piteux état. « Le froid, les camions », réplique Moscou quand nos dirigeants s'en plaignent.

En réalité, nos dirigeants s'en foutent. S'ils réclament c'est pour qu'on les fasse taire avec des enveloppes. Beaucoup moins cher pour le Kremlin que de refaire les routes.

Et on tombe d'un coup sur Konotop où on a rendez-vous. Même topo que Brovary. Maisons bouclées, rues désertes, sauf à un croisement quatre flics, mitraillettes sur la poitrine, qui nous regardent arriver.

– Putain..., grogne Piotr.

Et je vois ce crétin sortir son arme.

– Reste tranquille, connard ! Ralentis, j'ordonne à Viktor.

Je jette un coup d'œil derrière. Les Arabes ont ralenti aussi, et je suis certain qu'ils sont prêts à descendre les mecs. Je me penche à la portière avec une mine sévère.

– Salut, brigadier, dis-je au gradé, service officiel. Experts étrangers. Accélère, glissé-je à Viktor qui met une seconde à réaliser.

Mais ça suffit. Les quatre abrutis ne bronchent pas. Le brigadier jette un œil sur la Mercedes et nous fait signe de continuer.

Service officiel. Sans carte, sans laissez-passer, rien qu'au bluff et parce qu'on a de belles voitures. Deux catégories de citoyens possèdent ce type de voitures : les autorités et les voyous.

Derrière, après avoir hésité, la Mercedes et le camion reprennent la roue de la BMW.

– Bordel, c'était juste ! souffle Viktor.

Et je vois que lui aussi avait sorti son arme.

Enfin, on débouche dans la zone d'entrepôts où doit se faire l'échange et je cherche le 22 A.

– Par là, dis-je au hasard.

Des bâtiments de parpaings coiffés de tôle sont alignés sur deux rangées, formant une rue. Ils portent des numéros et j'essaye de repérer le 22 A. Pourquoi doit-on se rencontrer devant celui-là, je l'ignore.

Le 22 A est le dernier de la rangée et paraît encore plus délabré que les autres. Les tôles sont uniformément marron de rouille. La porte tient par une charnière. Viktor freine devant et les autres se rangent autour. Je regarde ma montre. Le camion-citerne a du retard. Et tout est absolument désert.

Je descends, Abdul en fait autant et vient vers moi à grandes enjambées.

– Alors, où il est ? crie-t-il.

Et sa voix résonne dans le silence.

– Va pas tarder. Il n'est pas encore en retard.

– Non ? Il regarde sa montre. Juste une demi-heure !

– C'est pas un train. Vous avez vu le bordel sur les routes ?

– Où on est ? demande-t-il d'un air inquiet en regardant autour de lui.

C'est vrai que ce qu'on voit n'indique pas un lieu de villégiature. Ça pue l'abandon et la saleté. Seul signe d'une vague présence humaine, des bruits de moteur au loin.

– Sur la rive droite du Dniepr, en face de Kiev. Ces entrepôts ne servent plus depuis longtemps, c'est pour ça qu'on les a choisis.

J'espère juste que ces branques n'ont pas de carte et que je n'ai pas perdu mon art de mentir. J'allume une cigarette et en propose une à Abdul qui refuse. Ses hommes sont descendus et ceux du camion se tiennent de chaque côté de la cabine, portières à moitié ouvertes comme pour se protéger.

Je rejoins Piotr et Viktor.

– C'est eux qui déchargeront...

– Si le camion arrive, coupe Viktor.

– Vous restez abrités derrière la bagnole et ne les perdez pas de vue. Quand Abdul me donnera le pognon, je veux une balle engagée dans vos flingues. Vu ?

– Vu, me répondent-ils en chœur.

Abdul doit faire pareil avec ses hommes. Le temps passe et je suis de plus en plus nerveux. Pour les Arabes, c'est kif-kif. Ils ne nous quittent pas des yeux et je les sens prêts ou à se tirer ou à nous flinguer.

Et à ce moment on entend un bruit de moteur et un camion de l'armée surgit de derrière un hangar. Il roule à tombeau ouvert et, sur sa plate-forme, les citernes brinquebalent comme des quilles. Il freine à quelques mètres de nous.

Le chauffeur saute à terre, tandis que Fedor apparaît de l'autre côté. Je sens les Arabes se raidir.

– Je suis à la bourre ! hurle le chauffeur. Grouillez-vous, c'est la dernière citerne !

Les Arabes n'ont rien compris, ils se regardent, et Abdul m'interroge de loin.

– Qu'est-ce qu'il a dit ?

– C'est la dernière citerne, grouillez-vous de décharger, il doit repartir très vite !

Un moment de flottement, puis Abdul donne ses ordres. Ses hommes se dirigent vers le camion mais s'immobilisent en voyant Fedor.

Faut dire qu'il vaut le coup d'œil. Il a l'allure d'un mongolien qui aurait grandi trop vite. Son front fuyant et son menton prognathe, ses yeux enfoncés sous la barre des sourcils, et la mitraillette qu'il tient négligemment à la main foutraient la trouille à un régiment de Spartiates.

Je les rassure :

– C'est notre contact, grouillez-vous !

Ils grimpent sur la plate-forme, plongent les bras à l'intérieur et ressortent les armes enroulées dans des emballages huilés. Une trappe s'ouvre dans le bas de la citerne que les Syriens trouvent immédiatement et d'où ils tirent les longs tubes des missiles. Fedor les observe et vient vers moi.

– T'as l'argent ? grogne-t-il.

Comme si, avec sa gueule, je prendrais le risque de ne pas le lui donner. Je tire une épaisse enveloppe et la lui tends.

– Compte.

Mais il hausse les épaules et enfourne l'enveloppe dans sa poche.

Pendant ce temps, les armes et les caisses de munitions ont changé de mains. J'ignore la quantité. Tout a été arrangé avec Adrï. Je dénombre une dizaine de caisses plus les lance-missiles enfermés comme des cigares dans leurs tubes d'aluminium. J'en vois trois. Je croyais qu'il n'y en avait que deux. Je m'en fous.

Abdul et un de ses hommes forcent des couvercles au hasard, sortent les armes, les examinent avec des mines gourmandes. De sacrés engins.

– N'oublie pas de payer le chauffeur, je lance à Fedor sans trop savoir pourquoi au moment où ils démarrent.

Abdul arrive à ce moment avec sa mallette. Je me raidis et jette un œil autour de moi. Viktor et Piotr se tiennent en retrait, pas exactement au meilleur endroit. Ils ne les couvrent pas tous. Mais deux hommes ne peuvent pas en couvrir quatre.

Abdul me présente sa mallette et l'ouvre en la tenant devant moi. Quatre cent cinquante mille dollars en coupures de cent alignées comme à la parade.

J'acquiesce, sors une liasse, la vérifie, en prends une autre. Ils ont l'air d'être bons.

– Merci, je dis en lui prenant la mallette, c'est un plaisir de travailler avec vous.

Il a un drôle de sourire, ce n'est d'ailleurs pas un sourire. Juste un pincement de ses grosses lèvres.

On est dans la zone de turbulences et on le sait tous. Abdul recule vers sa voiture sans me tourner le dos, donne un ordre à ses hommes qui embarquent à leur tour. Nous, on ne bouge pas.

La Mercedes et le camion démarrent et passent devant nous au ralenti. Instinctivement, je porte la main à ma ceinture où est accroché mon pistolet. Mais Abdul se contente d'un signe de la main qui pourrait passer pour amical, et les voitures disparaissent.

On met quelques instants à se détendre.

– Allez, on fout le camp, je dis en agitant la mallette. Cap à l'est ! Maintenant on va faire la foire !

17

Yvan et son corbeau sortirent du bois et s'arrêtèrent au bord de la grande plaine pelée qui s'étendait devant eux. À l'est, un moutonnement de montagnes moyennes coupait le paysage. À l'ouest, la plaine descendait sur un autre plateau, et face à eux dans le lointain se dressaient des silhouettes d'immeubles brouillées à peine visibles sous le ciel gris.

À courte distance de l'agglomération, s'échappant d'une double boule métallique, des fumerolles noires s'effilochaient dans le ciel comme des torchons tordus. Une pluie fine et tiède s'était remise à tomber et l'oiseau se secouait en remuant la tête avec nervosité.

Après l'incendie qui l'avait tenu éveillé et inquiet toute la nuit, Yvan avait repris sa route, et dans la confusion qui avait suivi cet événement exceptionnel s'était perdu, avait repassé la frontière, et avait dû demeurer un long moment caché en forêt à cause du remue-ménage incessant de camions, d'hélicoptères, de blindés, qui, par air et par route, convergeaient vers le lieu de l'explosion.

Il avait assisté aussi, sans en comprendre la raison, à des rassemblements importants de population transportée dans des cars vers des lieux inconnus. Tous ces événements avaient rallongé sa route et retardé son arrivée. Mais le temps pour lui ne comptait pas.

Ce qui le surprit et l'inquiéta à l'orée de la forêt, ce fut de voir la végétation et le sol boueux uniformément recouverts d'une pellicule de poussière grisâtre. Il remarqua que l'oiseau s'en étonnait aussi, s'abstenant de picorer.

Il huma l'air qui lui parut acide et piquant et lui donna envie de se racler la gorge. Mais le plus étrange était l'absence totale d'êtres vivants, humains ou animaux, qui vu l'heure auraient dû se trouver dans les champs.

Venu de l'horizon, un grondement ininterrompu parasitait le silence profond, que ne troublaient même pas les cris des oiseaux.

– Que sont devenus tes amis ? demanda-t-il à son compagnon. Les oiseaux chantent tout le temps. Pourquoi ne chantent-ils plus ?

L'oiseau vola jusqu'à l'épaule d'Yvan où il se posa, frottant son bec sur la rude étoffe. Yvan, qui ne le lui avait pas appris, en conclut que son oiseau était exceptionnel d'intelligence. Peut-être que dans le monde des oiseaux c'était un chef, de ceux qui décident, distribuent, ordonnent.

Le corbeau redescendit sur le sol, tournant sa tête de tous côtés avec perplexité. Et Yvan comprenait fort bien son inquiétude.

Du côté de la ville, le bruit s'accompagnait d'une épaisse poussière comme en soulèvent des machines ou des véhicules en convoi. Et qui dit convoi, dit soldats, milices, embêtements.

Il s'assit, les jambes repliées en tailleur. Ils avaient déjeuné dans la forêt, mais une petite faim le tenaillait et il chercha un bout de poisson séché qui lui restait.

L'oiseau le regarda manger, mais, visiblement désintéressé, ne lui demanda pas de partager. Il sautillait, s'élevait parfois pour un vol court, retombait, humait les tiges avec surprise. Il connaissait l'odeur et l'aspect des graminées, des fleurs, mais celles-ci, avec leur couleur grise, ne lui rappelaient rien.

Yvan acheva son petit repas, se releva, s'épousseta. Son pantalon avait ramassé la poussière du sol.

– Qu'est-ce que t'en penses ? demanda-t-il à l'oiseau.

Celui-ci s'envola, fit un tour erratique, poussa plus avant et revint près d'Yvan, qui, la main en visière, tentait de comprendre le remue-ménage qui agitait l'horizon.

Est-ce que l'armée procédait à des manœuvres ? Ou la police d'État était-elle venue chercher des gens ? Autant ? Peut-être un convoi de ravitaillement. Quoique, pour ce qu'il en savait, la région n'était pas pauvre. Agriculture, forêts, industries.

Tout ce qu'il connaissait venait de Boris. Boris lui avait tout appris. Lire en suivant du doigt, compter sur ses mêmes doigts, déchiffrer les cartes des pays voisins, oser s'exprimer. Il devait tout à Boris, et particulièrement sa fuite de la scierie.

Boris lui avait dit que lorsqu'un homme est prêt, il ne doit pas hésiter, quels que soient les risques. Il en va de sa vie. Et ce matin-là, alors que Boris était parti depuis deux mois, il avait décidé de changer de vie.

Mais là, il hésitait. Ce qui se passait là-bas ne lui disait rien qui vaille.

Dans cette ville, presque à cheval sur la frontière, Boris lui avait dit qu'il y avait beaucoup de monde. Mais pas du monde pour un bûcheron. Surtout des ouvriers, des ingénieurs, des policiers. Des administrations du genre à s'occuper des affaires des autres. À poser des questions, à soupçonner.

Il la lui avait décrite parce que Yvan voulait savoir.

Il lui avait parlé de ces maisons où habitent ensemble des familles, grandes comme des dizaines de datchas empilées. Les rues éclairées la nuit. Les trottoirs goudronnés. Des voitures, des vélos, des camions par centaines. Des cinémas, des cafés bondés d'hommes. Des magasins. Des hôtels, des restaurants.

Yvan aurait aimé y aller voir immédiatement, mais il craignait l'agitation.

– On ira ce soir, dit-il à l'oiseau en rentrant dans la forêt.

L'oiseau ne le suivit pas tout de suite, il continua son examen du champ, vira à l'est, si loin qu'Yvan le perdit de vue un bon moment, mais à présent il ne s'en souciait pas, l'oiseau revenait toujours.

En l'attendant, il se tailla dans une grosse branche un nouveau bâton. La pluie avait cessé, remplacée par un chaud soleil, et il s'abrita pour faire sécher ses vêtements. Il confectionna un collet car il avait vu des lapins courir en grand nombre. Il n'aimait pas tuer, mais il avait trop faim.

Il en piégea un qu'il acheva aussitôt d'un coup derrière la tête. Puis il le suspendit, le dépouilla et réussit à le faire cuire sur un maigre feu pour ne pas se faire repérer.

Pendant ce temps l'oiseau était revenu. La nuit tombait quand ils eurent fini leurs agapes, et il songea à se mettre en route vers la ville. Mais il se sentait fatigué. Sa gorge était irritée et ses yeux le piquaient comme lorsque l'on s'approche trop près d'un feu.

Au loin, le va-et-vient des camions semblait arrêté. Il aurait préféré se glisser la nuit dans la ville, s'y dissimuler jusqu'à ce qu'il sente qu'il pouvait s'y montrer sans danger. Il n'avait rien à se reprocher, à part une vieille habitude de méfiance. Il remit son projet au lendemain.

18

Tirienko m'attend à la gare de Kharkov. J'ai eu Paris au téléphone. Ils ont reçu les documents et sont ravis. Nous serons les premiers en Europe de l'Ouest à sortir un reportage avec photos et interviews des victimes de Tchernobyl.

Le patron espère vendre cinq cent mille exemplaires cette semaine. Plus du double de l'ordinaire. Du coup, aucun problème pour la chasse à l'homme.

Paul s'est même inquiété, en visionnant les photos, du temps passé sur place. J'ai été incapable de le renseigner et j'ai compris à ce moment-là que j'étais devenu un vrai reporter de guerre. Du genre à ne pas se soucier du danger. Et je me suis souvenu de ma nuit dans le désert du Sinaï, au milieu de cette formidable bataille de chars et de la terreur qui m'habitait alors. J'avais grandi, c'était indéniable. Joseph Kessel serait fier de moi.

– Bien voyagé ? interroge Andreï en me débarrassant de mon sac.

– Un peu long...

Il m'entraîne hors de la gare et je suis content de constater qu'il est à jeun.

– Ma voiture est là. On a rendez-vous avec le commissaire du district.

On monte dans sa Lada hors d'âge. La ville est plus petite que Kiev et plutôt moche. Elle a été à moitié détruite dans les années 42-43. Des usines ont été reconstruites au milieu de la ville et lâchent d'épaisses torsades de fumée grise et blanche qui empoisonnent l'atmosphère déjà pas bien gaie. Les immeubles ont l'habituelle élégance stalinienne du clapier industriel.

Andreï se faufile entre les tramways bringuebalants, les camionnettes déglinguées et les files de vélos.

Les gens sont mal habillés, et devant les magasins d'État s'étirent de longues files d'attente. Je ne sais plus quel dirigeant moscovite a dit que c'était pareil en France en montrant à la télévision les bobos du sixième arrondissement faisant la queue devant la boulangerie Poilâne et chez Fauchon.

Tirienko arrête sa voiture devant un bâtiment d'allure sinistre gardé par deux flics armés de kalach-nikovs.

– On y est, annonce-t-il en descendant.

Il laisse sa voiture sans se soucier des flics qui le regardent d'un œil morne, et entre dans une immense salle voûtée et hors d'âge, où derrière un comptoir siègent trois policiers aussi avachis que les deux de l'extérieur.

– Bonjour, dit Tirienko, je m'appelle Andreï Tirienko, et j'ai rendez-vous avec le commandant Bol-ganoff.

Le plus proche consulte un registre et désigne de la tête un couloir qui part à droite.

– Deuxième porte à gauche.

– Je sais, répond Tirienko, merci.

Je le suis, il s'arrête devant la porte où, sur une pla-que de cuivre, est indiqué le nom de l'occupant, et frappe.

Beau bureau. Grande mappemonde près de la fenê-tre ; longue table en chêne chargée de dossiers et de téléphones ; classeurs métalliques modernes dont les trois quarts sont ouverts ; fresque aux dessins et cou-leurs naïfs recouvrant entièrement le mur derrière le bureau, et représentant Lénine, redingote et cheve-lure au vent, s'adressant aux ouvriers d'une usine dont on aperçoit les cheminées fumer tandis que, sur la gauche du tableau, des paysannes en files sont cour-bées sur des bottes de paille qu'elles lient. Tout ce monde a l'air très heureux.

– Bonjour, Gary, s'exclame joyeusement Tirienko en tendant la main à l'occupant du fauteuil assis der-rière le bureau.

Le dénommé Gary se lève, hoche la tête, esquisse un sourire qui tire légèrement sa joue droite et saisit la main qu'on lui tend.

Tirienko se tourne vers moi pour me présenter.

– Charles Siegel, grand reporter français envoyé par son journal pour suivre l'enquête sur « le Boucher ».

L'officier répond si rapidement à Tirienko que je ne comprends rien.

Puis il se tait et m'examine d'un œil dubitatif. Il allume une cigarette, se redresse et me toise à la façon d'Erich von Stroheim dans *La Grande Illusion.*

Il est court, avec une nuque qui déborde sur son col de vareuse, un visage en forme de poire et deux petits yeux placés si haut et si rapprochés qu'ils lui donnent un regard de crustacé.

Il interpelle de nouveau Tirienko sur le même mode mitraillette, et je me rends compte que mon collègue a du mal à le convaincre de l'intérêt de ma présence. Moi, je ne bouge pas. Qu'ils se débrouillent. Enfin, l'officier s'adresse à moi sur un ton plus mesuré :

– Vous savez de quoi il s'agit ?

– Un assassin très particulier.

– Nous sommes sur sa piste. Il a été aperçu près de notre frontière avec la Biélorussie.

– Ah...

– Andreï me suggère que vous nous accompagniez et qu'ensuite vous vous chargiez de faire publier chez vous le livre que nous allons écrire ensemble.

– J'ai dit que je ferais mon possible.

Je vois à son expression que ma réponse ne lui plaît qu'à moitié.

– Je connais des éditeurs que ça intéressera sûrement, ajouté-je.

Il paraît se détendre et Andreï aussi.

Il sort une grande carte qu'il étale sur son bureau par-dessus les dossiers.

– Là et là, dit-il en montrant des points sur la carte. Il voyage au sud de la Biélorussie. Marais de Polésie, terrain très difficile à cause des forêts et des lacs. On le suit depuis Mazyr. Aux dernières nouvelles il semblait se diriger vers la région de Tchernobyl. Enfin, ça c'était avant... l'accident. Depuis, tout le coin a été évacué. Des équipes de volontaires se sont lancées sur ses traces, sans résultat jusque-là. Mais on sait qu'il y est. Des nomades l'ont aperçu. Ils ne nous ont rien dit, mais on a compris. On en a mis cinq en prison pour qu'ils parlent. On sait qu'ils ne supportent pas d'être séparés de leur tribu et encore moins d'être enfermés.

– Mais ça ne vous étonne pas qu'il aille précisément dans cette région irradiée ?

– Il ignore sûrement ce que sont les radiations. Ça fait maintenant un bon moment que cet incident a eu lieu, répond Bolganoff avec innocence.

206

– Vous avez des volontaires qui patrouillent encore dans le coin ? Vous dites que l'on a évacué la région.

– Nos citoyens sont des gens responsables, prêts à donner leur vie pour le bien du pays et du socialisme, répond le flic avec hauteur. Et de toute façon toutes les précautions ont été prises pour les protéger.

– Il ne restera pas là, dit Andreï. Et pour une simple raison, il n'y a plus personne dans le coin.

Bolganoff relève les yeux vers lui.

– Tu as totalement raison, camarade. Ce doit être pour ça que nos hommes ont perdu sa trace depuis quelques jours...

Il se redresse, parcourt son bureau en réfléchissant.

– La dernière fois où on l'a aperçu, c'était la veille de l'incendie. Une vieille dans un village lui a donné à manger. Mais elle avait peur de lui et elle a refusé de le laisser dormir chez elle quand il le lui a demandé. La pauvre, elle l'a échappé belle !

– Parce que vous êtes certain que c'est votre homme ?

– Évidemment, répond Bolganoff en haussant les épaules. On a retrouvé des corps partout où il est passé.

– Et sur ces corps, des empreintes ?

– Mais non, il n'est pas fiché !

– Alors, comment être sûr ? insisté-je. C'est peut-être simplement un hasard. Que savez-vous sur lui ?

Andreï semble de plus en plus ennuyé.

– Il vient d'une famille de dégénérés, intervient-il, voyant Bolganoff perdre contenance. Son père a été condamné plusieurs fois pour coups et blessures dans son kolkhoze, et ses frères ont passé la moitié de leur vie en prison. Ils sont tous à moitié dingues. Alcool et consanguinité. Il a été placé comme bûcheron dans une scierie où il rossait ses camarades. Et puis un matin il s'est enfui et les crimes ont commencé.

– Vous me l'avez déjà dit, mais d'après ce que je sais ces crimes remontent à plusieurs années, et votre gars, il n'y a pas si longtemps qu'il se balade.

Les deux hommes me fixent d'une drôle de façon.

– Tu te dégonfles ? demande Andreï.

– C'est pas le problème. Vos preuves sont loin d'être convaincantes. Pour accuser quelqu'un de crimes aussi monstrueux, il faut être sûr.

Bolganoff lance à Andreï un coup d'œil que je ne suis pas censé surprendre.

Ces deux-là sont-ils en train de me monter un bateau ?

Bolganoff allume une autre cigarette, s'assoit sur un coin de son bureau et fume en regardant dans le vide.

– Ce qui est sûr, lâche Andreï dans le silence, c'est qu'il faut que ces crimes cessent. La population est excédée.

– Mais si ce n'est pas lui !

– C'est lui !

C'est Bolganoff qui a répondu.

Je me laisse tomber sur une chaise et je les regarde tous les deux. Sont-ils sincères et suis-je victime de la paranoïa ambiante ? Ils ne lanceraient tout de même pas une chasse à l'homme de cette envergure pour arrêter un simple vagabond. Mais je sais aussi comment ici on trouve les coupables. Aveux arrachés, procès bidon, emprisonnements et exécutions arbitraires... La police a-t-elle maintenant davantage d'indépendance que sous les règnes précédents ? L'effet Gorbatchev a-t-il déjà pu orienter différemment les mentalités ?

Bolganoff se tourne vers moi et me fixe de ses incroyables yeux de homard.

– Vous ne nous faites pas confiance, hein ? Moi, c'est dans l'Occident que je n'ai aucune confiance. Vous vendriez votre mère pour gagner de l'argent. Les capitalistes ne pensent qu'à ça. C'est pour ça que vous vous méfiez, vous pensez que nous sommes comme vous...

– Je ne vois pas le rapport.

– Sortez. Nous n'avons pas besoin de vous et de votre sale argent. Nous n'avons pas besoin que les pays de l'Ouest se mêlent de nos histoires !

Il se tourne vers Andreï, et je comprends qu'il l'engueule copieusement. Il revient vers moi.

– Vous êtes encore là ?

Je me lève. Andreï paraît atterré et fuit mon regard. Je prends ma veste et sors du bureau.

Je ne sais pas si j'ai raison. Mais tout ce que je sais, c'est que je ne vais pas laisser ces deux guignols n'en faire qu'à leur tête.

Je veux savoir si ce vagabond est le vrai coupable ou s'ils l'ont inventé pour leur profit personnel.

19

À peine suis-je revenu de Kiev que je retrouve Adrï au bureau. Il me serre contre lui comme dans les films américains.

– Mon pote, c'est du bon boulot ! Tu deviens un chef ! Laisse-moi te regarder. Ben tu brilles pas. Fais voir tes couilles.

– Oh, lâche-moi, dis-je en riant et en l'envoyant promener. T'as ton pognon, t'es content ?

– Un peu ! Comment ça s'est passé là-bas ? demande-t-il en se laissant tomber dans un fauteuil et en allumant un cigare. T'as de la vodka au frais ?

Je vais lui en chercher et je m'installe en face de lui. Il m'offre un cigare et on boit.

– Là-bas ? Tout le monde pète de trouille. J'ai jamais vu autant de journalistes.

– Ici aussi, ça grouille comme de la vermine. Ah, ça les excite les catastrophes !

– Qu'est-ce qu'ils en disent à la télé ? D'après ce que j'ai entendu ça serait mieux ?

– Tu parles ! Ils passent plein de reportages sur l'accident. Bon Dieu, ils sont quand même forts ! Ils ont évacué toutes les villes environnantes. Priplat, cinquante mille habitants ! T'aurais vu ça ! Trente-six heures après y avait plus personne ! Ils les ont obligés à tout laisser ! Même leurs chiens et leurs chats. Interdiction de les emmener. Les fringues que tu portes, ta famille, point final !

– Quoi ?

– J'te le dis !

– J'croyais qu'il n'y avait plus de danger.

– Il y en a plus maintenant. Ça c'était au départ !

– Et ici ?

– Ici, attends, on est trop loin. J'te dis, même Kiev, ils évacuent pas. Mais toute la région autour de la centrale, ça craint ! Ça va mettre des siècles à se nettoyer d'après ce qu'ils disent. No man's land !

– Ah ?

– Ben ouais !

Je le fixe, et il se marre Pas moi. J'étais tout près de cette foutue centrale. Combien de temps d'exposition faut-il pour être irradié ?

Adrï devine mon angoisse. Pas besoin d'être psychologue.

– T'en fais pas, t'es pas resté assez longtemps ! Bon, autre chose. Ton père a appelé, il veut que t'ailles le voir. Tu lui as téléphoné de là-bas ?

Je me mords les lèvres. Complètement oublié.

– Qu'est-ce qu'il veut ?

– J'sais pas, que t'ailles le voir. Il rajeunit pas, tu sais.

J'ai remarqué que les gens toujours prêts à sermonner les autres sur leur parentèle négligeaient volontiers la leur. Je n'ai jamais entendu Adrï parler de ses parents. Ses oncles, oui, à cause de leur position.

– Il a tout ce qu'il faut.

– Je lui ai renvoyé une bonniche. Elle est restée trois jours. Quel emmerdeur, ton père. Mais enfin, c'est ton père. Ses filles s'en occupent pas beaucoup.

– Elles sont loin.

212

– Justement. Bon, j't'ai fait la commission. On se voit demain, j'ai un truc dont je voudrais te parler.

Il s'en va et j'en profite pour vérifier les comptes. J'ai confiance en lui, mais je le sais distrait. Je vais prendre le cahier noir dans le coffre. Notre chiffre d'affaires est ascendant depuis le début de l'année grâce à Pianevsky et ses combines. C'est fou ce que ce type peut sortir de ses arsenaux. Il n'a pas froid aux yeux. S'il est pris, c'est la Sibérie au minimum. Quoique à mon avis il n'est pas tout seul dans le coup.

Je range la compta. La vie est belle. Je n'ai pas trente ans et je mène une vie de pacha. J'ai des relations haut placées, des projets, de l'avenir. C'est vrai, peu d'amis, pas d'amour, mais ce sera pour plus tard. Si ma mère était encore vivante elle me dirait que plus tard, c'est trop tard.

Et sa vie à elle, c'était quoi avec mon père plus souvent enclin à gueuler qu'embrasser ? Elle a moins souffert de la pauvreté que ses sœurs par exemple, qui n'ont pas épousé un notable du Parti. Mais l'ombre était son royaume.

Je reviens chez moi et m'arrête devant la grille. Personne. J'ai deux gars qui assurent ma protection et je reste comme un gland à poireauter derrière une grille fermée.

Je klaxonne rageusement et j'en vois sortir un. Joseph, le même genre de mongol que Fedor.

Il vient m'ouvrir sans se presser et je fais rugir mon moteur en remontant l'allée de gravier.

– Où t'étais ? je hurle en descendant. Et où est Nikita ?

Le Nikita apparaît, tout aussi flegmatique.

Je suis hors de moi. C'est quoi tous ces bras cassés qui se la coulent douce alors que je m'emmerde avec des putains de Syriens dans des coins pourris ?

213

Ils baissent la tête comme deux têtards pris en faute. Mais j'ai vu le regard que balance Joseph à son copain.

Mon bras part tout seul et ma main s'écrase sur sa joue. Il trébuche, se retient au bras de Nikita, a le geste de se jeter sur moi, se reprend au dernier moment. On se toise. Il est plus lourd, mais c'est moi qui le paye.

– Bande de glands, je veux vous voir surveiller devant et derrière la baraque, et pas vous branler !

Ils paraissent surpris de ma réaction. C'est pas mon genre. Mais je suis énervé.

Je monte les marches du perron et ouvre la porte.

Une fille est plantée au milieu du salon. Elle est pas mal, mais vulgaire. Elle ressemble à ces filles qu'on emploie pour distraire les apparatchiks en tournée.

– Qu'est-ce que tu fais là ?

– Adrï m'a demandé de m'occuper de votre maison.

De quoi il se mêle celui-là ?

– Bon, t'as fini, alors dégage, j'ai besoin de me reposer.

Elle me regarde par en dessous avec une moue récupérée dans les magazines cinoche américains.

– Vous n'avez plus besoin de moi ?

À ce moment le téléphone sonne et je décroche.

– T'es là ? Tu viens quand ?

C'est mon père. J'apprécie le discours de bienvenue.

– Je suis là, qu'est-ce qui se passe ?

– Tu viens quand ?

– C'est pressé ? Y a le feu ?

Il hésite. Comprend-il qu'il m'emmerde ?

– Y a pas le feu, mais je veux que tu passes. J'ai des problèmes.

– Y a que toi, sûrement. Mais il ne comprend pas l'ironie. Bon, je viens tout à l'heure.

Il raccroche avant moi. J'ai une boule de bile qui remonte. Adrï a bien dû lui dire que je suis parti dans la zone infectée, mais ça ne semble pas l'alarmer.

La fille n'a pas bougé et je me demande si c'est elle qui a distrait les deux connards. La rage me prend.

– Qu'est-ce que t'attends pour dégager ? je hurle. Un coup de pied au cul ?

Ses yeux s'affolent et elle se précipite sur son manteau. Elle trébuche sur une chaise, la repose avec un regard d'excuse avant de refermer la porte.

J'ai honte de moi. Je commence à ressembler à mon père.

20

Je quitte les deux lourdauds et me retrouve désemparé sur le trottoir.

Les deux flics de garde se sont assis sur les marches et fument une cigarette. Il n'y a plus de morale chez les Soviets.

Je m'éloigne et longe une longue file d'attente qui s'étire devant un magasin général où, derrière un étal en bois, deux vendeuses mollassonnes pèsent des pommes qu'elles prennent une à une dans des cageots disposés derrière elle.

Je traverse une place en tentant de me repérer. J'ai réservé à l'hôtel Metropol, mais je ne sais pas où il est. Je suis découragé et pas en forme. Un coup de froid, sans doute.

J'ai peur d'être revenu pour rien et de passer à mon canard pour un jobard. Je leur ai fait tout un foin pour ce criminel hors série et je vais rentrer en leur annonçant que tout ça c'était du vent pour détourner l'attention du bon peuple.

Je cherche sur mon plan la rue de mon hôtel en me demandant si je ne vais pas me rapatrier très vite. Mais je suis fatigué et j'avise un bistrot avec une petite terrasse. Je m'installe et hèle le garçon qui déambule entre les tables sans m'accorder le moindre intérêt. On me tape sur l'épaule et je me retourne.

– Salut !

Vladimir Sirkoï. Il a un sourire tendu.

– Salut, je réponds. Je ne vous demande pas pourquoi vous êtes ici puisque je sais que vous y vivez.

– Et moi je sais que vous y êtes pour Tirienko.

Je hoche la tête.

– Vous prenez quelque chose ?

– Merci. Rapidement alors, je dois aller voir mon père.

– Votre père ? Il a quel âge ?

– Il n'en a plus, mais il est toujours aussi nocif.

Il s'installe et regarde autour de lui comme s'il prenait la mesure d'un désastre. Pendant ce temps, le garçon a fini par rappliquer et je lui commande deux thés. Curieux, rencontrer un visage connu me rassure.

Il me demande comment je trouve Kharkov et je réussis à éluder d'une pirouette.

– Vous vous êtes mis d'accord avec Andreï ?

Je ne sais pas quoi lui répondre parce que j'ignore son degré d'amitié avec le journaliste. Le garçon nous apporte nos thés.

Ils le boivent ici comme le boivent mes parents. Dans des verres, avec dans une soucoupe un morceau de sucre brut que l'on croque.

– Alors, Andreï ? reprend Sirkoï.

Et je lui déballe tout à trac. Mes soupçons que le journaliste et le flic me montent un bateau ; la crainte de me lancer sur les traces d'un coupable opportun contre lequel il n'existe que des présomptions, et de rapporter du même coup une histoire bidon.

Il m'écoute sans rien dire, et je me rends compte que je viens d'accuser de mensonge un chef de la police d'État et un journaliste connu dont il est l'ami.

En deux phrases, je nous ai mis en très mauvaise posture. Ne pas dénoncer des propos séditieux, même tenus par un étranger, vous expose à de gros ennuis.

Il pose son verre et paraît réfléchir, et moi je me dis que je vais me retrouver en tôle pour l'éternité, pour n'importe quel motif qui m'obligera à fermer ma gueule.

– Malin, hein ? Vous avez vite pigé le genre de la maison... Je retiens mon souffle. Vous voulez que je vous dise ? Vous avez sans doute raison.

– Pourquoi ?

– Parce que ça fait un moment que je connais Tirienko. (Il repose son verre et le contemple comme s'il venait d'y remarquer quelque chose de très intéressant.) Il travaille pour la police. Il n'a pas le choix. Quand les flics veulent laisser filtrer une info, ils passent par lui. Pareil s'ils ont besoin de renseignements. Sur ce coup, ils sont très emmerdés parce que les gens commencent à râler. Les Russes ont toujours craint les Ukrainiens. Ce cinglé, ils doivent l'épingler. Dans les campagnes on a peur. À mon avis ils vont prendre le premier couillon venu, et si c'est pas le bon, ils diront qu'ils étaient deux, mais ça leur laissera du temps...

– Alors j'ai raison de me méfier ?

– Je crois. Il relève les yeux sur moi. Les gens d'ici détestent l'Ouest, et en rêvent. Ils font une confiance absolue à vos médias qu'ils croient libres. Si le livre paraît en France, c'est que c'est vrai. J'ai... quelques relations dans la police, à cause de mon père. J'ai parlé de cet assassin, et vous savez quoi ? il n'est pas du tout de Goma, mais de Rostov, en Russie. Les crimes ont commencé en 80. Mais la police à l'époque mettait moins de zèle à traquer les assassins que les espions ou ceux qui tentaient de franchir le Rideau de fer. Pour l'opinion russe il vaut mieux que ce soit un Biélorusse ou un Ukrainien. Ils ont déjà du mal à avaler l'Afghanistan.

— Mais Tirienko et le commandant Bolganoff sont ukrainiens, alors pourquoi ils cautionnent cette histoire si ce n'est pas vrai ?

Sirkoï se met à rire.

— Vous avez encore beaucoup à apprendre. Chez nous, l'important ce n'est pas la vérité. L'important, c'est de ne pas avoir la tête dans la cuvette quand quelqu'un tire la chasse d'eau. Merci pour le thé. Je vais voir mon père. C'est lui qui m'a tout appris. Il a terminé sa carrière comme commissaire principal de la Sécurité intérieure de l'oblast de Kharkov. Il a tiré la chasse d'eau toute sa vie. Bon retour chez vous.

21

Je frappe, et j'entends des pas qui se traînent derrière la porte. Il ouvre et me regarde sans broncher. Pas moi. Son aspect me fait sursauter. Il est à moitié habillé d'un peignoir plus vieux que moi et surtout plus crado. Il n'est ni rasé, ni coiffé, ni lavé, et ça se remarque à l'odeur. Son œil gauche est à moitié collé et je vois tout de suite qu'il n'a pas mis son dentier.

Sans ajouter un mot, il rentre et je le suis.

– Alors, qu'est-ce qui se passe ?

Il va dans la cuisine, moi derrière. J'aurais dû m'abstenir. On dirait qu'une armée de soudards a pris là ses quartiers. De la vaisselle sale partout, jusqu'au sol. Pas un centimètre propre. Il saisit une bouilloire et la pose sur le feu. Le verre et la passoire dans laquelle il dépose les feuilles de thé sont déjà maculés.

Il n'attend pas que l'eau bouille, il la verse, attrape un morceau de sucre et repasse devant moi pour regagner le salon. Il ne m'a encore pas adressé la parole.

Il s'assoit sur une chaise surchargée de vieux journaux. J'en débarrasse une et m'assois à mon tour. Il boit bruyamment, croque son morceau de sucre.

– Je suis malade, dit-il.

– Qu'est-ce que tu as ?

– J'ai mal aux jambes.

– Tu veux aller à l'hôpital ?

– Non !

C'est dit si violemment que je sursaute.

– Pourquoi non, si t'es malade ?

– Non !

J'ai envie de fumer, ne serait-ce que pour chasser l'odeur de vieille crasse qui imprègne la pièce.

– Adrï m'a dit qu'il t'avait envoyé une femme pour s'occuper de toi. Où elle est ?

Il me regarde comme si je lui parlais du monstre du Loch Ness.

– Où t'étais ? me renvoie-t-il.

– Adrï ne te l'a pas dit ? Je suis allé pour affaires aux environs de Kiev. Tu sais, là où la centrale a explosé. Je n'étais pas rassuré. Ils disent que tout le coin est mortel.

Il ne répond pas et continue d'avaler son thé à grosses gorgées bruyantes.

– Tu t'occupes pas beaucoup de moi.

J'avale ma salive pour me donner le temps de répondre calmement et je m'aperçois que j'ai mal à la gorge. Une sensation de râpe ou de papier émeri. J'ai dû attraper froid.

– Tu veux une infirmière ?

Il ne répond pas et fixe un point dehors au travers du carreau.

– Je trouve pas mes cartons, lâche-t-il soudain.

– Tes cartons, quels cartons ? Tu tournes à l'idée fixe.

– Ceux de la guerre. Là où y a mes carnets.

Vu le bordel ambiant, c'est vrai qu'un cochon n'y retrouverait pas ses petits.

– C'est quoi, ces carnets ? je demande distraitement.

222

– Ceux de ma guerre. Ta mère sait où ils sont. Il faut lui demander.

J'écarquille les yeux. Il a oublié que ma mère est morte ? Je décide de glisser.

– Pourquoi c'est important ces cahiers ?

Il ne répond pas. Il suce son verre alors qu'il est vide.

– On est arrivés à la fin, reprend-il au bout d'un moment. J'ai tout marqué dans mes cahiers.

J'allume une cigarette, tire une bouffée et l'écrase. J'ai trop mal à la gorge.

– … Je crois qu'il y avait Milo.

J'ai envie de partir. Il ne va pas remettre ça avec ses exploits patriotiques. Je les connais par cœur.

– Y avait beaucoup de cadavres… calcinés comme des bouts de bois. Les dents dehors, les yeux cuits.

– Oublie ça, dis-je, dégoûté, en me levant. Bon, tu veux que je t'envoie un docteur ?

Il ne répond pas, se lève, va chercher la bouilloire et reverse de l'eau sans remettre de thé. Le verre est si sale que le liquide a la couleur de l'eau de vaisselle.

– Y en avait partout, reprend-il d'un ton rêveur. Par terre, dans les escaliers, dans les rues. Des petits, des grands… Toutes sortes. Y avait aussi un grand mur. Milo m'a fait remarquer qu'il avait une seule porte, avec des barbelés en haut.

– De quoi tu parles, soupiré-je. T'as besoin de quelque chose ? Écoute, on va t'envoyer encore quelqu'un, mais si celle-là tu l'emmerdes, ce sera la dernière. Tu as compris ? Après, tu te débrouilleras.

– On est rentrés derrière les Allemands. C'était le dernier jour. Des morts par paquets. Entassés comme des chiffons. J'ai cru que c'était des chiffons au début. Dans les rues. Des grands tas de chiffons. Y avait un gosse assis contre un mur, et je croyais qu'il était vivant et je l'ai poussé du pied. Mais il a glissé par terre.

– Papa, arrête ! dis-je, impatienté, tu parles de quoi, là ?

– Ma femme, elle voulait pas que j'en parle ! Ça c'est bien les femmes ! Moi, je voulais un fils pour lui transmettre, mais j'en n'ai pas eu. L'Histoire, l'Histoire... C'est important.

Il ricane, et j'ai les cheveux qui se dressent sur la nuque. Il a perdu la boule. Il ne rit pas, il croasse. Il regarde vers la fenêtre comme s'il suivait un film.

– Un Allemand... Un officier tout en noir... Et un autre... Le soldat tient un tuyau... Un lance-flammes. Il avance, nous on est derrière... Derrière une auto. Il lève son tuyau... Y a des gens pleins de flammes qui tombent par les fenêtres... Ça fait du bruit quand ils tombent. Et puis une femme... Une femme... Pas jeune... À la fenêtre... Elle nous lance... Des... Des... Trucs. Je ne sais pas. Y a des flammes qui la brûlent... Et moi... J'ai vu qu'elle... Je me suis reculé... Elle est tombée sur le soldat... Et... (Il se remet à rire. Une cascade de hoquets. Un filet de bave coule sur son menton.) Elle est tombée sur lui... Exprès... Et ils ont explosé tous les deux...

Il boit son eau sale, tourne vers moi deux yeux vides.

– ...Ils ont explosé, répète-t-il, les sourcils haussés. Pouff !

Je suis pétrifié. De quoi parle-t-il ?

– Depuis, j'ai mal aux jambes.

Je m'aperçois que je respire à peine. D'ailleurs, ça me fait mal de respirer. C'est arrivé soudainement. Ce matin j'étais bien et maintenant j'ai mal partout. Une putain de grippe, voilà ce que j'ai. Je n'ai qu'une envie, me fourrer au lit, et je suis là à écouter les conneries d'un vieillard sénile !

– Après…, reprend-il. Y avait plus personne pour les trains. Tous brûlés. Mon officier il a dit que c'était plus simple comme ça.

Il boit son eau sale avec gourmandise. Croque un morceau de sucre.

– Écoute, je vais partir, je me sens pas bien. Peut-être la grippe, pas la peine de te la passer. Tu vas aller à l'hôpital, même si tu veux pas. Tu vis dans une poubelle, c'est pour ça que t'es malade. Après, je demanderai à mon ami médecin de venir te soigner ici.

Je m'attends aux protestations d'usage, mais il n'y en a pas. Il est figé comme s'il s'était endormi. Je regarde autour de moi pour vérifier qu'il ne lui manque rien. Je ne sais même pas s'il mange, et ce qu'il mange. Peut-être qu'il ne s'alimente plus. Paraît que ça arrive chez les vieillards qui perdent la boule. Je vais lui envoyer une bonne femme pour nettoyer et dire à mon ami toubib de passer. C'est l'avantage d'avoir de l'argent et des relations. Ici, il n'y a pas de visites à domicile. T'es malade, tu vas à l'hosto. T'es vieux, à l'hospice. Tout le monde essaie d'y échapper.

– Bon, j'y vais. Tu sais, papa, lave-toi. Tu pues.

Je ne sais pas s'il m'entend. Il regarde toujours vers la fenêtre. La main qui tient le verre tremble un peu. Putain, c'est terrible de vieillir comme ça. Je ne sais pas pourquoi, à ce moment me reviennent les images d'une scène que je n'ai jamais oubliée…

Il était invité à Moscou pour une remise de décorations et m'avait emmené avec lui. Je pétais de fierté quand le train spécial des vétérans de l'Empire soviétique est entré en gare et que les fanfares ont joué.

Il y avait bien une centaine de Héros à décorer, mais j'étais le seul enfant. J'adorais mon père de m'avoir emmené. Bien sûr, pour la remise de médailles, j'étais dans la foule, mais au premier rang. Et j'ai vu un général, dont je ne me souviens plus du nom, accrocher une superbe étoile sur l'uniforme de mon père qui en était déjà couvert. Il l'a embrassé, lui a parlé et est passé au suivant. Mon père se tenait droit comme un pylône, et comme il est grand, on voyait sa casquette qui dépassait les autres.

Après, on a été invités dans une salle du Kremlin pour manger et boire, et les amis de mon père sont venus me parler et me dire combien je devais être fier d'avoir un papa Héros de l'Union soviétique, et chef de la Sécurité intérieure de l'oblast de Kharkov.

Après, je me suis un peu ennuyé parce que tous étaient saouls et que je restais assis dans mon coin à les regarder boire et rigoler. Ensuite, on est venu me chercher pour m'emmener dans un bureau où il y avait un canapé pour me coucher parce qu'il était tard.

– Quand est-ce qu'on rentre ? j'ai demandé au soldat qui m'accompagnait.

Il a hoché la tête et m'a répondu :

– Quand les camarades officiers, Héros de l'Union soviétique, en auront fini.

Quand il a ouvert la porte pour partir, j'ai vu dans le couloir passer plusieurs filles accoutrées avec des drôles de robes qui se pressaient vers la grande salle où étaient mon père et ses amis. On n'en est repartis que le lendemain matin.

Il se tourne vers moi.

– Où t'étais, pourquoi t'es pas venu ?

Le ton est moins agressif.

– Je t'ai dit...

Et puis je me tais. S'il a déjà oublié, pas la peine d'en rajouter.

– C'était bien la Pologne. (Ça recommence.) J'avais une bonne amie, une veuve riche. À Varsovie. J'habitais chez elle... (Il s'arrête, songeur... Sourit, secoue la tête.) Blonde avec des nattes... Des gros seins... Elle faisait de sacrées fêtes avec les officiers allemands et nous. Moi, elle m'aimait bien. Bon, je pense que j'étais pas tout seul... Mais c'était... Il s'arrête, me regarde. Vladimir ? C'est bien, t'es quand même venu...

Je me sens mal, mais surtout je suis pétrifié par ce que j'entends Des officiers allemands et eux ? Chez une Polonaise ? À Varsovie ?

Son visage est raviné de rides, je n'avais pas remarqué. Il paraît cent ans. Il est tassé sur sa chaise comme un paquet de chiffons. Paquet de chiffons ? Il m'a parlé de paquets de chiffons. C'était quoi ces paquets de chiffons ? D'un soldat avec un lance-flammes... Était-ce un Allemand ? Qu'est-ce qu'il faisait avec les Allemands ? Et où ça s'est passé ? Il perd la tête, confond tout. Les nazis, les Russes, l'armée nationaliste. Il a fait la guerre dans la brigade ukrainienne de l'Armée rouge. Le siège de Stalingrad. Toute l'horreur de la guerre contre les Allemands, il l'a connue.

Il nous montrait des rapports de l'armée soviétique. Une lettre signée Joukov le félicitant pour son courage. Il n'arrêtait pas de nous raconter. Nous les gosses on en avait marre au bout d'un moment, mais ma mère se forçait à l'écouter tout en s'activant. Qu'est-ce qu'il radote maintenant ? Ou alors c'est moi qui comprends rien ? Je sens que j'ai une fièvre de cheval. Je dois me tirer, sinon je vais m'écrouler sur place tellement je suis crevé.

– Bon, je m'en vais. Je reviendrai. Lave-toi. Je vais t'envoyer une femme de ménage, je veux pas qu'elle te trouve dans cet état. Je vais revenir plus tard.

J'ouvre la porte, mais avant de sortir je me retourne. Il a le regard collé à la fenêtre et je ne suis pas sûr qu'il m'ait entendu.

22

Yvan n'en revenait pas. Boris l'avait mis en garde sur la multitude de gens que l'on trouve dans les villes. Est-ce que Boris s'était moqué de lui ? Cette pensée lui serra le cœur.

Parce que, dans cette ville, il n'y avait pas âme qui vivait.

Il était entré avec l'oiseau de bon matin, profitant des dernières ombres de la nuit. Et la première chose qu'il avait remarquée après le silence et l'abandon, c'était la grande roue du parc d'attractions, immobile et si irréelle, appuyée contre le ciel, qu'on l'aurait crue peinte.

Il s'en approcha. Posée au milieu du parc ouvert sur la large avenue, elle écrasait de son envergure les manèges abandonnés. On avait négligé de refermer les portes des nacelles, même celles suspendues dans les airs, comme si on en était descendu précipitamment.

La tête levée, protégeant ses yeux des éclats du soleil de sa main en visière, il considéra avec une sensation de vertige les frêles cabines qui se balançaient dans des grincements inquiétants. L'oiseau s'était posé sur l'une d'elles et il l'imagina tournant avec la roue.

Il pressentit l'avantage qu'avaient les oiseaux sur les hommes. Pour échapper à la Terre, ils n'avaient besoin que de leur empennage et de la force démultipliée de leurs petits muscles. Au contraire des hommes qui se croyaient si supérieurs à tout, mais devaient, pour les imiter, s'entourer de machines effrayantes, telle cette roue devenue ridicule dans son immobilité.

Il marcha quelque temps parmi les stands abandonnés. Tout indiquait une retraite précipitée. Rideaux de fer tirés à la hâte et pour certains à moitié ; billets de tombola et lots écrasés au sol. Buvettes dévastées comme si, avant de fuir, on avait voulu en profiter encore. À l'intérieur d'un stand resté ouvert des poupées aux faces grotesques étaient adossées à la paroi du fond. Les boules dont se servaient les clients pour les faire tomber étaient encore posées sur le comptoir. Des grandes poêles noires, qui cuisaient aussi bien les beignets que les saucisses, étaient restées pour quelques-unes sur leurs trépieds. L'on avait fait vite pour partir, et Yvan se dit que l'incendie, dont pourtant nulle trace n'apparaissait ici, avait dû faire très peur.

Il regarda machinalement vers les boules métalliques d'où s'était échappée, durant plusieurs jours, l'épaisse fumée qui avait obscurci l'horizon, et qui maintenant paraissaient éteintes. Tout danger semblait écarté. Alors pourquoi les habitants n'étaient-ils pas revenus ?

Il fit encore un tour et allait ressortir quand un vacarme effrayant qu'il reconnut comme étant celui de blindés en marche le fit se jeter dans un fossé.

Trois blindés légers dont les projecteurs des tourelles fouillaient les moindres recoins apparurent dans l'avenue, et l'oiseau se trouva attrapé dans leur rayon. Bien qu'un oiseau ne risque rien, cette rencontre le rendit prudent. Il avançait collé aux murs, traversait les carrefours avec précaution. Que faisait l'armée dans cette ville ?

Pourtant, il ne rencontrait que des portes fermées, des fenêtres bouclées ; des entrées de magasins défoncées comme s'ils avaient subi l'assaut de pillards, ce qui n'était pas possible dans ce pays.

Les feux de circulation fonctionnaient dans le vide, et les seuls véhicules qu'il croisait et qui l'obligeaient à se dissimuler étaient des camions militaires. Les soldats assis à l'arrière, à l'air libre, avaient pour la plupart le nez recouvert d'un mouchoir. Et quelques autres portaient des blouses sur leur uniforme. Tous affichaient une expression tendue et coléreuse. Comme tous les soldats, pensa Yvan.

Mais la colère chez un policier ou un soldat est toujours très dangereuse. Il devait se montrer extrêmement prudent dans ses déplacements, ayant compris qu'il ne devait pas se trouver là.

Il avait faim et compta ses dernières pièces. Il lui fallait trouver du travail s'il voulait manger. Mais il n'en trouverait pas ici.

Il arriva à la gare routière et dut s'accroupir précipitamment derrière un muret. Une brigade de policiers, armés de mitraillettes, en gardait l'accès. Deux autobus en mauvais état étaient garés derrière eux. Les soldats semblaient aussi crispés que les autres.

Ils parlaient à voix basse et lançaient autour d'eux des regards inquiets. Pourtant il n'y avait personne. Yvan n'osait pas sortir de sa cachette, même l'oiseau trottinait autour de lui sans jamais dépasser le muret.

Un employé apparut, sortant d'un bureau. Il alla vers un officier et lui tendit un papier. Le gradé lui désigna les autobus derrière lui, et Yvan comprit qu'il lui expliquait que ceux-là ne pouvaient pas rouler. L'employé sembla très contrarié, mais le gradé haussa les épaules comme s'il se moquait de ses protestations. Les soldats écoutaient vaguement.

À la fin, l'employé s'éloigna en criant des insultes, et Yvan fut abasourdi de son inconscience et de l'apathie du policier qui ne répondit pas.

Protester contre un représentant des forces de l'ordre était extrêmement déconseillé. Même dans une ville comme celle-là.

Il attendit qu'un camion vienne relever la brigade pour bouger. Devant lui, sur sa gauche, s'allongeait une grande avenue bordée d'arbres. Il lut son nom sur une plaque : avenue Lénine.

Le premier bâtiment important sur le trottoir de gauche affichait une enseigne indiquant que c'était « l'Hôtel Polissa », un de ces endroits où l'on pouvait dormir si on avait de l'argent. Mais Yvan s'en moquait, ce qu'il voulait c'était trouver un magasin d'État où l'on vende du pain et des saucisses, ou n'importe quoi qui satisferait sa faim.

Il traversa la rue Kouchatova qui la coupait. Une banderole tendue d'un trottoir à l'autre indiquait que le Marathon Junior 1986 de Pripiat s'était couru là. La compétition datait d'un mois plus tôt. Un ruban bleu défraîchi figurant l'arrivée ondulait sur le sol, poussé par le vent.

Il arriva sur une vaste place avec une fontaine au centre. Il avait soif et lui et l'oiseau burent abondamment. Yvan en formant une coupe avec ses mains, l'oiseau en piquant des gouttes qu'il faisait glisser dans sa gorge et en relevant la tête comme un amateur de bon vin.

Désaltérés, ils reprirent leur progression, et Yvan, soulagé, reconnut de loin un grand magasin d'État à l'enseigne familière : Univermag. Mais en s'approchant il vit que tout était bouclé.

Il pensa qu'il était trop tôt et que le magasin ouvrirait plus tard. Il s'installa sur les marches, mais s'estima vite trop exposé, d'autant qu'il entendait des bruits de moteurs rouler dans le lointain.

Il siffla l'oiseau et se cacha dans une ruelle attenante, derrière une poubelle qui lui parut un bon abri. Ainsi posté, il ne pourrait manquer l'ouverture du magasin.

Des Jeep passèrent en trombe, soulevant le nuage de poussière grise qui ici aussi recouvrait la chaussée et jusqu'aux maisons. Tous les soldats avaient la bouche et le nez recouverts de masques. Yvan ne comprenait pas pourquoi.

Un 1er Mai, le patron de la scierie les avait emmenés au bourg voisin pour une séance de cinéma. Ils avaient vu un film de kung-fu japonais, et remarqué que les foules déambulaient dans les villes le nez caché par des masques en papier. Le contremaître leur avait expliqué que, dans ce pays épouvantablement capitaliste où les profits comptaient bien davantage que les travailleurs, les gens travaillaient tellement qu'ils produisaient énormément de pollution et étaient obligés de vivre le nez protégé.

Bon, se dit-il, mais c'était au Japon, pays épouvantablement capitaliste où les travailleurs étaient horriblement oppressés pour produire, mais ici, dans la patrie des travailleurs, la pollution n'existait pas.

Il s'adossa au mur, ressentant une fatigue inconnue. Sa gorge le brûlait de plus en plus et il avait du mal à respirer. Ses yeux se mirent à couler et il pensa avoir attrapé froid, ce qui ne lui était encore jamais arrivé. Son inquiétude augmenta quand il se mit à trembler.

À cet instant, l'oiseau revint d'un de ses tours, et il vit ses plumes souillées de poussière. Il avait sûrement pris un bain de sable dont les oiseaux sont si friands.

Mais il remarqua aussi qu'il semblait étourdi. Il avançait ses pattes avec hésitation, à la façon d'un ivrogne, et tournait la tête vers Yvan comme pour trouver une explication. Yvan se mit à rire.

– Oh, tu as bu de la vodka pour oiseaux !

D'autres voitures passèrent, des automitrailleuses, cette fois. Les soldats pointaient leurs armes lourdes vers les rues comme s'ils cherchaient des fugitifs, et Yvan se tassa davantage derrière la poubelle.

Le magasin général n'ouvrait pas, mais c'était sans importance parce qu'il n'avait plus faim. Il mourait de soif. Il n'était pas loin de la fontaine et il y courut, profitant d'un répit entre deux patrouilles.

Il se demanda ce que cherchait la police puisque, apparemment, tous les habitants avaient quitté la ville. Ce feu avait dû être terrible. D'ailleurs, ne l'avait-il pas aperçu de si loin qu'il avait mis des jours et des jours pour arriver ?

Il renonça à comprendre, but, se sentit mieux, et retourna dans sa ruelle.

Il s'inquiéta de constater que ce qu'il avait espéré, trouver du travail après cet incendie énorme, ne serait pas facile.

D'abord, il n'avait pas découvert ce qui avait brûlé. C'est vrai qu'il n'était pas allé jusqu'aux fumées noires qui s'échappaient des boules de métal. Et à présent la présence des policiers et des soldats l'en dissuadait.

Arrivé à ce point de raisonnement, il eut envie de dormir, mais un bruit derrière lui le fit sursauter. Il se retourna et vit deux grands chiens au pelage clair, campés sur leurs pattes, qui, tête basse, l'examinaient avec férocité.

Il n'avait pas peur des chiens, pas plus que de n'importe quel animal. Son expérience lui avait prouvé que les hommes étaient bien plus dangereux que les bêtes, même les plus sauvages.

Et ceux-là n'étaient que des chiens errants. Il en avait remarqué quelques-uns et s'en était étonné. En Ukraine, tout chien errant était abattu. Peu de gens possédaient des chiens dans les villes. Des chats, oui, à cause des rats. Quand les campagnes d'élimination des chiens en laissaient échapper, ils se reproduisaient. Alors la chasse reprenait.

Il y avait bien quelques foyers riches possédant des animaux domestiques, ou des gens qui avaient voyagé à l'étranger. Dans l'esprit du peuple, les animaux, comme le reste, devaient être utiles.

Il leur parla doucement et il les vit se détendre. Ils attendirent encore un moment et s'éloignèrent.

Il s'étonna d'avoir eu peur, cette fois. Mais tout dans cette ville l'effrayait. Il prit sa couverture, s'enroula dedans et finit par s'endormir.

23

Le Métropol, l'hôtel réservé aux étrangers, ressemble comme deux pois à l'hôtel Rus de Kiev. C'est l'avantage, on n'est pas dépaysé. Les hôtesses d'accueil ont des allures de nageuses olympiques et les types préposés aux bagages à des seconds couteaux de films noirs.

Mais ils sont toujours dans le centre, et le Métropol ne fait pas exception.

Il fait partie du gigantesque ensemble architectural qui cerne l'immense place de cent mille mètres carrés, la plus grande d'Europe, indiquent les guides, et où s'érige également l'unique gratte-ciel de la ville, siège de la Maison de l'industrie.

Pour y arriver, j'ai pris par la rive haute de la rivière Lopan, sur laquelle se trouve la cathédrale de l'Intercession où, derrière de puissantes murailles armées de contreforts sur lesquels flottent une demi-douzaine de drapeaux frappés de la faucille et du marteau, se trouve le siège ukrainien du Kremlin. Après, je n'ai eu qu'à suivre les rues Soumy et Kratchoskaïa pour arriver au Métropol.

Je révise un peu mon premier jugement sur Kharkov. C'est pas moche, c'est mal foutu et angoissant.

Quand Vladimir Sirkoï m'a laissé pour aller voir son père, je me suis presque attendu dans les minutes qui ont suivi à voir surgir des miliciens.

J'ai marché en regardant par-dessus mon épaule pour voir si je n'étais pas filé. En plus de Sirkoï, il y a aussi Tirienko et son flic parano qui ne doivent plus m'avoir en odeur de sainteté.

La chambre est petite et donne sur une ruelle derrière l'hôtel, mais je m'en moque parce que je n'y ferai pas de vieux os.

Je suis épuisé et m'allonge sur le lit pour réfléchir. J'attends un coup de fil de mes parents. L'attente peut durer deux heures ou dix minutes. Et je sais aussi que les communications avec l'étranger sont écoutées.

Les mains derrière la nuque, je pense à ce type qui a toutes les polices aux fesses, et qui est, ou n'est pas, l'épouvantable assassin dont j'ai vu les victimes en photo.

Avant de repartir, et si on m'en laisse le temps, je vais faire ma petite enquête. Ce serait quand même trop bête de louper une histoire pareille. À ce moment, le téléphone sonne. Je décroche, pensant parler à ma mère. Mais c'est mon père.

– Allô, Charles…

– Papa, je suis surpris de t'entendre, où est maman ?

– Quand ton hôtel a sonné elle descendait faire des courses. Je ne l'ai pas rappelée pour pouvoir te parler.

Je me mets à rire.

– T'es un futé… Comment allez-vous ?

– Ça va… Et toi ?

– Ça roule. Je suis revenu à Kharkov…

– Comment c'est Kharkov, maintenant ? me demande-t-il au bout d'un moment.

– Soviétique. Mais je ne sais pas comment c'était avant...

– Avant... (Il laisse un blanc qui s'éternise un peu.) Avant... C'était pas mal. Tu es allé dans le quartier juif ?

Je suis surpris de sa question. Papa a toujours évité de parler du passé.

– Il n'y a plus de quartier juif, enfin, je ne crois pas. Les communistes n'auraient pas aimé...

– Oui... Sûrement. On habitait près d'une rivière... Tu veux que je te dise... Je ne me souviens plus de son nom...

– Tu étais très jeune quand tu es parti...

– Oui... Mais je me souviens quand même. Le vendredi ma mère allait acheter un *hallè*, tu sais, cette brioche nattée...

– Papa, je sais quand même ce qu'est un *hallè*...

– ... Je revois la boulangerie... Et même le boulanger... Un gentil bonhomme qui me donnait toujours un sablé et disait à ma mère que j'étais un bon petit garçon. Je crois que j'ai encore le goût dans la bouche...

– Ça m'étonnerait, dis-je en riant, ça fait un bout de temps...

– Ça fait un bout de temps, oui, répond-il, et je sens une fêlure dans sa voix. Mais tu sais, il y a des choses qu'on oublie pas.

Ce n'est pas le genre de mon père, la nostalgie, il l'a toujours fuie. Toute sa vie, il a refusé d'être un immigré. Ma mère m'a raconté combien il était fier quand il a été appelé pour faire son service militaire.

Il ne quittait pas son uniforme durant tout le temps de ses permissions. Comme il est grand et sec, il le portait bien. Coquet, il se refaisait tailler les culottes

239

par un tailleur ami. Mon père est un homme calme et courtois qui saluait les femmes qu'il connaissait en soulevant son chapeau, jusqu'à ce que ma mère lui fasse remarquer qu'il devait être le seul en France.

– Qu'est-ce que tu fais à Kharkov ?

– Un reportage sur... J'hésite en me souvenant qu'on est probablement sur écoute. Sur la manière dont les gens vivent la fin du communisme, dis-je.

– Tu crois vraiment que c'est la fin ?

– À peu près. On sent que ça bouge. C'est pas gagné, mais il y a un petit air nouveau...

– Et Tchernobyl ? Je suis content que tu sois loin...

– Oui, très loin. Mais c'est presque fini.

– Non. Ils continuent à en parler à la télévision. Ta mère a une sacrée trouille pour toi.

– C'est son plaisir.

Il rit.

– Tu rentres quand, mon fils ?

– Bientôt, sûrement.

– Ta mère sera contente quand je lui dirai. Sauf quand elle va savoir que tu as appelé juste quand elle n'était pas là.

Il rit de nouveau.

Moi aussi je ris. Il y a longtemps que je n'ai pas parlé autant à mon père. Je me rends compte que, quand je les vois, ma mère accapare la discussion et mon père nous écoute.

– Et comment va ta santé, papa ?

– Elle va bien. On va raccrocher parce que ça va te coûter une fortune.

– Je ferai passer la note dans mes frais...

Il rit encore. Je le sens heureux, et ça me rend heureux.

– Tu veux que je te rapporte un souvenir d'ici ?

– Qu'est-ce que tu veux ramener mon fils ? Une poupée du pays déguisée en cosaque ? Un paysan ukrainien un couteau entre les dents ?

Rien que par ces mots je comprends que malgré tous ses efforts, toute sa volonté d'oubli, toute une vie passée à vouloir être quelqu'un d'autre, il se sent toujours le petit garçon de Kharkov qui devait céder le trottoir à ses camarades aryens sous peine d'être rossé.

Une vie entière ne suffit pas à oublier la peur et l'humiliation, et je remercie mon destin de pouvoir venir en homme libre dans cette partie du monde qui a été si violente et cruelle avec les miens.

– Je vais te laisser, papa. Embrasse maman et dis-lui de pas t'embêter…

Il rit encore. Je ne l'ai pas entendu autant rire depuis des lustres.

– Elle ne m'embête pas, elle dit que c'est pour mon bien… Fais attention à toi, tu es ce qu'on a de plus précieux, ta mère et moi…

– Tout baigne, pa', je vais revenir en héros.

– Tu es déjà notre héros. Je t'embrasse.

On raccroche, et pour un peu j'aurais les larmes aux yeux. Entendre mon père m'a regonflé au point que je saute du lit et me dis que je vais la faire cette putain d'enquête, parce que si ce pauvre type est un bouc émissaire, moi j'en connais un rayon sur le sujet.

24

Yvan se réveilla péniblement. Il avait les yeux collés et mourait de soif. La veille, il s'était endormi comme une masse et il mit un certain temps à émerger et à se souvenir où il était.

Son premier réflexe fut, comme chaque matin, de chercher l'oiseau. Il ne le vit pas. Cette bestiole prenait du bon temps.

Il resta immobile un moment, contrarié que les nausées reviennent. Pourtant il n'avait presque rien mangé la veille. Peut-être était-il simplement affaibli.

Yvan était un homme simple, sans instruction. Pour vivre, il savait qu'il devait manger, boire et dormir. S'il manque un de ces éléments l'homme tombe malade.

Bien, mais le magasin était toujours fermé et il n'avait pas faim. Mais toujours aussi soif. Il se releva en s'aidant du mur et, après un coup d'œil dans l'avenue, se dirigea vers la fontaine.

Il était tôt et le jour n'était pas clair, mais il s'aperçut que le filet d'eau de la fontaine ne coulait plus. Le bassin était plein, et Yvan qui n'avait jamais aimé boire une eau dormante pensa, contrarié, qu'il n'avait pas le choix.

Il allait plonger la tête dans le bassin et en profiter pour se laver, quand il entendit tout près le bruit caractéristique d'une patrouille en marche.

Il s'affola, se souvint qu'il ne devait pas se trouver dans cette ville fantôme où seuls régnaient les soldats.

Courbé en deux, il s'éloigna rapidement de la fontaine et gagna une porte cochère à moitié déglinguée derrière laquelle il se cacha.

Une patrouille déboucha sur la place, suivie d'un camion et précédée d'une Jeep. Une brigade d'une vingtaine d'hommes où Yvan reconnut mêlés des uniformes de la police et de l'armée.

La Jeep de commandement s'arrêta et des officiers en descendirent en compagnie de deux civils, pendant que les soldats prenaient une position de repos. Il leur trouva l'air fatigué et poussiéreux.

Un des officiers lança un ordre, et du camion qui les accompagnait des soldats tirèrent un gros tuyau qu'ils plongèrent dans le bassin. Tous portaient des gants épais. Yvan comprit qu'ils le vidaient dans une citerne entreposée à l'intérieur du camion. Puis ils tendirent tout autour de la fontaine un épais ruban auquel ils suspendirent une pancarte avec une tête de mort indiquant un grand danger.

Cela fait, les hommes se regroupèrent nerveusement. Les deux civils allèrent vers eux pour leur parler et ils se dispersèrent en traînant les pieds.

Yvan se rencogna davantage derrière son abri. Les voix portaient dans le silence et il comprit que les soldats cherchaient quelqu'un. Les civils étaient remontés dans la Jeep et l'un d'eux parlait dans un talkie-walkie.

Les officiers dirigeaient les soldats qui entreprirent d'ouvrir les portes des immeubles sans se soucier des dégâts qu'ils causaient. Il les entendit courir dans les couloirs et les escaliers, fracasser les portes des logements. Des soldats se mirent aux fenêtres et hurlèrent qu'ils ne trouvaient rien.

Mais qui cherchaient-ils dans cette ville inhabitée ? se demanda-t-il.

Ils visitèrent ainsi tous les immeubles de la place, puis les officiers remontèrent dans la Jeep et les soldats prirent le pas de gymnastique à leur suite.

Yvan attendit que la colonne disparaisse et que les lieux redeviennent calmes pour sortir de sa cachette. Mais au moment où il allait emprunter l'avenue Lénine pour rejoindre son abri, il entendit le grondement d'un char. Que se passait-il dans cette ville ?

Le tank passa dans un bruit de ferraille assourdissant. C'était un vieux char qui datait de la Seconde Guerre mondiale et dont étaient équipés les artilleurs de l'armée ukrainienne.

Saisi de peur, il le regarda s'éloigner. Qu'avait cette ville pour que les soldats et la police l'occupent de cette façon ? Aussi loin qu'il remontait dans sa mémoire, jamais il n'avait entendu parler d'une ville entière qui aurait servi de garnison à l'armée. Ou alors pendant la Grande Guerre contre les Allemands, quand ceux-ci massacraient des populations entières et qu'ensuite les combattants soviétiques les chassaient.

Il avait toujours soif, mais jugea que c'était secondaire, il s'éloigna rapidement, lançant des regards inquiets autour de lui.

Il se réfugia dans un passage qui descendait vers un sous-sol, mais ressortit pour examiner le ciel. Où était passé son oiseau ? Le retrouverait-il ? Dans la nature, le corbeau était dans son élément. Sans avoir de flair comme les chiens, les oiseaux avaient une boussole qui leur permettait de se repérer. Mais ici, avec toutes ces odeurs, ces antennes, comment ferait-il ?

Il resta sur le seuil, surveillant de tous côtés. Il vit encore passer une patrouille.

Malgré ses nausées, il sentit la faim pointer et décida de revenir dans son premier refuge. Si l'oiseau le cherchait, il retournerait là-bas.

Il avançait, les sens aux aguets, craignant des soldats embusqués sur les toits comme dans les films. Le ciel était le plus gris qu'il eût jamais vu, et pour la première fois il remarqua des cendres noires posées un peu partout comme lorsqu'on secoue un foyer éteint.

Il arriva à son abri, et disposa son barda de façon à voir sans être vu.

L'avenue s'étendait, déserte, de chaque côté. Il sut qu'il devait quitter la ville au plus vite et rejoindre la forêt. Ensuite, et seulement si les choses redevenaient normales, il descendrait vers le sud-est et prendrait un train pour s'éloigner de cette région malade.

Il passa machinalement la main dans ses cheveux, et regarda effaré la grosse mèche qu'il venait d'en tirer. Qu'est-ce que c'était ?

Yvan ne s'était jamais inquiété de sa chevelure. Ses cheveux étaient épais et solides et il les taillait régulièrement avec son couteau très aiguisé. Mais cette mèche ?

Il renonça à comprendre. C'était le dernier de ses soucis. Il voulait partir, retrouver son corbeau, reprendre la route avec lui et quitter cette cité effrayante.

Il s'endormit dans l'après-midi, et vomit quand il se réveilla.

Ça le soulagea et, forcé d'attendre le retour de l'oiseau, il arrangea son campement provisoire. Si cette sale bête revenait, il l'empêcherait de repartir et ils quitteraient aussitôt la ville.

Cependant la journée s'écoula sans que l'oiseau se manifeste. Il se sentit un peu mieux, bien que mourant de soif. Mais il n'y avait plus d'eau à la fontaine et d'après ce qu'il avait vu elle était dangereuse. C'était peut-être le problème de cette ville. Une attaque biologique lancée par des ennemis du régime.

Yvan avait passé sa vie dans un pays qui se sentait en guerre avec la moitié du monde. Une fois sur deux, les informations faisaient état des préparatifs d'attaque ou des mauvaises intentions des ennemis du communisme.

La télé diffusait chaque semaine des reportages sur la préparation exceptionnelle des troupes du Pacte de Varsovie qui feraient face à celles de l'Otan quand le moment serait venu. Était-il venu, et l'URSS était-elle en guerre ? Cela faisait si longtemps qu'il marchait loin de tout et de tous, ignorant ce qui arrivait dans le monde.

En réalité, il ne s'y était jamais vraiment intéressé, ne se sentant en guerre avec personne, sauf avec ceux qui l'embêtaient.

Il mangea un bout de pain rassis qui lui restait et étala dessus son dernier morceau de hareng.

Il siffla doucement pour appeler son corbeau. L'air était anormalement doux et, en montant sur un muret, il vit que plus aucune fumée ne s'échappait des boules métalliques.

Il espéra, pour avoir entendu des bûcherons s'en plaindre, que ce qui avait brûlé dans cette usine n'était pas toxique. C'étaient des choses qui arrivaient souvent. L'un d'eux avait failli mourir en travaillant à proximité d'une usine d'engrais qui avait pris feu. Une explosion semblable à une batterie de canons, avait-il raconté. Il avait été réquisitionné sur place pour nettoyer. Heureusement, seulement dans la semaine suivant l'explosion. Mais dans les premiers jours, on avait, paraît-il, évacué des cadavres de nettoyeurs.

Inquiet pour son oiseau, il se coucha et se rendormit.

Ce fut la pluie qui le réveilla. Une pluie chaude et noire. Il se releva et se mit à l'abri bien qu'il eût aimé la recevoir sur lui pour se rafraîchir, mais sa couleur lui fit peur.

Il attendit qu'elle cesse pour quitter l'auvent de pierre. Et il le vit.

L'oiseau était revenu. Couché sur le flanc, ses petites pattes raidies et son bec entrouvert. Une aile aux plumes ternies retombait sur le côté comme une cape.

Il avait la tête tournée vers Yvan et le fixait de ses yeux désormais vides.

Yvan se pétrifia, la respiration coupée. Il eut envie de pleurer, et pleura pour la première fois de sa vie. Ses larmes coulaient sur son visage sans qu'il tente de les essuyer. La pluie avait lavé la poussière du corps de l'oiseau, et Yvan espéra un moment qu'il allait se relever. L'oiseau n'était pas blessé. Il l'avait rejoint pour mourir.

Il ne chercha pas à comprendre la raison de sa mort. La vie lui avait appris qu'il n'y a pas de raison au malheur. Mais il fut saisi d'une violente colère contre cette ville qui lui avait tué son unique ami.

Il le prit dans ses mains, frêle carcasse perdue dans ses larges paumes calleuses. Il ne pouvait pas l'enterrer, alors il le porterait avec lui, contre lui, jusqu'à ce qu'il puisse lui donner une sépulture digne de l'oiseau libre qu'il avait été.

Il ramassa ses affaires, enveloppa son ami dans un bout d'étoffe qu'il cala sous sa veste. Quitta son refuge, et cette fois, sans précaution aucune, refit le chemin inverse pour sortir de ce cauchemar.

Il ne rencontra personne. La ville, depuis qu'il y était arrivé, ressemblait de plus en plus à ces villes abandonnées qu'on pouvait voir dans les westerns américains de la télé. Des enseignes se balançaient en grinçant, des portes et des fenêtres battaient. Des chiens passaient en troupeau, visiblement à la recherche de nourriture. Il se demanda comment ils avaient échappé aux soldats. Il vit de loin des cadavres de bêtes et s'empressa de détourner la tête.

Cette ville puait la mort. Cette ville était maudite.

Arrivé à la route par laquelle il était entré, il s'aperçut qu'elle était barricadée. Des soldats montaient la garde, arme à la bretelle.

Il resta un moment à les observer, la colère grondant en lui. On voulait qu'il crève lui aussi. Il aurait pu se débarrasser aisément des trois hommes. C'étaient de simples conscrits de moins de vingt ans. Des petits poulets. Deux d'entre eux portaient un masque sur le visage. Le troisième fumait.

Au loin, s'étendait la plaine qu'il avait traversée en venant. La plaine toute grise. De chaque côté de la route, à distance, une forêt de conifères sombres montait à l'ouest jusqu'à des collines, descendait à l'est jusqu'à la rivière Seym.

Il voulait aller à l'est. Il tourna le dos aux soldats.

25

Je reviens directement chez moi après avoir quitté mon père. Pour plusieurs raisons. D'abord, je suis mal foutu. Froid, chaud, mal de tête. Bref, le coup de grippe typique. Et puis, j'ai besoin de digérer ce qu'il m'a dit.

Lorsque j'avais lu ses cahiers de jeunesse où il racontait son expédition avec l'ataman en compagnie de Milo, je n'avais pas cherché à approfondir, ne connaissant rien à cette période de notre histoire.

Je ne suis pas né de la dernière pluie même si je n'ai pas traîné mes culottes sur les bancs de l'université. Les Ukrainiens sont des gens durs. J'avais entendu des choses sur ce que certains avaient fait. C'était pas toujours beau, mais penser que son père a pu y participer... c'est autre chose.

Je l'ai toujours su nationaliste, ardent patriote, au point que je me suis souvent demandé comment il avait pu collaborer avec les Soviets, qui, même si on les considère comme amis, occupent notre pays depuis un sacré bout de temps. D'accord, c'était son job. Défendre sa patrie contre les impérialistes et les fascistes. Mais il y avait mis du cœur.

Chez moi, on lisait la *Pravda*. À la télé on regardait

surtout les séances de la Douma et on écoutait en entier les discours des dirigeants communistes, qu'ils soient d'Ukraine ou des autres nations satellites. Mon père ne manquait pas une occasion de nous mettre en garde contre l'Ouest et ses mirages, ses armes atomiques et sa détermination à nuire aux pays de notre bloc.

Il détestait Kennedy qui avait fait reculer Khrouchtchev à Cuba. Nous donnait en exemple Hô Chi Minh et sa lutte victorieuse contre les salauds d'Américains. Était plus réservé sur Mao qu'il estimait pas loyal avec nous, et approuvait sans réserve les pays arabes qui luttaient contre Israël, nain usurpateur des Américains.

On avait fêté à la Maison du peuple de Kharkov la défaite de Dubcek à Prague, et plus tard les accords de Phnom Penh. À cette occasion, sans que je comprenne vraiment pourquoi, mon père avait reçu une nouvelle décoration.

Toutes ses médailles reposaient dans une grande boîte en bois sombre tapissée de velours rouge et posée sur un guéridon dans le salon. N'importe quel visiteur était obligé de les voir dès qu'il était introduit chez nous. Mon père les faisait attendre dans cette pièce, et notre employée avait ordre de les faire asseoir dans le fauteuil placé près du guéridon.

Enfant, elles me fascinaient, et je lui demandais de me raconter à quelle occasion il avait obtenu chacune. Il ne se rappelait pas toujours d'une fois sur l'autre, et j'ai entendu différentes histoires sur telle grand-croix, tel ruban, telle étoile. Des dizaines de versions pour des dizaines de décorations.

Dans le tiroir du même guéridon, érigé en gardien du Temple, une épaisse chemise cartonnée fermée par des trombones contenait des lettres de remerciement de citoyens d'Ukraine, des attestations de bravoure militaire, des certificats surchargés d'enluminures, où des chefs prestigieux des armées soviétiques de la Seconde Guerre mondiale indiquaient que le récipiendaire de telle ou telle décoration s'était couvert de gloire pour s'être montré intrépide au feu de l'ennemi, avait à lui seul fait prisonnier une colonne de Feldjäger ou ramené des blessés à l'arrière au risque de sa vie.

Quand ça lui prenait, camarades en visite qu'il voulait éblouir, ou autosatisfaction jamais éteinte, il nous les commentait, à mes sœurs et moi, insistait sur la tournure des compliments, épiloguait sur tel ou tel fait d'armes qui lui avait valu cette reconnaissance de la glorieuse Armée rouge au service du peuple.

Jusqu'à la lecture de ses cahiers de jeunesse, et même après, je dois l'avouer, je n'avais pas eu le courage de remettre en question la légende. C'est seulement aujourd'hui, alors qu'il n'est plus que le fantôme d'un homme et d'un père, qu'enfin j'ai entendu.

La femme de ménage est passée et m'a laissé de la soupe sur le feu. Je donne l'ordre aux deux guignols qui me gardent de rester dehors, malgré la pluie, et gagne mon lit. Je suis crevé.

J'aurais dû aller voir Adrï, mais ça attendra demain. Je suis à peine couché que je m'endors.

C'est le grincement de la porte de ma chambre qui me réveille. Je vois Viktor me faire un signe de la main et demander avec un sourire la permission d'entrer. Je hoche la tête.

J'ai la bouche plus pâteuse que si j'avais avalé deux litres de térébenthine.

– Salut, me dit Viktor en s'approchant du lit. On m'a dit que t'étais pas bien ?

J'acquiesce en me demandant comment il l'a appris. Sûrement un de mes deux mongols gardes du corps qui a bavassé.

– Mal à la tête, marmonné-je.

– Toi aussi ? Moi aussi, répond-il. Je peux m'asseoir ?

Il tire une chaise et s'installe. Il me regarde en souriant, mais son regard est froid.

– Tu t'es cuité ?

Je secoue la tête et ça déchaîne une nausée.

– C'est quoi, alors ?

– Grippe...

– Ah... ?

Je ferme les yeux et il se tait. Je me demande ce qu'il est venu faire. C'est pas le genre de la maison de se rendre des visites de courtoisie.

– T'as vu un toubib ?

– Non...

– Faudrait peut-être...

J'ouvre un œil.

– Tu fais quoi, là, Viktor, tu prépares un diplôme de puériculture ?

Il ricane et se balance sur sa chaise. Une chaise à cent dollars.

– Fais gaffe, elle est fragile.

Il retombe sur les quatre pieds et reste à me regarder.

– T'es venu pour quoi, Viktor ?

– Bah, on m'a dit que t'étais mal foutu, et comme moi j'suis pas en forme non plus... Je me suis demandé si on avait attrapé ça ensemble.

– La grippe ? je marmonne. Peut-être.

– La grippe ou autre chose...

– Quoi, une chaude-pisse… ?

Il rit.

– J'préférerais, j'sais comment soigner ça !

On retombe dans le silence.

J'ai envie qu'il s'en aille mais j'ai même pas la force de le renvoyer. Dans le fond, je me fous qu'il reste ou pas.

– Adrï a dit à Léonid qu'il allait l'envoyer à Kiev, lâche Viktor.

Je décolle un œil. Pourquoi Adrï enverrait-il son morveux de neveu là-bas ? J'interroge Viktor.

– Paraît qu'il y a un arrivage de came des Balkans…

Léonid est le fils d'un autre oncle d'Adrï. Une famille de trois garçons et cinq filles, unis comme les membres d'une tribu. Léonid est le dernier. Dix-huit ans et un QI d'éponge. Un grand flandrin bagarreur qu'Adrï a décidé de lancer dans le business pour lui éviter de trop fréquents séjours en tôle. Adrï a un putain d'esprit de famille.

Mais pour ce genre de job, c'est moi qui y vais.

– Pourquoi Léonid ?

Viktor hausse les épaules et allume une cigarette.

– Fume pas, j'ai mal au cœur.

Il hésite et l'écrase. Je ferme les yeux. Pourquoi Adrï ne m'a-t-il pas parlé de cet arrivage ? On s'est vus hier. Je sens l'odeur de Viktor et ça accentue mes nausées.

– Bon, t'as pas autre chose à faire ? Dans le style dame de compagnie, j'ai vu mieux.

Il ne répond pas et j'écarte les paupières pour le regarder. Il n'a pas bougé et me regarde aussi. Il semble réfléchir, et je crois me douter de ce que c'est.

– En fin de compte, qu'est ce que ça a rapporté la vente des armes aux bougnoules ?

Je tourne la tête.

– C'est pour tes impôts ?

Il plisse les lèvres.

– Quand t'as enlevé les frais, ça vous a laissé quoi ?

– C'est quoi ces questions, Viktor ? T'as été payé, non ?

Il se colle une cigarette dans le bec, mais attrape mon regard et ne l'allume pas.

– Vingt mille, à se partager...

– T'as aussi ton salaire, ça c'est une prime...

Je suis malade et il vient me les gonfler avec ses histoires de pognon.

– À part que là, c'était un sale boulot, qu'il fait au bout d'un moment.

– Pourquoi, sale boulot ?

– Merde, Vlad, t'as vu où on était ?

– Lâche-moi. T'as trois millions de personnes qui vivent là-bas. Tu veux qu'on leur donne une prime ?

– À part que ces cons d'Arabes auraient pu nous allumer, et qu'on s'est respiré une bonne dose de saloperie !

On se fixe sans chaleur. Viktor est un des plus anciens de la bande. Un des meilleurs aussi. Il aurait pu passer à l'Ouest. Mieux payé, moins dangereux, mais il se plaît avec nous ici. Enfin, jusque-là, je le croyais.

– Je trouve que sur ce coup, Piotr et moi, on a été un peu baisés...

J'avale difficilement ma salive. Je sens monter la colère. Il profite de ce que je suis mal foutu pour venir m'emmerder ? C'est quoi, ces réclamations ? Il veut qu'on l'envoie travailler aux îles Marquises ?

– À quoi tu joues ? T'as parlé à Adrï ? C'est qui le connard qui te conseille ?

– Personne, se défend-il. On a parlé, juste, Piotr et moi. Regarde, t'es pas brillant non plus.

– Qu'est-ce que tu chantes ? Tu veux une assurance maladie ? Bordel, tu nous la joues fonctionnaire du peuple !

– C'est pas ça ! se récrie-t-il en se relevant si brusquement qu'il manque faire tomber la chaise. Juste, on trouve que vingt mille c'est pas beaucoup pour ce boulot. Si on a attrapé quelque chose là-bas, on est bons !

– Si t'as attrapé quelque chose, je ricane, même un milliardaire l'aura dans le cul. Et puis lâche-moi, tu vois pas que j'ai la fièvre ? Va te plaindre à Adrï !

Il serre les poings, et ses lèvres ne sont plus qu'un fil. Je le connais, c'est un mauvais. Un calme. Les pires. Je serais pas étonné qu'il me tape dessus, et je peux pas dire que je sois en position de force.

– Tire-toi, merde ! j'aboie. J'ai envie de roupiller. Tire-toi avant que je te fasse foutre dehors par mes gars !

Je me suis relevé à demi, mais je ne me sens pas brillant. J'ai l'impression de tellement trembler de fièvre que le lit se secoue. Mais je suis encore capable de lui envoyer un pain !

Il doit le sentir, parce que je vois ses épaules redescendre et ses poings se desserrer. On se regarde, mâchoires crispées.

– Bon, excuse, dit-il enfin. J'ai pas choisi mon moment. Vois un toubib, t'as pas bonne mine. T'as vu, t'as des taches sur les joues.

J'ai envie de lui taper dessus, mais ça attendra. Il esquisse un sourire qui pourrait passer pour une excuse, porte deux doigts à son front pour me saluer, rebalance un sourire et sort en refermant doucement la porte derrière lui.

Je me recouche. Mauvais, ça. C'est pas la première fois qu'un mec râle, mais c'est vraiment mal tombé.

Moi au lit, et Adrï qui joue les cavaliers seuls avec cet abruti de Léonid, tout juste capable de trouver son nez pour se moucher.

Les hommes sentent tout de suite quand il y a malaise. Mais pourquoi y aurait malaise ? Ils sont à guetter comme des vautours sur une charogne pour se la partager. Adrï ne m'a rien dit. Et j'ai quand même le droit d'être malade !

Du coup, j'en oublie mon père.

26

Quand je descends le lendemain matin prendre mon petit-déjeuner, je trouve Tirienko accoudé au bar du Métropol et qui me fait un grand sourire.

– Comment vas-tu, Charles ?

Il a mis trois *r* à mon prénom.

Je le salue d'un vague signe de tête et choisis ma table. Il a l'air embêté, Andreï. Il me regarde comme s'il soupesait mon humeur. Et mon humeur est exactement proportionnelle à mon état de santé.

Je me suis levé plus fatigué que la veille, et dès que je fais le moindre effort, je me couvre de sueur. J'ai envie de vomir et souffre de diarrhées, type « tourista » des pays africains.

– Je m'excuse pour Bolganoff, se décide-t-il, une fois expédiées les politesses.

Je hoche, sans me compromettre.

– C'est pas un mauvais bougre, mais il a la pression, précise-t-il.

– C'est pas une raison, je marmonne.

– On a de sérieux doutes sur ce zig.

– Vous savez même pas qui c'est.

Je m'échine à casser en deux une des briquettes qui

accompagnent la boisson chaude qu'on m'a servie, bien que je n'aie pas faim du tout.

– Si. Il s'appelle Yvan Illitch Vonogradov. Il vient de Gomel et a travaillé dans la scierie Renko.

Il a une petite moue triomphante, comme un gosse qui vient de marquer un point.

– Et alors ?

– Et il a été porté disparu de cette scierie par le contremaître.

– Comment vous savez ça ?

– La police de Minsk.

– Il vient de Gomel ou de Minsk ?

– Il a été placé dans la scierie de Renko quand il était gosse. Il y est resté jusque récemment, et puis il l'a quittée.

– Les premiers meurtres remontent à plusieurs années.

– Oui. Mais on pense qu'ils sont deux.

Je relève la tête et le regarde avec un petit sourire narquois qu'il fait mine d'ignorer. Exactement ce que m'a dit Vladimir Sirkoï sur ce qu'« ils » tenteraient.

– Et pourquoi lui ?

– Parce que la description des témoins concorde.

– Concorde avec quoi ?

– Avec les dates et les lieux des deux derniers meurtres.

Il n'a pas un air triomphant. Il a un air faux cul.

– Et on sait où il est ?

– On l'a vu dernièrement dans la région de Pripiat.

– C'est où ?

– Vers Tchernobyl.

Je m'arrête de mâcher.

– Je croyais qu'il n'y avait plus personne.

– Des habitants sont revenus clandestinement. Il a dû suivre.

260

Je grimace. Je n'ai pas envie de retourner dans cette saloperie d'endroit, même pour un foutu reportage à un million de dollars ! Les questions inquiètes de Paul sur le temps passé avec les Américains quand on s'est posés à Polesskoïe, pour interroger les habitants évacués, m'ont alerté, mais j'ai évité d'y penser. J'ai juste essayé de me rappeler si j'ai bu ou pas le thé que nous a offert une des femmes. Max en a bu. Moi, je ne sais plus. Si je suis mal foutu c'est parce que j'ai piqué un coup de grippe, ou avalé une saloperie.

– On l'a vu quand ?

– Il y a une bonne semaine.

– Qu'est-ce que tu vas faire ?

– Je pensais qu'on pourrait faire un saut par là.

– Vers Tchernobyl ? Tu rigoles !

– Il n'y est plus. Ce matin le contrôleur du train qui va de Soumy à Kouplansk lui a vendu un billet.

Je me renverse sur ma chaise et le fixe.

– Parce que le contrôleur savait qui il était ?

– Toutes les gares, tous les postes de police ont sa photo.

Je me lève pour réfléchir. La salle à manger est vide. L'Ukraine ne vit pas du tourisme. L'Ukraine vit du bon vouloir des Soviétiques. Et le bon vouloir des Soviétiques actuellement c'est que les Ukrainiens arrêtent un Ukrainien mangeur d'hommes. Mais surtout pas un Russe.

– On y va seuls ?

– Oui, mais sur place la police nous laissera l'accompagner. Bolganoff les a prévenus. Il ne peut pas venir avec nous, il est appelé à Moscou. Mais c'est lui qui coordonne. Il a signé nos autorisations.

– Nos ?

– J'ai insisté. Il s'est reproché... son mouvement d'humeur à ton égard.

Je me retiens, et de rire, et de lui foutre ma main sur la gueule. Qu'un flic du KGB regrette un « mouvement d'humeur » tient de l'humour le plus débridé.

Je *sens* que ces types me montent un bateau. Je sais qu'il leur faut un coupable même s'ils doivent pour ça arrêter Jésus-Christ en personne.

L'Occident est sur le dos de l'URSS à cause de Tchernobyl. Gorbatchev, acculé par l'ONU, est accusé d'empoisonner la planète et sommé de fournir à l'Ukraine tout ce qui est nécessaire pour assurer la sécurité des trois autres réacteurs de la centrale Lénine. L'Ukraine elle-même exige des sommes pharamineuses du reste du monde pour ensevelir le réacteur 4 sous un catafalque hermétique.

Et le reste du monde va payer tellement il pète de trouille. Alors comment la résolution d'un fait divers, même s'il est particulièrement sordide, peut-elle redonner une virginité à un régime soviétique au bord du gouffre ? Je n'en sais rien. Je ne comprends pas. Mais n'importe qui ayant séjourné derrière le Rideau de fer vous dira que ce continent est le royaume d'Ubu. Que chercher à comprendre est déjà une prise de risque.

Si Staline est mort, ses enfants sont encore vivants, et vivaces ses idées. Le Petit Père des peuples a laissé derrière lui des millions d'orphelins qui le pleurent toujours et refusent de dilapider l'héritage.

– Vous allez l'arrêter ?

– Bien sûr.

– Et lui faire un procès ?

– Si l'on peut, évidemment. C'est un homme dangereux, Charles, nos flics feront au mieux. Nous ne devrons pas nous en mêler, quoi qu'il se passe. C'est un grand privilège que t'accorde le commandant Bolganoff, parce qu'il veut que, chez vous, on cesse de diffamer le régime.

– Je ne pige pas pourquoi il veut que cette histoire épouvantable soit connue à l'Ouest.

– C'est important pour notre peuple. Tu sais, nos responsables pensent que vous ne nous aimez pas, que vous nous méprisez, que vous nous considérez comme des barbares. Ce criminel a tué beaucoup, et d'atroce façon. L'attraper est la preuve de la qualité de notre police. Il n'y a pas que des gardes-chiourmes, chez nous, ou des gardes-frontières. Pas seulement des Vopos qui patrouillent sur le Mur et tirent sur tout ce qui bouge, mais des hommes et des femmes, honnêtes et capables, et qui ne s'intéressent pas à la politique. Et un jour ou l'autre un gars de chez vous en mal de copie sortira l'histoire de ce cinglé. Et s'il court toujours, que pensera l'Occident de nous ?

Il y va fort, le Tirienko. On le croirait presque. Tout juste si une larme ne perle pas au coin de sa paupière.

Et tout à coup, j'ai envie de jouer le grain de sable fatal. Si ce type est le coupable, il sera jugé. S'il ne l'est pas, je témoignerai. Peut-être que, sur ce coup, les Soviets ont fait leur première gaffe en m'invitant comme témoin.

Ou peut-être que moi je fais ma dernière gaffe.

27

Yvan n'avait pas aimé le regard du contrôleur qui, après l'avoir fixé avec insistance, avait vérifié son registre avant de lui tendre son billet. C'était le regard de ceux qui portent un uniforme. Un regard qui soupçonne, juge, condamne.

Il avait l'habitude de ce genre de réaction. Sa taille excessive qu'il essayait toujours de minorer en se voûtant ; son teint sombre que les gens de ces pays détestent, blonds qu'ils sont et de complexion claire, et son allure de vagabond qui ne correspondait à aucun de leurs repères.

Les pauvres ressemblent à des pauvres par leur façon de s'habiller, de marcher, de parler. Les riches, de même ; les gens importants étalent leur suffisance ; on reconnaît la police à son arrogance ; les malfrats à leur méfiance. Mais Yvan ne ressemblait à rien d'autre qu'à ce qu'il était : un géant aux yeux d'enfant.

Avant de s'asseoir dans un wagon où les banquettes en bois n'avaient pas encore été remplacées par la moleskine, il avait dormi dans la salle d'attente de la gare de Soumy avant de monter dans le train de six heures trente qui devait l'emmener dans la région de Koupiansk où se trouvaient les grandes forêts.

Il était sorti de Pripiat et avait rejoint, moitié à pied, moitié en se faisant véhiculer à bord de camions, la ville de Soumy. Il avait enterré l'oiseau sur une petite butte, face au soleil levant, après l'avoir gardé le plus longtemps possible. Ce qui l'avait surpris et ravi était que le corbeau s'était desséché sans se putréfier, gardant intact son plumage de jais.

Plusieurs jours avaient été nécessaires pour arriver jusqu'à cette ville ouvrière, nœud ferroviaire de la région. Entre-temps, d'autres mèches de cheveux étaient tombées et une douleur s'était installée au creux de son aine.

Les voyageurs qui montaient à chaque petite gare étaient pour la plupart encombrés de grands sacs en plastique qui semblaient contenir toutes leurs richesses. Le train venait de quitter Merefa et filait maintenant directement jusqu'à Koupiansk pour ensuite traverser la frontière avec la Russie.

Il attendit que ses voisins ouvrent les paquets qui contenaient leur déjeuner et commencent à manger, avant de se décider à sortir le saucisson qu'il avait acheté avec un pain noir avant d'embarquer. Les gens bavardaient entre eux, faisaient connaissance, mais aucun ne fit mine de s'intéresser à lui.

Il mangea avec discrétion, tourné vers la vitre derrière laquelle défilait une succession de mornes plaines.

Deux jeunes firent irruption dans le wagon. Bruyants et mal élevés, ils interpellèrent grossièrement les voyageurs, et bien qu'ils ne fussent que deux et le wagon bondé, chacun s'appliqua à ne rien entendre de leurs remarques, à s'absorber dans sa mastication, à fuir leur regard.

Ces jeunes lui rappelèrent ses deux frères dont il n'avait plus jamais eu de nouvelles. Il les avait vus si souvent, petit, partir avec leur père à la salle communale où les hommes jouaient aux cartes et où, pour quelques roubles, ils se saoulaient à rouler sous les tables. Il les revoyait se faire ramener chez eux par la police, à moitié inconscients, tandis qu'il se réfugiait avec sa mère, toujours un peu patraque, mais si douce avec lui.

Quand il avait compris plus tard que c'était à leurs frasques qu'il avait dû son exil pour la scierie de Renko, il les avait détestés. Puis il avait oublié.

L'un des garçons, habillé d'un jean et d'un blouson de nylon bleu sombre, des pattes descendant bas sur ses joues, s'arrêta devant lui. Yvan continua à regarder au-dehors, ne voulant pas attirer l'attention. Le garçon appela son complice :

– Eh, vise-moi ça, un peu !

Le second se pencha sous le nez d'Yvan et, le regardant par en dessous, ricana en faisant des bruits obscènes avec la bouche.

– Putain, d'où y sort celui-là !

Les voisins d'Yvan, au nombre de trois, se levèrent et gagnèrent le couloir.

– D'où tu viens ? Mais il pue !

Yvan tourna la tête vers le voyou et planta ses yeux sombres dans les siens. Le garçon soutint un instant son regard, puis capitula.

Il se redressa, fit signe à son copain et tous deux s'éloignèrent en chahutant. Mais les voisins ne revinrent pas.

Curieusement, aucun contrôleur ne se présenta durant le voyage. À chaque fois que le train s'était arrêté dans une gare, Yvan avait remarqué qu'un employé du chemin de fer venait s'assurer des voyageurs en regardant au travers des vitres.

Au début, peu habitué à voyager, il n'y avait pas pris garde, mais comme tous marquaient un arrêt furtif en passant devant son compartiment, puis accéléraient et rentraient vite dans leur bureau, le manège le surprit d'abord, puis l'alerta.

Le train arrivait vers seize heures à Koupiansk. En calculant le retard qu'il avait pris au départ il se leva et se dirigea vers l'une des portières.

Le train n'allait pas vite, et quand il le vit aborder une montée il entrouvrit la portière côté talus et la maintint jusqu'à ce que le train ralentisse davantage.

Rien ne l'obligeait à cette décision, à part le regard du guichetier de Soumy, et ces employés des chemins de fer qui, tout au long du voyage, avaient paru le surveiller.

Un couple avec deux enfants passa près de lui, mais nul ne fit attention à la portière légèrement ouverte. Il attendit encore un moment que le train pénètre dans une forêt de pins sombres puis, après un dernier regard circulaire, il ouvrit la portière, descendit sur le marchepied, se cramponna d'une main et de l'autre referma pour que personne ne tombe.

Suspendu, il sentit avec bonheur le vent le gifler et l'odeur fraîche des arbres et de la terre. Il attendit qu'un virage le dissimule à un éventuel voyageur curieux, pour sauter et rouler sur la terre meuble recouverte d'aiguilles de pin.

Dressé sur un genou, il regarda le convoi s'éloigner, s'interrogeant encore sur la raison qui lui avait fait prendre cette décision, mais ayant la sensation de rentrer chez lui.

28

Tirienko a obtenu un avion pour nous emmener à Koupiansk. Un bimoteur qui a dû vivre la révolution de 17, et où j'ai été malade au point que le journaliste a fini par s'inquiéter de mon état.

Depuis la veille des nausées me secouent sans que j'aie rien à rendre. Empoisonnement, ai-je pensé, en revoyant tout ce que j'avais avalé depuis que j'étais revenu en Ukraine. Mais les cheveux récupérés dans le lavabo et sur mon oreiller m'ont laissé songeur.

C'est grelottant de fièvre que je descends sur l'aéroport militaire de Koupiansk où nous attend le commissaire de la Sûreté intérieure, Sergueï Slavesky, l'homologue de Bolganoff, chargé avec ses hommes d'appréhender le suspect.

De nombreux militaires ainsi que des véhicules de la police s'agitent sur le tarmac où vibre une inquiétude fiévreuse. Des files de Jeep et de blindés légers le quittent à tout moment.

À peine descendu, Tirienko se dirige à grands pas vers une Jeep devant laquelle se tiennent deux officiers de l'Armée rouge.

Il me fait signe de le suivre et je me traîne derrière lui. Je n'ai qu'une envie : me coucher et dormir, si la douleur permanente qui s'est installée à hauteur de mes omoplates voulait bien me lâcher.

– Camarade commissaire Slavesky, s'exclame Tirienko que le tape-cul ne semble pas avoir affecté, nous sommes très honorés, mon collègue français et moi, d'assister à cette arrestation, et vous en remercions vivement. Croyez que lui comme moi saurons et aurons à cœur de dire de quelle manière vous avez mené votre difficile enquête au terme de laquelle vous avez pu procéder à la mise hors d'état de nuire de cet abominable assassin.

Slavesky, qui ressemble à Bolganoff, au point que je pense avoir la berlue, l'écoute, figé de la tête aux pieds, attendant que le journaliste reprenne sa respiration.

– Désolé de vous décevoir, camarade Tirienko, réplique-t-il d'un ton sec, mais nous n'avons pas encore arrêté Vonogradov.

Le journaliste penche de côté sa tête de hibou en lançant au militaire un regard surpris.

– Ah, bon, camarade commissaire, et... Pouvons-nous savoir pourquoi ?

– Parce qu'il n'était pas dans le train qui est arrivé à Koupiansk

– Quoi ! ne peut s'empêcher de s'exclamer Tirienko.

– Nous pensons qu'il a sauté avant et s'est enfui dans la forêt. Des éléments l'auront alerté, ou peut-être bien un complice. Deux cadavres d'adolescents ont été retrouvés près de Konotop, continue Slavesky, les dents serrées. Deux corps mutilés, mordus. Les doigts et les orteils tranchés. Un carnage.

– C'est lui ? demande Tirienko.

– Qui voulez-vous que ce soit ! Les soldats ont repéré sa piste depuis Pripiat, et l'ont perdue.

– C'est où Konotop ? je demande.

– Entre Tchernobyl et Soumy ! aboie-t-il en m'observant comme si je venais juste de sortir de terre.

– Charles Siegel, me présente Tirienko, mon ami et grand reporter français qui publiera dans son journal le récit de la traque jusqu'à l'arrestation par vos soins de l'assassin. Il se charge de faire éditer le livre que je vais écrire sur l'affaire avec les noms des policiers qui en sont venus à bout. Dont bien sûr le vôtre, camarade commissaire.

Slavesky incline brièvement la tête vers moi. Il est aussi ouvert et chaleureux que Bolganoff, et tous les militaires et flics que j'ai croisés ici. J'avais raison d'avoir peur quand je me recroquevillais sur mon siège en les voyant dans les films des années soixante.

– Et vous avez une idée de sa destination ? demandé-je en forçant ma voix de plus en plus caverneuse.

Slavesky me balance son regard si amical.

– Vous croyez avoir à faire à une république bananière… monsieur Siegel… ? Siegel, c'est français ?

– Maintenant. Avant, c'était ukrainien, balbutié-je.

– Ah ? Eh bien oui, camarade Siegel, nous savons parfaitement où il est. Des unités sont déjà en train de patrouiller tout le long de la voie de chemin de fer. Son arrestation n'est plus qu'une question d'heures. Mais je vous invite, vous et Tirienko, à y assister. Nous partirons dans mon hélicoptère. Ne vous en faites pas, ajoute-t-il à mon intention, nous l'aurons mort ou vif. Les paysans du coin nous aident, et pour lui, j'espère que nous le trouverons avant eux.

– Certainement, camarade colonel, s'exclame Tirienko qui a tendance à mélanger les titres, nous serons très honorés et reconnaissants de vous accompagner.

Pas moi. Moi, je veux être immédiatement rapatrié. Je mets les pouces. Je ne tiens plus debout que par miracle. Le sol tremble et se dérobe sous mes pieds. Des vagues tour à tour glacées et brûlantes me secouent le corps.

– Allez-y sans moi, soufflé-je, en me cramponnant au capot de la Jeep.

Tirienko et Slavesky me lancent un regard surpris.

– Tu n'es pas bien ? me demande mon collègue.

– Comme si j'étais en train de crever, balbutié-je.

Leurs silhouettes ondulent, s'éloignent et se rapprochent. Tirienko se penche vers moi.

– Tu te sens vraiment malade, mon ami...

– Je veux rentrer, t'entends, fais-moi rapatrier.

Après, je ne me souviens plus de rien ou presque. J'ai senti qu'on me mettait sur un brancard et j'ai vaguement réalisé que nous avions embarqué à bord d'un hélico à cause du bruit effrayant et des secousses. J'ai reconnu fugacement Tirienko penché sur moi et qui me parlait sans que je l'entende. Puis on s'est posé et j'ai été transporté dans un autre véhicule qui s'est mis en route après un moment. J'avais quelque chose de plaqué sur mon visage et qui me gênait. Mais je n'avais pas la force de vérifier ce que c'était.

J'entendais au loin un bruit de sirène et j'étais secoué en tous sens. Un inconnu était penché sur moi. Je voyais sa calotte blanche mais ne distinguais rien au-dessous.

Et puis j'ai vu ma mère. Elle courait en criant. J'ignore après quoi. C'était une enfant. Enfin, elle était comme maintenant, mais je savais que c'était une fillette. Des files de gens cavalaient en criant au milieu des maisons et des champs. Ils étaient tous terriblement encombrés de paquets et je me disais qu'ils feraient bien de tout abandonner s'ils voulaient avancer plus vite.

Un violoniste les accompagnait en jouant et en dansant. Certains des fuyards riaient, tandis que d'autres pressaient le pas pour lui échapper. Le ciel était coupé en deux. Un côté noir, et l'autre d'un bleu profond.

Je vis mes grands-parents que je ne connaissais pas et ma mère qui tentait de les rattraper en les appelant. Un chien arriva et ma mère se mit à jouer avec lui tandis que les gens disparaissaient dans un grand trou où ils sautaient.

Un homme armé d'un fusil apparut. Il tira sur ma mère et le chien et je criai de toutes mes forces tandis qu'ils roulaient tous deux dans une fosse où il y avait déjà des centaines de cadavres les yeux ouverts.

Puis la scène changea. Des gens allaient et venaient dans une ville en ruine, et moi je prenais des victuailles sur des tables qui semblaient avoir été dressées pour une fête, mais je n'osais pas les manger parce que je craignais que l'on me surprenne. Ils étaient très mal habillés. Ils tendaient la main et, quand ils tournaient la tête, je m'apercevais qu'ils étaient morts. Des mains s'accrochaient à mon bras et je les secouais, dégoûté et effrayé.

Une voix me parvint de très loin. Elle s'exprimait en français.

−Je m'appelle Anton Kovalsky, je suis médecin. Vous êtes dans mon hôpital, en sûreté. Nous allons vous soigner et ensuite, quand vous irez mieux, vous retournerez en France où vos compatriotes sont très spécialisés dans le traitement des victimes par irradiations. Vous vous souvenez sûrement du professeur Georges Mathé qui a soigné et sauvé des physiciens yougoslaves qui avaient été fortement irradiés. C'était en 1958 ou 59, je crois. Depuis, on a beaucoup progressé, chez vous. Ne vous en faites pas, ils vous sauveront sûrement.

29

La femme de Simon Lenchener m'ouvre la porte et m'installe dans leur petit salon qui sert de salle d'attente, quoiqu'on n'attende jamais chez Simon qui reçoit ses patients un à un.

Lenchener est à Kharkov depuis une quinzaine d'années. Il était médecin à l'hôpital central de Varsovie avant que le gouvernement de Gomulka lance sa campagne antisémite pour se débarrasser de ses derniers juifs.

Il est arrivé à Kharkov où il s'est arrêté, faute de pouvoir aller plus loin. Il a d'abord travaillé à l'hôpital militaire de notre ville, mais comme il était très bon ses patients fortunés et influents l'ont encouragé à ouvrir un cabinet privé dont ils sont bien sûr les premiers et presque les seuls à profiter. Je l'ai connu par Adrï.

À peine installé, il vient me chercher.

– Vladimir, dit-il avec un bon sourire en me tendant la main.

– Simon, comment allez-vous ?

– Bien, bien, dit-il en me faisant passer devant lui.

Son cabinet est petit, mais il ne peut pas se plaindre. Grâce aux protections qu'il a su gagner, il a quitté avec les siens l'appartement communautaire où il a été logé pendant dix ans. Difficile pour un appa-ratchik de faire examiner sa syphilis dans une cuisine commune.

– Alors, comment allez-vous, Vladimir ?

Rien qu'à le voir, on se sent mieux.

– C'est vous qui allez me le dire, docteur.

Je suis venu chercher le résultat des analyses et des examens qu'il m'a fait passer il y a trois semaines. Je m'y suis décidé quand j'ai commencé à avoir des hémorragies, et que j'étais tellement fatigué que j'avais peine à tenir debout.

Adrï en a profité pour me remplacer par son abruti de neveu qu'il a envoyé à ma place sur quelques coups. On s'est engueulés, mais il m'a affirmé qu'il se servait de son neveu tant que je n'allais pas mieux mais que rien n'était changé.

Je ne l'ai pas cru. Tout ce qui compte pour Adrï, c'est le pognon. L'amitié, il s'en tape. Je viens seule-ment de le comprendre. Léonid est tellement con qu'Adrï en fait ce qu'il veut. Il lui dirait de se jeter dans le Dniepr avec des boulets aux pieds qu'il le ferait sans hésiter.

– Bon, je viens de recevoir les résultats de vos exa-mens, commence Lenchener en remuant des papiers dans un dossier qu'il a devant lui. Vous vous êtes déplacé récemment, Vladimir ?

– Déplacé… comment ça ? Déplacé où ?

Il replonge dans les analyses, ce qui fait glisser ses lorgnons sur le bout de son nez. Car Lenchener ne porte pas de lunettes, mais des lorgnons qu'il m'a dit venir de son père, englouti dans la tempête de la der-nière guerre.

– Je sais qu'il vous arrive de voyager dans le pays pour visiter vos clients, dit-il en me regardant avec un sourire.

Lenchener est parfaitement au courant des activités de ses patients privilégiés qui ne se gênent pas pour lui parler de leurs affaires.

– Effectivement, dis-je en me raidissant, je suis allé à Kiev.

– Quand ?

– Oh... Deux petits mois, à peu près...

Il me fixe sans répondre, baisse les yeux sur les analyses.

– Et vos malaises datent de cette époque ?

– Ouais, je ne sais plus...

– Vous êtes resté à Kiev tout le temps ?

Et là, j'ai comme un trou dans l'estomac. Je me couvre de sueur. Je le regarde et il comprend qu'il se passe quelque chose.

– Oui, Vladimir...

– Je suis allé à côté de Nijine... pour rencontrer des clients...

Il semble surpris.

– Nijine, vous aviez des clients là-bas... ?

– Je ne suis pas resté longtemps sur place... Un peu moins de deux heures... Pourquoi ?

Il ne répond pas. Son visage, d'habitude serein, se crispe. Il paraît réfléchir.

– Il y avait encore du monde ? murmure-t-il sans relever la tête.

– Non. Nous avions rendez-vous avec... avec des étrangers.

– Drôle d'endroit pour un rendez-vous, si près de Tchernobyl. On vous a laissés passer ?

– Oui... Enfin il n'y avait pas vraiment d'interdiction.

– Ah ?

Il continue de lire le dossier, ou alors réfléchit à ce qu'il va m'annoncer. Parce qu'à présent, je pète de trouille. Jusque-là je me suis caché la cause de mon état. J'ai d'abord cru à une forte grippe, puis à un empoisonnement. Les taches sur le visage, j'évitais d'y penser. Mais Lenchener a quelque chose de grave à me dire. Je le sens.

— Dites-moi ce que j'ai, docteur, dis-je brusquement.

Il relève enfin les yeux et me fixe. Mord nerveusement sa lèvre inférieure, ôte ses lorgnons, les essuie machinalement avec un pan de sa blouse, les repose sur son nez.

— Qu'est-ce qu'il y a ? Je vais mourir ? tenté-je de plaisanter.

— Vous avez sûrement été exposé à des radiations, mon garçon. Je ne sais pas comment vous vous y êtes pris. Vous n'avez plus de globules blancs.

N'y connaissant rien, je me dis que ce n'est pas si grave que ça de ne plus avoir de globules blancs. Ceux qui sont importants, ce sont les rouges.

— Il va falloir vous soigner dans un établissement spécialisé à Moscou. J'ignore s'ils ont encore de la place ; ils ont reçu beaucoup de monde depuis quelque temps.

— Spécialisé en quoi ?

Il se lève, fait le tour de sa table.

— Je peux vous parler franchement ?

J'acquiesce.

— D'après vos analyses de sang et le résultat de la biopsie de la moelle épinière votre organisme paraît avoir été fortement irradié. Vous étiez seul ?

— Noon... noon...

— Et les autres, comment se portent-ils ?

— J'en sais rien et je m'en fous ! Mais moi ?

— Vous... Il se poste derrière moi et pose ses deux mains sur mes épaules. Je vais me débrouiller pour que vous ayez un lit dans cet hôpital. J'y ai des amis.

– Mais je veux pas aller dans un hosto soviétique, c'est l'enfer ! Y vont me faire crever ! Faites-moi entrer dans la clinique privée où vont se faire soigner les collègues de mon père et toute la clique du gouvernement. C'est là que je veux aller !

Il se penche sur moi, et je peux sentir son odeur. Légèrement aigre, comme les gens qui n'ont pas de douche.

– Ici, on ne peut pas vous soigner. On n'a rien. À Moscou, ils sont équipés. Et depuis l'accident ils ont fait venir des spécialistes et du matériel d'Europe de l'Ouest. Si vous avez une chance de vous en tirer, c'est là-bas.

Je me tourne vers lui.

– Si j'ai une chance de m'en tirer ? Qu'est-ce que ça veut dire, si j'ai une chance de m'en tirer ?

– D'après vos analyses, répond-il en revenant face à moi, votre organisme a été brûlé, probablement par la radioactivité que vous avez respirée à Nijine. L'air y est saturé d'isotopes de radium. Surtout d'iode 131 et de césium. Des mois, des années, pour que ça disparaisse. Si vous avez de la chance vous serez soigné par des spécialistes français ou même américains ; et si vous avez encore plus de chance, ils vous grefferont de la moelle épinière. Et si ce n'est pas votre heure de mourir, la greffe prendra et vous pourrez survivre en restant invalide.

30

La forêt ressemblait à celles qu'il avait connues. Dense, sombre, traversée de lances de soleil, avec des pins, des hêtres, des chênes magnifiques. Des fleurs sauvages qui poussaient au ras du sol et le transformaient en tapis de lumière. Des bouleaux fragiles au tronc blanc, avec leurs petites feuilles en forme de cœur qui s'agitaient dans le vent comme des clochettes muettes.

Quand il était à la scierie au milieu de ses arbres, Yvan inventait pour eux des histoires. Les chênes, puissants et majestueux, représentaient les chefs de famille. Les hêtres, les ormes, les peupliers, jouaient les rôles des cousins et des oncles ; tandis que les frêles bouleaux feuillus qui semblaient toujours s'amuser et s'agiter au moindre coup de vent étaient les enfants.

Les pins pignons, dont les branches en forme de parasols s'étendaient généreusement jusqu'à la terre qu'elles caressaient, figuraient les mères protectrices. Elles ne mouraient jamais, conservaient leurs forces en toute saison, et lâchaient leurs pommes reproductrices semblables à des œufs.

Il s'arrêta pour respirer l'haleine de la terre humide mêlée à la chaude odeur des aiguilles de pin.

Il reconnaissait les arbres les yeux fermés, à leur odeur. Ils avaient chacun la sienne. Vanille, tabac, musc.

Il avança au milieu d'eux sans se soucier de ses jambes qui parfois se dérobaient, de la douleur qui lui ceignait la poitrine et le faisait haleter s'il marchait trop vite, de sa tête prise dans un étau et parcourue à présent d'éclairs si forts qu'ils le faisaient tituber. Autour de son cou une ligne rougeâtre le démangeait en permanence, et il chercha les plantes apaisantes qu'il connaissait.

La forêt paraissait s'étendre loin, mais il vit en se hissant sur une branche basse, aussi épaisse que son torse, qu'une route la coupait en son milieu et que des véhicules y roulaient.

Il se moquait de savoir où il était, cette forêt lui convenait parfaitement et il pourrait y passer sa vie. Il traversa une clairière et vit les petits culs blancs des lapins s'égailler en tous sens. Il éclata de rire. Il leva la tête, aperçut les écureuils curieux qui l'observaient et les salua de la main.

Plus loin, un cours d'eau dévalait entre des rives couvertes de mûriers et de noisetiers chargés de fruits, et où filaient les dos argentés des poissons. De grandes fleurs inconnues aux teintes éclatantes se penchaient sur ses eaux claires.

Il n'avait jamais été aussi heureux. S'il avait eu son oiseau avec lui, il aurait partagé sa joie. Mais il se ferait d'autres amis. La forêt en regorgeait. Il faudrait juste se tenir à l'écart des hommes, parce que les hommes n'aiment pas ceux qui ne leur ressemblent pas.

Et justement les hommes, il les entendait. Une rumeur, d'abord diffuse, qui se rapprochait. Il se hissa sur un arbre, le cœur cognant.

Il aperçut au loin sur la route des voitures arrêtées et des hommes qui en descendaient.

On les sépara en deux groupes, l'un venant vers lui, l'autre s'enfonçant sur le versant opposé. Ils avançaient en éventail et se hélaient sans qu'il comprenne ce qu'ils criaient. Des aboiements énervés de chiens les accompagnaient. Pas des aboiements joyeux de chiens heureux mais des aboiements de colère rageuse. Du même ton que les cris des hommes qui les entraînaient. Puis les véhicules repartirent, mais à ce moment arriva, entassés à bord de tracteurs ou de bétaillères, une troupe de paysans qui se mêla en courant aux soldats.

D'où il était, Yvan pouvait voir que tous étaient armés, les soldats de fusils et les paysans de fourches et de faux.

Était-ce pour lui ? Peut-être à cause du billet de train. Il n'avait pas assez payé, et c'était la raison pour laquelle l'employé l'avait regardé de cette façon. Ou peut-être n'avait-on pas le droit de descendre avant que le train s'arrête en gare ? Ou peut-être les voyageurs s'étaient-ils plaints de lui ? Son aspect leur avait fait peur et ils avaient prévenu la police.

Il tourna la tête. Une biche magnifique le regardait. Le soleil tombait droit sur elle, la nimbant d'une pluie de lumière. À ses côtés, un faon respirait l'herbe fraîche. Le troupeau en entier se tenait un peu en retrait. Un cerf avec les cors les plus majestueux qu'il eût jamais vus broutait paisiblement en les surveillant.

Un silence profond s'était installé. Plus d'aboiements d'hommes ou de chiens, plus de rumeurs, plus de moteurs.

Il s'assit contre un tronc d'arbre et un lapin grimpa aussitôt sur ses genoux. Il le regarda avec la même confiance que son corbeau, et ses oreilles qu'il caressa étaient en velours.

Le soleil allumait des gerbes d'or aux branches des arbres, suspendait des guirlandes étincelantes autour de leurs troncs. Ils agitèrent leurs branches pour le saluer. Au-dessus de lui des oiseaux entamèrent un concert.

La biche se rapprocha avec son faon, cueillant des touffes d'herbe du bout sa langue, et Yvan vit que son poitrail était du blanc le plus pur.

Le faon vint vers lui et le renifla de son museau humide, promenant son chanfrein sur ses joues, et c'était si doux sur sa peau brûlante.

Yvan éclata de rire et caressa toutes les bêtes qui s'étaient rapprochées, sauf le cerf resté à quelque distance sans doute pour mieux surveiller.

Des lapins et des belettes se poursuivaient dans l'herbe, et il s'ébaubit devant leurs folles cabrioles.

Il crut reconnaître le lynx blanc qui, autrefois, aimait écouter ses histoires et il l'invita à se rapprocher.

Il riait si fort qu'il n'entendit pas les chiens s'étrangler de rage et ne vit pas les soldats épauler leurs fusils.

DU MÊME AUTEUR

Site Internet : maudtabachnik.com

Composition : Nord Compo
Impression : Bussière, mars 2008
Éditions Albin Michel
22, rue Huyghens, 75014 Paris
www.albin-michel.fr
ISBN 978-2-226-18380-4
N° d'édition : 25861 – N° d'impression · 080757/1
Dépôt légal : avril 2008
Imprimé en France